I0613637

LE COUSIN JACQUES
LOUIS ABEL B. DE REIGNY
Né le 6 Novembre 1757.
Auteur des Lunes, du Courier des Planettes, de
Nicodeme, du Club des bonnes gens &c. &c.

L. Violet delin. N. Buncatt Sculp.

BIBLIOTHÈQUE NATIONALE R.F.

TESTAMENT

D'UN

ÉLECTEUR

DE PARIS.

PAR LOUIS-ABEL BEFFROY-REIGNY
(dit le COUSIN JACQUES.)

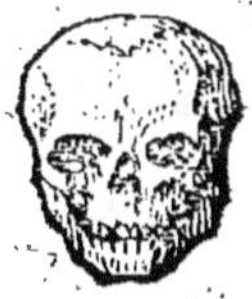

BIBLIOTHÈQUE NATIONALE
FONDS LE SENNE N° 55
IMPRIMÉS

ORNÉ DU PORTRAIT DE L'AUTEUR.

» Adieu, voisin Grillon ; adieu je pars d'ici ;
» Mes oreilles enfin, seraient cornes aussi !

LAFONTAINE.

A PARIS,

Chez { MAYEUR, Lib. & Commiffionnaire; Cour Mandar, N°. 9.
DE SENNE, au jard n Egalité ;
BELIN, rue Saint-Jacques ;
MARADAN, rue du Cimetière Saint-André-des-Arts. }

Au bureau du Courier de la Librairie, coin des rues du Marché-Neuf & du Marché Palu ;
Et Maifon Brafier & compagnie, quai Voltaire, N°. 9.

L'AN IV.

8° Z
Le Senne
5810

AVIS.

On trouve chez le même Libraire les Ouvrages suivans :

Œuvres de Florian, 8 vol. *in*-8°., papier commun, caractères Didot ; le même, papier vélin.

Œuvres de J. J. Rousseau, grand *in*-8°., 39 vol., édition de Poincot, fig., prix, beaucoup au-dessous du cours.

Le même Ouvrage, 37 vol., édition des associés, *idem.*

Les Révolutions de Paris, par Prud'homme, &c.

SOUS PRESSE.

Les Amours de l'Eucyppe & Clitophon, traduits du grec, 2 v. *in*-18, avec 4 gravures.

Histoire Galante de Leonidas & de *Sophronie*, 2 volumes *in*-18, fig.

Les Amours d'Hyparchie & *Cratès*, Philosophes Cyniques, 1 vol., *id.*, fig.

Le Noir & *le Blanc*, drame en quatre actes, du cit. *Pigault-Lebrun.*

Quelques Ouvrages libres ; & un assortiment de toutes les Pièces de théâtre.

Le même Libraire fait la Commission pour Paris & les Départemens.

TESTAMENT D'UN ELECTEUR DE PARIS.

» Adieu, voisin Grillon ; adieu, je pars d'ici ;
« Mes oreilles, enfin, seraient cornes aussi.

LAFONTAINE.

J'AVAIS commencé ce *Testament*, dès l'instant où je fus promû à l'Electorat ; et j'en avais conçu l'idée, au moment même où je vis l'estime & la confiance unanime de mes concitoyens m'appeller aux fonctions publiques.

J'ai trop long-temps & trop souvent été la victime des passions & des intrigues, je me suis trop bien habitué dès l'enfance, à observer les hommes & les événements, pour ne pas avoir prévû, long-temps avant leur arrivée, les divers resultats des crises révolutionnaires ; et, après avoir constamment repoussé les places & les honneurs, s'il arrivait que, voulant fixer leur choix sur un homme probe & humain, mes concitoyens m'eussent porté, à mon incû & en mon absence, comme ils l'ont fait, aux premiers dégrés, qui devaient me conduire à celui d'électeur, il était simple & naturel qu'en répondant à leur vœu par mon acceptation, je me dévouasse à tous les dangers que j'allais courir.

J'ai compté sur la mort, en ne refusant pas les places qu'on m'avait confiées ; et, sans aucun autre intérêt que celui d'être utile à mes frères, sans aucune autre crainte que celle de passer pour un lâche, en trahissant leur espoir par un refus, j'ai dit : *Voilà un fardeau pénible à supporter ! mais je puis vous être bon à quelque chose ; il suffit, je m'en chargerai.* Mais j'ai dit aussi : *je périrai* ; et cette seule idée m'a suggéré celle de faire mes derniers adieux à mes frères, par un exposé de ma conduite politique & privée, de mes principes invariables & de ma profession de foi révolutionnaire & morale, sous le titre d'un *Testament.*

Cet opuscule était commencé, lors des événemens tragiques du 5 octobre, vieux style ; il était alors préparé & combiné dans l'intention d'empêcher de grands malheurs ; ces malheurs sont arrivés; c'est une raison de plus pour faire paraître ce *Testament* ; mais il exige maintenant une refonte générale, & veut une autre rédaction.

O vous, dont mes ouvrages antérieurs m'avaient concilié l'estime & l'amitié! Vous, à qui ma gaité naive & franche avait fait passer des momens agréables & quelquefois intéressants! Vous aussi, dont le cœur honnête s'est souvent ému en ma faveur, et qui m'avez prouvé qu'il est au monde encore des hommes & des femmes capables de braver les périls pour soutenir l'innocence & pour essuyer les larmes de l'infortune ! Si cet écrit parvient jusqu'à vous, vous vous garderez bien de révoquer en doute une seule syllabe de ce qu'il contient ; et, surs de mes principes invariables, comme de mon caractère franc & loyal, vous direz tous : *ce qu'il dit est vrai, puisqu'il le dit.*

Mais n'attendez plus de moi ces tableaux rians ou burlesques, enfants légers d'une imagination vive & folâtre, dont les couleurs attrayantes avaient l'art de vous séduire ; vous savez que la vraie gaité sympathise toujours avec la vraie sensibilité, & que l'honnête homme, qui rit avec franchise, pleure aussi facilement qu'il rit. Vous savez que les âmes tendres, naturellement portées à la vertu, sont naturellement révoltées du crime, & que les impressions, qu'elles éprouvent, douces & vives tout à la fois, ne sauraient s'allier avec les sentimens factices que font naître les circonstances.

Le temps est nébuleux, mes amis ; le tonnerre gronde ; la foudre éclate ; elle étend par-tout ses ravages ; j'en suis témoin ; & je suis triste ; je pleure, & je pleure amèrement ; qui pourrait me savoir mauvais gré de mes larmes?

Autrefois, quand un ciel serein réjouissait toute la nature, je mêlais mes chants d'allégresse au ramage consolant des oiseaux amoureux ; ma gaité passait dans l'ame de mes lecteurs ; & les accens de ma lyre, qui n'était point captive sous le joug de la tyrannie, communiquaient à toute la France les douces émotions de mon cœur.

Le temps a changé ; les tableaux d'horreur ont remplacé les images agréables ; l'histoire de mon pays n'offre plus que deux mots pour caractériser aux yeux de la postérité, les inclinations & les mœurs des Français ; ces deux mots sont : *du sang & des larmes ; des larmes & du sang* ! . . . . L'homme probe ne voit plus autour de lui que les poignards du despotisme & les poisons de la calomnie. Il ne conçoit plus l'empire de la vertu dans la société des humains. S'il quitte un instant l'enceinte solitaire de sa demeure, il rencontre à chaque pas des visages abbattus par le chagrin, des spectres atténués par la faim, des femmes courbées sous le fardeau de leurs enfans valétudinaires ; en portant ses regards sur ces temples, que la piété de nos pères avait élevés à la gloire de l'Eternel, il les voit transformés en arênes de gladiateurs, en écoles de dissentions, d'absurdités ou de blasphêmes ; par tout, des ruines & des tombeaux ; par-tout l'image déchirante de la frénésie & de la destruction. S'il rentre chez lui, il ne jouit pas même en paix des caresses innocentes d'une famille vertueuse ; les baisers d'une épouse l'affligent, & le sourire de ses enfants l'intimide..... Quel gouvernement, grand dieu ! que celui sous lequel l'honnête homme n'ose dormir dans son lit.

Hélas ! si j'avais la folle perspective d'arriver, à travers tant de dangers, de désastres & d'abîmes, jusqu'à cet âge qui commande le respect à la jeunesse, que pourrais-je leur dire, en leur racontant ce que j'ai vu ? .... Je leur dirais : « O mes enfans ! préparez vos cœurs, & frémissez ! préparez vos yeux, & pleurez ! J'ai vu les victimes passer pour les bourreaux ; les assassinés, pour les assassins ; les calomniés, pour les calomniateurs ; les menés, pour les meneurs, les amis de la patrie, pour les ennemis de l'état ; & ceux contre lesquels on conspirait, pour les vrais conspirateurs ! J'ai vu la France entière s'abîmer & s'engloutir sous un déluge de *mots* inventés par l'intrigue pour prendre la place des choses ; j'ai vu périr des milliers de victimes, sous les titres ridicules & Gothiques d'Aristocrates, de Jacobins, de Feuillants, de Cordeliers, de Fayétistes, de Brissotins, de Rollandistes, de Girondins, de Fanatiques, de Fédéralistes, de Thermidoriens, de Prairialiens, de Robespierristes, de Maratistes, de Dantoniens, de Terroristes, de Futoristes, de Montagnards, de la Plaine, du Marais, de Royalistes, de Chouans, de Brigands, de Meneurs, de Contre-révolutionnaires & de Conspirateurs. Le pauvre peuple, plus certain de sa misère que de la réalité de tous ces complots, souvent créés par l'imagination fantastique d'un rêve-creux, ne savait auquel entendre,

» & finiſſait, au milieu de ce cahos de nomenclature, par croire » tout & ne rien croire ; & l'honnête artiſan, l'eſtimable père-» de-famille, épouvanté de ce vocabulaire de mort, ſe bouchait » les oreilles pour ne plus rien entendre ».

O mes concitoyens ! juſqu'à quand l'habitude de vous entre-déchirer, ſans jamais vouloir vous comprendre, aura-t-elle des charmes pour vous ? Juſqu'à quand la nature ſera-t-elle réduite au ſilence ? Juſqu'à quand les cœurs français ſe fermeront-ils à la douce fraternité, à la pitié ſecourable, à la tendre humanité, en parlant toujours d'humanité, de pitié & de fraternité ? Juſqu'à quand les noms de vertu, de civiſme & de liberté fatigueront-ils les échos de la France ? N'aurons-nous plus jamais de l'homme que la forme & le nom ? Où reprendrons-nous un jour le caractère & l'attitude qui ſied à l'eſpèce humaine ?

Dites-moi, je vous prie, mes frères ; ſi la preſque certitude du non-ſuccès accompagne toujours les réſolutions & les démarches du véritable patriote, s'il faut, en dernière analyſe, qu'il s'accoutume conſtamment à céder la place à l'aſtuce & à l'intrigue, ſi ceux-là même, qui l'ont mis en avant, ſous les dehors ſi ſéduiſans du bien public, finiſſent toujours par ſe jouer de ſon zèle & de ſa franchiſe, & par l'abandonner au moment de la victoire ; s'ils tournent contre la République elle-même les généreux efforts qu'il aura faits pour la ſauver, ... qu'eſt-ce donc que notre révolution ? Où vont aboutir nos ſacrifices & nos vertus ? Dans quel précipice affreux vont ſe perdre nos exploits & nos conquêtes ? Que ſignifient enfin, nos grands combats pour la liberté ? Et que voulons-nous dire avec nos pompeux étalages de mots, que nous mettons toujours en avant, ſans jamais ſavoir analyſer les choſes ?

Oui, c'eſt en ſilence & loin des attaques de la prévention que je m'accoutume à l'étude des événemens & des hommes..... grande, ſublime, importante étude ! heureux celui qui ne te pratique pas ! l'homme qu'un bon cœur & quelqu'éducation mettent à portée de réfléchir & de méditer ſur les viciſſitudes humaines, ſemble n'avoir appris que pour chercher à déſapprendre ; il s'eſt inſtruit pour regretter ſon ignorance ; les travaux de ſa jeuneſſe lui ont-ils ſervis ? oui, à s'attriſter & à pleurer.

Aujourd'hui même encore, que la Convention Nationale vient d'aſſeoir la République ſur une baſe indeſtructible, s'il faut s'en fier au preſtige d'une eſpérance trop flatteuſe pour les bons citoyens, je vous l'avouerai, mes chers compatriotes ; je ne vois pas en beau l'avenir qui ſe prépare ; l'horiſon politique s'obſcurcit à mes yeux plus que jamais. Preſque par-tout je trouve les paſfions à la place du civisme, l'égoïsme à la place de la philanthropie, la perfidie & la mauvaise foi à la place de la droiture & de la loyauté; presque par-tout je vois les Français prendre de l'entêtement pour du caractère, de l'exaltation pour du zèle, des transports fugitifs pour du courage, de la fureur pour de l'énergie, & le mépris de la vie pour de la moralité.....

O hommes aveugles, qui croyez que le républicanisme consiste à braver la mort avec indifférence! Connaissez mieux les droits de la Nature, qui conserve, & que vous dégradez; ceux de la Religion qui honore, & que vous outragez! Sachez aimer la vie! Sachez chérir l'existence...! Gouvernés, apprenez à conserver la votre! Gouvernans, apprenez à apprécier celle des autres....! Il n'y a plus de gouvernement sans société; il n'y a plus de société, là, où la vie des hommes n'est qu'un jeu...! & malheur aux Etats, au sein desquels, pères & enfans, femmes & viellards, tout est las de vivre & maudit le jour qui l'a vu naître...

Quelle existence, en effet, que celle qui nous fait desirer la mort! quelle vie, que celle qu'on est toujours prêt à finir par le suicide! ... O mes frères! vous, à qui les sentimens de justice & d'humanité ne sont pas encore tout-à-fait étrangers! ... écoutez un rêve que je viens de faire! cette nuit, mes paupières fatiguées par les larmes se fermaient pour quelques instans; & la violence du chagrin forçait mes sens au sommeil. Je vis l'abîme éternel s'entrouvrir sous mes pas, & les victimes innombrables, qu'avait égorgées le fanatisme révolutionnaire, entassées dans un réduit d'horreur, où elles expiaient encore quelques faiblesses de l'humanité, par un long & fatiguant ennui, en attendant que les portes du séjour de gloire leur fussent ouvertes.....

Tous ces malheureux, revêtus de robbes blanches, marquées de tache de sang autour du col, joignaient les mains & fixaient des yeux caves & desséchés par les larmes, du côté de l'asile bienheureux, à l'entrée duquel ils aspiraient.

Les dégouts & les inquiétudes d'une monotone & longue attente, se peignaient sur leurs physionomies pâles & livides; ils n'étaient en proie à aucune douleur, mais ils desiraient le bonheur; ils ne souffraient pas précisément, mais ils n'étaient pas heureux: &, dans ce séjour d'expiation, c'est souffrir que de ne pas jouir.

L'Ange Consolateur, que le Tout-Puissant avait chargé de visiter ces lieux ténébreux, leur apparaissait à chaque heure; c'était là leur seule distraction. Chaque heure de tourment faisait place à quelques minutes de calme & d'assurance; & l'espoir de revoir ce messager propice donnait à ces infortunés immortels un nouveau courage pour l'heure d'abandon qui suivait.

Je le vis pour cette fois, cet ange de bénédiction ; sa taille noble & grande, la douce majesté répandue dans tous ses traits, l'éclat tempéré de ses yeux, l'odeur suave qui s'exhalait de ce corps glorieux, la blancheur de ses vêtemens, l'accent flatteur de son organe, tout en lui paraissait fait exprès pour rassurer & pour calmer ; tout portait dans l'âme des malheureux qu'il visitait, cette sérénité consolante, qui donne l'avant goût d'un bonheur impérissable.

» Honorables victimes de la fureur des monstres que la » justice divine a revêtus d'une forme humaine, pour séduire » & châtier les hommes ! .... Je viens vous proposer de mettre » un terme à vos longs ennuis ; le Maître de l'univers, leur » disait-il, va signaler sa puissance. Il vous permet de retour- » ner sur la terre, de voir encore vos familles & vos amis, » de revivre au milieu de vos concitoyens !

» Vous ignorez tous, combien de temps doit s'écouler encore » avant que votre captivité cesse. Plusieurs d'entre vous n'en » verront le terme que bien tard ; le Très-Haut leur permet » de se revêtir une seconde fois de leur dépouille mortelle ; » & ils sont assurés que, s'ils meurent une seconde fois sous » le fer des assassins, ils entreront dans le séjour des bienheu- » reux, sans passer par cet asile expiatoire, qui les abreuve » d'amertumes & d'ennuis.

» Allez donc ; montrez vous à vos femmes, à vos enfans, » à vos pères ! reportez le calme dans leurs sein éplorés !..... » Montrez-vous à vos bourreaux, & dites leur que l'imagi- » nation des hommes sur la terre ne concevra jamais la rigueur des » tourmens que la justice du ciel réserve aux assassins de leur » patrie ! dites leur que chaque larme qu'ils font verser à l'in- » nocence, chaque soupir qu'ils arrachent à l'opprimé, leur » vaudra des châtimens épouvantables .... Montrez-vous à tous » les Français ; qu'ils apprennent de vous que les révolutions » les plus sanglantes ne sont jamais suivies que du despotisme » le plus affreux, & qne l'etat de délire & d'agitation dans » lequel ils vivent, n'est pas, comme ils le pensent, un » ordre de choses politiques, qui conduit un peuple à la li- » berté ; mais un enchaînement de causes morales, que la » justice vengeresse de Dieu fait naître & dispose exprès pour » les accabler ! dite leur que l'orgueil des philosophes qui vous » égarent, va vous perdre avec eux, que l'aveuglement du » cœur est puni par un nouvel aveuglement, & que, d'abime

» en abîme, une nation jadis florissante, qui a pû parvenir » en un clin d'œil à fouler aux pieds les mœurs, le culte, » les vertus sociales, & tout ce qui fut l'objet de sa vénération » pendant tant de siècles, doit infailliblement fermer sur elle » le précipice affreux, qu'elle a creusé sous ses pas..... *abyssus* » *abyssum invocat* !

» Ajoutez néanmoins, poursuivit l'ange, qu'il est possible » encore de remédier à tant de maux, au moins d'en prévenir » de nouveaux ! Si l'on vous écoute, si l'on s'en rapporte à » vos conseils; vous sauverez encore sinon votre patrie, du » moins ce qui en reste....

Ainsi parla le Messager du Très-Haut. En l'écoutant dans mon rêve, je m'imaginais que sa proposition allait exciter parmi toutes ces victimes, des transports éclatants de reconnaissance, & qu'un cri unanime serait la marque d'un assentiment général....

» Non, non, s'écrièrent tous ces malheureux !.... nous n'accepterons pas ces offres effrayantes. Proposez-nous l'enfer plutôt » que de retourner dans ces contrées d'horreur & de misère, » où chaque pas rappelle au crime, où chaque minute retrace » le désespoir, où le plus court moment vaut une éternité de » malheur !....

» Qu'irions-nous faire près de nos femmes & de nos enfans? » Peut-être à l'instant même où nous serions prêts de nous offrir à leurs embrassemens, peut-être seraient-ils prêts eux-» même à monter sur l'échafaud! N'a-t-on pas vû nos bourreaux faire un crime à nos veuves de leur deuil & de leur » chagrin? L'innocent, puni encore pour avoir été puni? & » tous les sentimens de la nature transformés en atttentats » au nom de la nature elle-même? N'a-t-on pas vû la rage » des assassins politiques poursuivre jusqu'à l'ombre des victimes » qu'ils avaient immolées, redouter & châtier jusqu'aux pleurs » de l'orphelin, qu'ils avaient couché nud sur la paille du malheur?

» Qu'irions-nous dire à ces hommes endurcis, qui ne voyent » d'autres moyens de réparer leurs crimes que celui d'en commettre » de nouveaux? Parlerons-nous de vertu? ils en parlent sans » cesse, et ne l'ont jamais connue! Nommerons-nous la Patrie? » ils la nomment à chaque instant, & ils l'assassinent! Citerons-» nous l'Eternel? ils l'ont renié, blasphémé!.... Ah! laissez-» nous dévorer longuement les ennuis de notre captivité. Ici » du moins, notre perspective est assurée; ici, nous sommes » certains de ne pas marcher sans cesse de calamités en calamités; &, si nous pleurons, nos larmes ne sont pas un » titre aux risées & aux insultes d'une foule d'individus égarés, » vendus ou pervers.

Telle fut la réponse de ces milliers d'infortunés; l'ange se retira, sans obtenir l'aveu qu'il attendait. Je me réveillai, & mille réflexions sinistres vinrent assaillir mon imagination troublée. Il était alors six heures du matin ; c'était l'aurore funèbre du *cinq octobre* ou *treize vendémiaire*. J'embrassai d'un coup d'œil tous les événemens qui devaient ensanglanter cette fatale journée.....

Membre du Comité Civil de ma Section, après avoir constamment prêché la paix & la modération, qui furent toujours l'essence de mon caractère & de mes principes, après avoir lutté en vain contre des cœurs aigris par la tyrannie, contre des esprits exaspérés par la haine, contre l'erreur & l'exaltation de tous les partis, après avoir inutilement recommandé, au moins au nom du salut public & pour l'intérêt de chaque famille, *de rester calmes sur la défensive, & de se bien garder de jamais attaquer.* Je revins à mon poste vers le soir... Quel spectacle! Des pères de famille expirants, des hommes mutilés par la foudre, des cadavres traînant après eux des ruisseaux de sang humain, furent apportés au milieu de nous pour qu'on les pansât. Je fixais mes regards abbattus sur tous ces malheureux, qu'on exposait successivement à nos yeux.... L'un d'eux à qui j'addressai la parole (il avait le bras droit emporté) tournant vers moi ses regards mourants, semblait m'exprimer tous ses regrets sur la défaite de ce qu'il croyait *le parti républicain*; ah! s'il est vrai que cette grande catastrophe soit le fruit d'une conspiration contre la République, il est vrai aussi, & je le prouverai dans ce Testament, que cet infortuné moribond fut, comme nous, la dupe des apparances & que la presque totalité des Parisiens fut entraînée dans la même erreur, sans pouvoir s'en douter.

» Voilà donc, disais-je en moi-même en contemplant ces » débris de corps humains, voilà le beau résultat de ces re- » volutions, toujours entreprises au nom de la liberté, & tou- » jours conduites par les factions, à l'avantage de la tyrannie!

A chaque coup de canon, qui frappait mon oreille épouvantée, je m'écriais avec la rage dans le cœur : « voilà deux « cents familles dans la désolation. Voilà deux cents orphelins » dans la misere!..... Voilà deux cents épouses dans les larmes!... » que de douleurs! que de maux! quelle infamie!..., & tout » cela, pour qui? & pourquoi?

Enfin, ne pouvant plus supporter ce spectacle d'horreur, je vins trouver un jeune homme, qui commandait un de nos détachemens; j'étais sans armes, n'ayant jamais sû manier un fusil ; j'avais laissé mon sabre chez moi. Ce jeune homme, dont j'ai fait le sort, en le faisant revenir de l'armée, & en le plaçant avantageusement, ainsi que son pere, dont il a toujours été le digne soutien, contenait son bataillon dans la cour de la Section, dont aucun de nos citoyens n'est sorti ; & il semblait avoir pressenti les funestes résultats de cette journée.

La consigne était de ne laisser sortir personne de l'enceinte de la Section. Je pris ce jeune homme en particulier : le désespoir du courage & le calme de la prudence semblaient s'allier ensemble dans les traits de sa physionomie ; son cœur accessible à tous les sentimens honnêtes, m'a voué une reconnaissance sans borne, & il me la prouvait chaque jour par de nouvelles marques d'estime, de tendresse & de respect.

« Mon ami, lui dis-je, nous sommes perdus ! ce que j'ai pré-
» dit est arrivé. Si les parisiens ne sont pas aujourd'hui le jouet
» d'une faction, sans le savoir, ils sont, à coup sûr, la victime
» de leur zèle. Vous allez ces jours-ci entendre parler d'une *gran-*
» *de conspiration*, que je ne connais pas plus que vous. La Ter-
» reur va revenir : & les passions & les vengeances seront de la
» partie. Tel & tel Député qui ont des intérêts personnels à faire
» valoir, vont profiter de cet événement, qui leur donne aux
» yeux du peuple un grand crédit & une grande apparence de jus-
» tice ; la Convention en masse va punir les *meneurs*, les *chefs* &
» les *avilisseurs*. Mais les méchants abuseront de ses intentions ; ils
» confondront les *menés* avec les *meneurs*, les hommes *de bonne*
» *foi* avec les *chefs*, & les *avertisseurs* avec les *avilisseurs* ; il est si
» aisé de sacrifier l'innocence, quand on sacrifie des hommes en
» masse. Il ne faut qu'un intriguant dans l'Assemblée, qui tonne
» contre l'action la plus simple & la plus naturelle, & qui noir-
» cisse l'homme du monde le plus estimable, pour que, dans
» le moment d'un enthousiasme universel, il soit tout-à-coup
» réputé pour un monstre ; & pas un Député n'aurait assez de cré-
» dit pour le sauver..... Adieu, mon ami, la providence m'a
» déjà fait échapper à de grands dangers comme par miracle ; elle
» me protégera peut-être encore aujourd'hui. Quelques talents,
» une originalité remarquable, des ouvrages trop connus, quel-
» ques vérités échappées à ma franchise, m'ont fait des enne-
» mis parmi quelques hommes en place, qui vont avoir demain
» plus de crédit que jamais. — Vous croyez cela ? — j'en suis
» sûr ; souvenez-vous que je ne vous ai pas encore fait une seule
» prédiction, qui ne se vérifiât. On veut rétablir le *gouvernement*
» *révolutionnaire* sous une nouvelle forme ; on n'y réussira pas

» long-temps, parcequ'il est dans l'ordre des événements, que » l'opinion, qui va être retournée pour un moment, revienne » ensuite avec plus de force au but où elle tendait, qui est la jus- » tice & le règne des lois. Mais, en attendant cette justice, le » caprice seul va dominer ; on va encore abuser des choses avec » des mots; le passage ne sera pas long; mais il sera orageux; » les *arrestations* vont recommencer de plus belle, les *commis- » sions militaires*, les *fusillades* & les *massacres*.... C'est un grand » malheur ; mais tel est l'enchaînement nécessaire des vicissitudes » de notre affreuse révolution. Une dénonciation sans preuve sera » accueillie comme si elle était appuyée de mille convictions. Je » me défie de ceux qui travaillent dans l'ombre ; provisoirement » on vous arrête ; provisoirement on vous incarcère ; provisoire- » ment on vous juge tant bien que mal ; & provisoirement on » vous égorge... Adieu! *Les oreilles du lièvre* pourraient fort » bien passer pour *des cornes*. N'attendons ni honneur, ni géné- » rosité de certains hommes qui ont donné la mesure de leur mo- » ral. Je vais dans mon réduit faire mon *Testament* ; il peut être » utile à bien du monde ; si je meurs, il restera pour venger ma » mémoire ; si je ne meurs pas, j'aurai toujours éclairé plusieurs » de mes concitoyens ».

D'ailleurs, ajoutai-je en moi-même, il ne s'agit pas de mourir, parcequ'on s'attend à la mort ; au contraire, c'est parcequ'on s'y attend, qu'on cherche à l'éviter ; & c'est en cherchant les moyens de l'éviter, qu'on peut en effet s'y soustraire; le proverbe a donc raison, qui dit qu'on *ne meurt pas pour faire son testament* ; & je suis bien de l'avis de ce philosophe charmant (1) qui *prétend qu'on ne meurt que le moins qu'il est possible, & que tout mort qu'on est, on tâche encore de tenir à la vie ; on s'accroche à des épitaphes, à des monuments, comme un homme qui se noie.*

Le jeune homme donna l'ordre au factionnaire de me laisser sortir. J'ignore la destinée de ce jeune homme ; mais il s'est trouvé seul chargé de commander pendant plusieurs nuits, il est possible que dans l'erreur générale qui entraînait les esprits, il ait été forcé par ses concitoyens de donner des ordres contraires aux décrets survenus depuis... Mais je garantis sur ma tête la pureté de son civisme; il est peut-être expirant hélas! au moment où j'écris ceci ... c'est un fils unique, rempli de talents & de vertus! .... Sa pauvre mère n'avait que son travail pour sustenter

---

(1) *Fontenelle*, Dialogue des Morts, entre *Bérénice* et *Catherine de Médicis*.

sa vie! Son père est absent... Quel retour lui préparez-vous, hommes barbares! S'il voit, en rentrant à Paris, passer devant lui le tombereau funèbre, qui traine son fils à l'échaffaud!

Il était huit heures du soir; le carnage s'animait de plus en plus... Les rues étaient illuminées. Cette lumière n'était pas celle des réjouissances d'autrefois, tant il est vrai que les choses semblent changer de nature par leur destination, quoiqu'au fond elles soient toujours les mêmes!... Je traversai lentement une grande portion de cette capitale immense, sans avoir même une canne à la main, & cachant mes larmes sous l'enfoncement de mon chapeau rabbattu. Quel tableau lugubrement varié! des femmes éplorées, jettant les hauts cris, avec de tendres enfans dans leurs bras; des pères redemandant leurs fils... Des bataillons sans chefs, sans ordre, avancant ou reculant selon les nouvelles qu'ils apprenaient... Des citoyens rentrant chez eux avec leurs armes, en poussant de profonds soupirs! Des grouppes d'ouvriers, portant sur leur visage l'empreinte de la désolation & de la rage...... J'atteste que par-tout j'entendais dire: *c'en est fait, Paris est perdu! La Terreur va revenir. Les Jacobins vont nous égorger!* ... C'était une erreur, dira-t-on. Soit; je le veux, mais ce cri général en était il moins le thermomètre de l'opinion? & cette opinion n'était donc pas dans la majorité des citoyens de Paris relative au prétendu massacre de la Convention, mais bien à la crainte seule de voir revenir le régime révolutionnaire.

Des piquets d'hommes armés, postés au coin de plusieurs rues, me demandérent où j'allais ainsi sans armes: *hélas! je n'en sais rien*, dis-je aux uns; *laissez-moi, je vais mourir*, dis je aux autres; & personne ne m'arrêta; personne ne fut étonné de mes réponses; chacun jugeait de l'état de mon cœur par le sien.

Arrivé sur les neuf heures au bout du fauxbourg St.-Marceau, dans une rue très peu fréquentée, je m'arrêtai un moment en face de cette allée chérie de la maison qui m'avait servi plusieurs fois de réfuge contre les poursuites de la tyrannie sous le bien heureux règne de la liberté! *Que le ciel conserve cette masure*, m'écriai je avec transport, *j'avais donc bien prévu qu'elle me servirait encore! il n'est pas besoin des révolutions pour faire sentir au philosophe tout le prix des chaumières. La cabane du pauvre échappe à la foudre qui frappe les palais.*

Je parlais encore, & j'allais entrer, quand un grouppe de femmes, qui n'était pas loin de là, s'écria: *voilà le Cousin Jacques*! il était pourtant neuf heures du soir; mais il était si rare de voir dans cette rue d'autres hommes que des ouvriers revenants de leurs travaux!... d'ailleurs, depuis la mort de

Robespierre, époque à laquelle j'étais retourné coucher dans mes foyers, j'avais été souvent visiter mes anciens hôtes, ces gens respectables qui m'avaient donné leur maison pour azile, lors même qu'un decret prononçait la mort contre quiconque recéleroit un proscrit; & j'étais connu de tout le quartier.

A ces mots: *voilà le Cousin Jacques*! ne sachant trop quel parti prendre, je ne voulus pas néanmoins retrograder sur le champ. Moins on est coupable, plus on craint de le paraître dans les temps d'orages politiques; car c'est toujours sur l'innocence la plus averée que se dirigent les soupçons les plus infamants. Le scélérat est tranquille; il marche tête levée, parce que l'anarchie ne protége que lui.... l'honnête homme se cache le jour; il ne marche que la nuit, & il marche en tremblant!

Je joignis ce groupe de femmes, & je leur dis: *Hélas! oui, mes amies; vous me voyez encore proscrit, ou, du moins, sur le point de l'être!..... Eh! pourquoi? vous êtes un si brave homme!..... brave homme ou non, je suis Electeur; c'est assez; qui sait où nous conduira tout ceci? Ne vaut-il pas mieux chercher un azyle, jusqu'à ce que le temps & la réflexion ayent dissipé la prévention, & fait taire la calomnie?..... Ah! vous avez raison.... en tout cas, s'il n'y sont pas encore dans la maison où vous allez, nous avons des matelats à votre service...... Bah! cela se passera mieux que vous ne pensez*, reprit une jeune femme, l'amie de la maison en question..... *c'est que, voyez vous?* ajouta-t-elle en se tournant vers les autres, *ce monsieur là, c'est un auteur; & il a un esprit qui travaille toujours; il se fait des fantomes; il voit toujours tout en noir; on ne songe peut-être pas à lui. — Eh bien, qu'est-ce que cela fait*, reprit une autre femme? *Moi je dis qu'il a raison, le pauvre cher homme; trop de précaution ne nuit jamais; allez, allez, citoyen, vous faites bien de vous cacher; n'ayez pas peur, on ne vous vendra pas dans notre quartier!*

Rentré dans la maison, je repris mon réduit ordinaire. Je l'avais destiné pour certains législateurs de mes amis, en cas que la Convention, par un de ces coups du sort qu'on n'attend pas, mais qu'il faut toujours prévoir en révolution, eût pu courir plus tard quelque danger. Mais ce qu'il y a de plus singulier, c'est qu'un Jacobin outré, ancien membre d'un Comité révolutionnaire, ancien Municipal après le 10 août, ancien Commissaire du Pouvoir Exécutif du temps des Cordeliers, dénoncé dans sa Section, après le premier prairial, comme un terroriste avéré, avait occupé pendant un mois le même réduit qui m'avait soustrait aux fureurs du Jacobinisme; &,

pendant qu'il y était, je fis plusieurs démarches, & j'écrivis nombre de lettres (infructueuses à la vérité, mais qui n'en exigèrent pas moins & mon temps & mes soins) pour lui faire recouvrer sa liberté. On juge bien qu'il est enfin parvenu à l'obtenir ; mais il paraissait si sûr de son fait, qu'étant sous les liens d'un mandat d'arrêt, il chantait, se divertissait, descendait même chez les voisins en plein jour & régalait ses amis dans sa retraite ; au lieu que moi, lorsque je l'occupais, cette retraite, non seulement je me gardais bien de sortir & de me montrer, même le soir, mais je n'osais qu'à peine marcher & me moucher ; je parlais toujours à voix basse ; & cette captivité a duré plusieurs mois ; car j'étais sûr que, si j'eusse laissé, par le moindre indice, transpirer mon séjour dans cette solitude, l'acharnement des assassins ne m'aurait pas fait grâce d'un seul trait de cruauté. Telle est l'idée que j'ai conçue du règne tyrannique, qu'on a décoré du beau nom de liberté ; cette idée, rien ne l'affaiblira dans mon esprit ; cette idée, rien ne l'arrachera de mon cœur, qu'elle a révolté, indigné, ulcéré pour la vie ; cette idée, enfin, aucun conseil d'amis, aucune forme de raisonnement ne pourra jamais parvenir à l'adoucir, ni même à en atténuer l'horreur dans mon âme ; parce que c'est à force d'observations & d'études que je l'ai acquise, parce que l'expérience mille fois répétée n'a servi qu'à m'y confirmer, parce qu'enfin le cœur de l'homme probe, honnête, sensé & sur-tout humain, ne s'accoutumera jamais à un gouvernement de sang, de quelque voile que ce gouvernement s'enveloppe pour couvrir aux yeux du peuple, les actes arbitraires des soi disant patriotes.

Quand je fis paraître *ma Constitution de la Lune*, ( ) le cruel *trente-un mai*, qui a enfanté le *Terrorisme* le plus caractérisé, dont on ait oui parler de mémoire d'homme, venait d'arriver. Ce qu'on osait le moins faire alors, c'était d'écrire ; & ce qu'on aurait écrit le moins, c'était la vérité.... cependant ma haine invétérée pour toute espèce de despotisme, & surtout mon horreur pour l'effusion du sang humain, sont ex-

(1) Un volume *in-8°.*, de 300 pages. Il a eu beaucoup de succès. Il n'en reste plus qu'une douzaine d'exemplaires de la seconde édition, chez *Moutardier*, *libraire*, *rue du Coq St. Honoré*, le gendre du malheureux *Froullé*, mon ancien libraire, l'homme le plus probe et le plus solidement vertueux que j'aie connu ; il fut égorgé par le tribunal de Fouquier-Tinville, en février 1794, pour avoir imprimé un recueil de faits pris littéralement dans les journaux d'alors. Ce fut *Vouland*, qui dans sa fougue inconsidérée, s'imagina que cet assassinat tournerait au profit de la chose publique.

primées dans cet ouvrage avec une hardiesse & une énergie, dont je n'ai vû aucun modele en France à cette redoutable époque.

J'avais pourtant déjà essuyé mille chagrins à cause de ma franchise & de mon amour pour la liberté ; mais aucune considération ne m'arrêta, au moins j'ai eu la consolation de voir une grande partie de mes idées républicaines adoptées par la *Commission des Onze* qu'elle les ait prises de moi, qu'elle les ait tirées de son fonds, toujours est-il vrai que ces idées étaient connues deux ans auparavant, puisque je les avais publiées en mai 1793. Il est vrai que cette fatale *Constitution de la lune* me valut mille dangers & mille persécutions dans la suite ; je dois donc compter aussi sur les persécutions & les dangers que m'attirera ce *Testament;* il n'importe, j'aurai le même courage, avec plus de réserve cependant pour ma sûreté personnelle, jusqu'à ce que je voie un Gouvernement quelconque remplacer l'arbitraire & les passions. Car il n'est rien au monde de si désespérant que d'être massacré sur un échafaud, comme un conspirateur & un ami de la tyrannie, au milieu des huées féroces d'une multitude aveugle, qui ne connaît point la vérité, précisément pour avoir eu le courage de signaler les conspirateurs & les tyrans ; précisément pour avoir cherché à assurer le bonheur & la liberté de cette multitude insensée. Au moins, je verrai, cette fois, s'il est vrai qu'on veuille enfin établir le régne des loix : car, si on le veut tout de bon, il s'établira, & mon livre me vaudra la couronne civique, due à la franchise républicaine ; si on ne le veut pas, il est indubitable que cet opuscule fera proscrire son auteur, comme l'a fait le *Club des Bonnes Gens* en 1792, & la *Constitution de la Lune* en 1793 ; or, cette proscription nouvelle, qui transformera encore ma sensibilité en *royalisme*, ma véracité en *audace*, ma logique même en *conspiration*, justifiera pleinement l'opinion que je vais développer sur les derniers événemens ; & le lecteur le plus incrédule & le plus opiniâtre sera forcé de dire : *le Cousin Jacques a eu raison !*..... puissent-ils ne le pas dire ! & puissé-je avoir tort !.....

O véritable esprit du républicanisme ! que ceux qui te conçoivent sont rares dans la société ! c'est pourtant à ta perfection qu'il faut tâcher d'arriver en France, si nous voulons enfin que le systême Républicain, qui ne s'est encore montré qu'en paroles, se réalise parmi nous ! si nous n'atteignons pas précisément ce but, efforcons-nous, du moins, d'en approcher ; car la République mal entendue est, de tous les gouvernemens, le plus vicieux & le plus désastreux...... Puissions-nous donc, à force d'être instruits par le malheur, acquérir les vertus & les lumières, dont la masse

imposante

imposante peut seule former l'esprit des Républicains! Qu'ils sont ignorans ou pervers, ces hommes d'un jour, qui, se prétendant Républicains exclusifs, condamnent impitoyablement comme Royalistes tous ceux qui n'ont pas leur opinion! . . . . . insensés! Vous parlez de République! vous aimez la République! vous voulez la République!...... & vous ne savez pas encore ce que c'est que la République! & vous vous arrogez exclusivement un titre & des sentimens qui vous appartiennent moins qu'à d'autres! & vous accusez précisément les hommes dont la modeste érudition, les vertus privées & les penchans républicains vous commandent le respect! & les citoyens, qui savent mieux que vous ce que c'est qu'une République, qui avaient l'ame & la conduite Républicaine long-temps avant la destruction de la Monarchie, qui *pratiquaient* la République, quand vous n'en connaissiez pas même encore le nom; ces citoyens, que vous osez juger avec une légèreté si condamnable, sont ceux-là mêmes que vous traitez de Royalistes!..... Pitoyables sophismes de l'amour-propre exaspéré! langage absurde de l'ambition inquiette & mécontente!.... Quand vous goûterez, comme moi, toute la sublimité, toute la douceur & tout le charme du véritable Républicanisme, c'est alors que, rougissant de votre erreur, & vous réveillant du sommeil léthargique de l'ignorance ou des passions, vous commencerez à dire, dans l'amertume du repentir : « En effet! voilà la République! nous l'avons connue » de nom seulement; nous l'avons sans cesse à la bouche; mais » notre cœur pouvait-il l'honorer, puisque notre esprit ne pou- » vait la comprendre? *Populus hic labiis me honorat; cor autem* » *eorum longè est à me*!. ...

» La République! mais jamais on n'en parla tant, & jamais » on ne la connut moins. La République! mais c'est le gouverne- » ment le plus auguste & le plus moral, qui puisse exister sur la » terre! La République! mais tout ce qui s'est passé parmi nous, » depuis qu'on profane ce mot sacré, est justement l'opposé de ce » qu'il signifie! La République! mais, si ceux qui la veulent & qui » la connaissent, ou plutôt qui ne la veulent que parce qu'ils la » connaissent, sont précisément les objets de nos persécutions & » de nos calomnies, c'est que nous ne la voulons pas!...... Et » voici les vertueux citoyens, que notre rage aveugle avait voués » à la proscription & à l'infamie; voici nos maîtres en républica- » nisme! nous regardions leurs principes comme attentatoires à » la République! & ce sont les nôtres qui y ont attenté! Nous » traitions leurs maximes de maximes conspiratrices, & ce sont » les nôtres qui conspirent!...... *Nos insensati, vitam illorum* » *æstimabamus insaniam*! »

Ecoutez-moi, mes frères! je n'ai jamais lu ſans attendriſſement, même dès ma plus tendre enfance, ce beau paſſage d'un auteur Anglais :

« La Race infortunée, qui habite les climats brûlans de l'Afrique, » ne connait ni les doux arts de la paix, ni rien de ce que les » Muſes favorables accordent aux humains. Elle ne poſſède point » cette ſageſſe preſque divine d'un *eſprit calme & cultivé*, ni *la* » *vérité progreſſive*, ni la *force patiente de la penſée*, ni la *pénétra-* » *tion attentive* dont le pouvoir commande *en ſilence* au monde, » ni *la lumière* qui mène aux cieux, & *gouverne avec égalité &* » *douceur*, ni le *régime des loix*, ni la LIBERTÉ PROTECTRICE, » QUI SEULE SOUTIENT LE NOM ET LA DIGNITÉ DE L'HOMME (1).

J'avoue que jamais ces belles penſées n'ont frappé mes yeux, ſans me faire deſirer de voir une fois *ſur la Terre l'image d'une véritable République*; & que tout ce qui s'écarte de ces maximes ſi bien exprimées, s'écarte auſſi, ſelon moi, des maximes Républicaines.

Mais, encore une fois, ce ſont des phraſes qu'on a juſqu'ici ſubſtituées aux choſes; & telle fut de tout temps la déplorable deſtinée des humains, que, dans toutes les Révolutions politiques qui ont bouleverſé les Empires du globe, on leur a toujours parlé de République avec d'autant plus d'apparat, qu'on s'éloignait davantage, par le fait, du régime républicain. C'était l'onde claire & pure qui ſéduiſait Tantale, & qu'il croyait à chaque inſtant ſaiſir, en ne la ſaiſiſſant jamais.

Auſſi le philoſophe Français par excellence, du ſeizième ſiècle (2), qui diſait franchement, au milieu des troubles politiques de ſon temps, tout ce qu'il croyait utile & ſalutaire à ſa patrie (ſans que perſonne pour cela ſongeât à le *mettre en arreſtation*, encore moins à l'égorger) a-t-il peint avec autant de juſteſſe que d'énergie, la tactique éternelle des factieux dans les temps critiques :

« Et nous advient, dit-il, ce que Thucydide dit des guerres » civiles de ſon temps, qu'en faveur des *vices publics*, on les » baptiſait de *mots nouveaux*, plus doux pour leur *excuſe*, *abâtar-* » *diſſant & amoliſſant leur vrai titre* ».

C'eſt donc en dénaturant tout, que l'on eſt parvenu dans ce monde à donner le change à tous les eſprits; &, ſi l'on ſe fût attaché ſcrupuleuſement A LA VÉRITÉ, comme je le prouverai dans la ſuite de cet ouvrage, nous ſerions maintenant heureux &

---

(1) *Thompson*, Poeme des Saisons, deuxième partie.
(2) *Michel de Montaigne*, livre premier, chapitre 22.

paisibles, toutes les factions anéanties. & la République en vigueur. C'est LA VÉRITÉ seule qu'il fallait aux gouvernants & aux gouvernés; la VÉRITÉ, c'est tout ce qu'il fallait au peuple; avec la VÉRITÉ, le peuple avait du pain; avec la VÉRITÉ, le Législateur serait aujourd'hui couvert de bénédictions, de gloire & de plaisir.

Avant de développer cette grande assertion, qui semble d'abord n'être qu'un paradoxe, je reviens à mon *reduit*, & aux motifs qui m'ont déterminé à me dérober aux poursuites de la malveillance & à publier mon *Testament*.

Quand je me fus concentré dans la sphère étroite d'un espace de six pieds quarrés, limité par quatre murailles toutes nues, alors je m'accoudai sur la petite planche posée sur quatre mauvais bâtons, qui me servait de bureau; & là, cachant mon visage avec mes mains brûlantes & tremblantes à la fois, je donnai un libre cours à mes larmes. O vous! qui pouvez sourire à la lecture de ces détails! hommes légers ou féroces! vous ressemblez à ces médecins insoucians, qui ne connaissent rien à la maladie qu'on leur soumet, parce qu'ils n'ont jamais connu cette maladie, ou parce qu'ils ne sauraient se mettre à la place du malade! Comment se peut-il, direz-vous, qu'un homme de trente-six ans pleure comme un enfant, au lieu de proposer de sang froid les remèdes qu'il croit propres aux maux de son pays!..... Et moi, qui ne suis apparamment point organisé comme vous; moi, qui trouvai souvent une jouissance à pleurer: moi, dont l'extrême sensibilité a fait toute ma réputation, en donnant à mon style toute la chaleur d'une imagination vive, & à mon imagination toute l'énergie d'un cœur brûlant; moi, je vous demande à mon tour, comment un homme sensible, eût-il cinquante ans révolus, peut retenir ses larmes à l'aspect des fléaux innombrables qui fondent sans relâche & s'accumulent chaque jour sur sa malheureuse patrie? Il se peut que la fougue du tempérament me fasse saisir les objets avec trop d'avidité; il se peut que je voie tout sous des couleurs atroces..... Helas! s'il est ainsi, plaignez-moi, ne me condamnez pas! c'est un défaut heureux peut-être, que celui qui rend un homme trop sensible aux malheurs de ses semblables. Et, si quelqu'un peut en être la victime, c'est celui là seul qui en est atteint.

Eh! je le demande à ceux qui, ayant surveillé mon enfance, n'ont pas pu prendre le change sur mon caractère & mes penchants; je le demande aux lecteurs de toute l'Europe, qui ont suivi mes principes dans tout le cours de mes ouvrages; je le demande à tous les Français de bonne foi, qui savent encore rendre justice, & qui ne regardent pas toujours les hommes à travers le microscope des passions : quel intérêt peut me guider? celui des places ? jamais je n'ai voulu de places ; & celles, que m'a tout récemment confiées l'estime publique, ne peuvent flatter ni l'ambition ni l'intérêt. L'argent ? mais je puis prouver que, s'il est des hommes aussi désintéressés que moi, il n'en est point qui le soient d'avantage. La gloire littéraire ? mais c'est y renoncer que de se mêler des affaires publiques. Les plaisirs ? mais le moindre emploi dans l'Administration est un divorce continuel avec tous les genres de plaisirs. Il est donc clair que celui qui n'ambitionne ni places, ni honneurs, ni argent, ni plaisir, que celui qui, chargé d'une famille, & n'ayant ni patrimoine, ni rente, abandonne tous ses intérêts domestiques & consacre tout son temps au bien être de ses concitoyens, que celui qui, jetté par le sort dans une carrière remplie de fleurs & d'agrémens, & doué par la nature du genre d'écrire le plus propre à lui procurer toutes les jouissances de l'amour, de l'amitié, de la gaîté, de la tendresse & des beaux arts, s'immole néanmoins aux soucieuses & graves occupations, qui concernent la Patrie ; il est donc clair, dis-je, que celui-là, bien loin d'être un ennemi du bien public, est l'un des meilleurs & des plus chauds amis de sa patrie & de l'humanité...Et que le bouche téméraire osera le condamner, l'ami de l'humanité, quand il pleure sur cette l'humanité souffrante, agonisante, mourante ? Ah ! c'est ici que s'applique avec plus de justesse que jamais ce passage de Voltaire, si digne d'être gravé partout :

» Ne cache point tes pleurs ! cesse de t'en défendre !
» C'est de l'humanité la marque la plus tendre !.....

Et par conséquent c'est aussi la marque la plus évidente du patriotisme, dans les crises sanglantes où l'honnête homme, réduit à l'impuissance des moyens, n'a pour armes que son cœur, & ne peut donner que des larmes aux victimes !

Oui, les miennes coulaient en abondance ; & mon esprit lugubrement frappé n'envisageait que fureurs, que vengeance, que cadavres mutilés, que sang, que cris de désespoir ! ... Une réflexion me vint, quand un peu de calme fut rendu à mes sens. Je songeai qu'un Terroriste avait occupé, depuis moi, ce même azyle auquel je venais me confier pour une seconde fois.

Cet homme, me disais-je, n'a pas le cœur méchant, que je sache ; je l'ai vu bon époux & bon fils. Rarement les douces impressions de la nature s'allient-elles à la cruauté de l'esprit ; car il y a des esprits cruels en révolution ; & c'est quelque chose, quand le cœur est exempt de cette contagion..... Cependant, malgré les services que j'ai cherché à lui rendre, il est possible qu'il joigne l'ingratitude à la perfidie ; il est même probable qu'il le fera, s'il est encore attaqué des affections révolutionnaires ; car ce vertige de révolution a fait plus de mal en France que la méchanceté la plus caractérisée. C'est d'après cette idée, profondément gravée dans mon ame, que j'ai conçû toutes les craintes & toutes les allarmes, qui ont constamment dirigé ma conduite ; en effet, il n'y a rien de si dangereux, dans les momens d'effervescence générale, que le plus brave homme de la terre, s'il est possédé du démon révolutionnaire ; & voilà ce à quoi l'on ne songe pas assez. J'aime mieux, étant Electeur, renommer à la législature des scélérats fieffés, parce qu'ils se démasqueront, s'ils ne se sont pas déjà démasqués, parce qu'ils peuvent encore, par un sentiment d'égoïsme & d'intérêt personnel, quitter la mauvaise voie pour entrer dans la bonne, & parce qu'enfin la partie clairvoyante du public, qui, les ayant observés, a déjà pris la mesure, comme dit la Bruyère, de leur caractère & de leurs principes ; j'aime mieux, dis-je, renommer de tels hommes, que d'accorder ma voix à des hommes qui, frappés de la manie révolutionnaire, feront d'autant plus de mal, qu'ils croiront faire plus de bien ; à des hommes qui, devenant cruels par système & par combinaison politique, renonceront à leur propre cœur pour suivre l'impulsion factice des évènemens ; à des hommes enfin, qui, une fois engagés dans la carrière des faux principes, s'en écarteront d'autant moins qu'ils s'imagineront être dans les vrais, & qui, ayant une fois adopté un plan basé sur des fondemens versatiles, se feront une sorte de vertu de ne pas renoncer au crime....... Rien n'est plus dangereux sur la terre que cette classe d'hommes ; c'est une secte de nouveaux philosophes, liés par orgueil à toutes les combinaisons atroces ; ils voient toujours le bien général là, où se trouve toujours le mal particulier ; & d'individu en individu, ils sacrifieraient, dans le délire qui les possède, la masse entière du genre humain, pour parvenir à consolider le prétendu bonheur du genre humain lui-même. Que de sophismes, dont ils sont la dupe ! Que d'erreurs funestes, dont ils nous ont fait les victimes !.... Et cette classe d'hommes, à qui pourtant on ne peut, sans une espèce d'injustice, reprocher un mauvais cœur, est malheureusement plus nombreuse qu'on ne pense.... Qu'on pèse bien mûrement ce que je viens de dire, & l'on aura trouvé la clef des principaux malheurs qui ont ensanglanté la révolution française ; presque personne encore, que je sache, n'a fait ces réflexions ſi importantes ; & preſque perſonne n'a ſongé que, toutes factions à part, le *philoſophiſme*, avec ces *fauſſes meſures* qu'il donnait toujours pour de *grandes meſures*, a couvert le ſol de ma patrie d'un déluge innombrable de fléaux deſtructeurs ; & preſque perſonne, enfin, en propoſant tel ou tel aux Corps Electoraux, n'a voulu voir qu'un méchant légiſlateur, qui voit bien, eſt infiniment moins dangereux pour la France, qu'un légiſlateur honnête homme qui voit mal ; que ce dernier s'encourage dans ſes vues par le ſentiment intime de ſes bonnes intentions, par la conſcience de ſa probité même, & que ſon obſtination, n'ayant aucun frein plauſible, ne connaît plus de borne que ſa propre volonté.

Il ſe peut donc, ajoutai-je, que cet homme, tout en déplorant ma deſtinée, tout en m'eſtimant avec franchiſe, ſi un Décret nominatif, ouvrage de la paſſion, fabriqué dans l'ombre des Comités, compromettait mon exiſtence, ſe croie obligé de me dénoncer *en ſon ame & conſcience*, & s'imagine ſauver la patrie, en livrant un innocent à la haine de quelques factieux intéreſſés à me perdre.

Cette penſée me fit abandonner mon gîte dès la nuit ſuivante ; je traverſai Paris le ſoir, & j'allai dans le fauxbourg du Temple occuper un grenier de huit pieds quarrés, dont j'avais la clef, comme dépoſitaire des meubles qui y étaient renfermés par une dame, qui était alors à la campagne.

J'arrivai là le ſoir, ſans lumière, avec un ami, que j'avais mis dans la confidence ; je me couchai ſur deux matelas ; je n'avais pas deux pieds de terrein pour me retourner, à cauſe des meubles ; une mauvaiſe lucarne, fabriquée à plat ſur le toit, me renvoyait la pluie avec prodigalité ; cette chambre n'étant occupée par perſonne depuis ſix mois, (& en effet elle n'était logeable que pour un Electeur de 1795) de ſorte qu'il fallut, pour tromper les voiſins, que mon ami m'enfermât au double tour. Il me laiſſa du vin & du pain, mais point d'eau, & il me quitta avec promeſſe de revenir le lendemain au ſoir. Qu'on ſe figure la nuit que je paſſai dans un ſejour nouveau, inconnu, étranglé, comblé de meubles juſqu'au plancher, de ſorte que je ne pouvais pas même remuer dans mon lit, ſans riſquer de remuer les meubles.

Il fallut renoncer à touſſer, à cracher, à me moucher, & même à dormir, de peur qu'on ne m'entendît par hazard ronfler dans cette chambre, où les gens de la maiſon ne ſoupçonnaient aucun être vivant.

Malheureuſement l'ami chargé de pourvoir à ma ſubſiſtance,

étant revenu le lendemain au soir, ne reconnut pas bien la porte qu'il fallait ouvrir. Il n'y voyait pas clair, & il prit celle d'un voisin pour la mienne. Celui-ci, entendant une clef s'agiter dans sa serrure, sort brusquement de chez lui, en criant : *qui va là ?* & l'ami de s'esquiver dans les commodités, avec toute la provision qu'il m'apportait. Le voisin descend avertir les locataires *qu'il y a des voleurs dans la maison* ; et voilà tout le monde en alerte !.... Heureusement qu'à la fin chacun rentra chez soi. Mon ami n'eut que le temps de descendre & de se sauver ; & peu s'en fallut qu'on n'allât chercher le Commissaire pour faire une visite dans la maison..... Il me semblait toujours voir entrer une foule de gens armés dans mon galetas, & les gens de la maison, reculant à mon aspect, s'écrier avec surprise : *Quis novus hic nostris successit sedibus hospes ?*

De cette manière je passai quarante-huit heures sans eau & sans lumière ; mais ces privations étaient peu de chose à mes yeux, quand je songeais à celles qu'ont essuyées tant d'infortunés plus vertueux que moi, & supérieurs par tous les titres imaginables, à ceux qui les leur ont fait essuyer. Alors je regrettai mon premier *réduit* ; je fus enfin débarrassé de celui-ci ; & j'eus la douce satisfaction d'apprendre, en rentrant chez moi le soir, qu'une trentaine d'amis, parmi lesquels étaient quelques *députés, dits montagnards*, (j'observe ceci pour cause) étaient venus m'offrir leurs moyens, leur bourse & leur maison pour asyle. Il faut être doué d'une sensibilité profonde & avoir été longtems aux prises avec le malheur, pour sentir tout ce que l'estime & l'amitié des braves gens a de voluptueux !

Enfin, j'acceptai l'un de ces asyles ; & c'est-là, où j'écris mon *Testament.*

Pourquoi je me cachais.

Mais, m'ont dit beaucoup de gens avec surprise ! pourquoi vous cachez-vous ? Qui vous force à fuir votre demeure ? A quelle persécution prétendez-vous vous soustraire, quand personne ne vous persécute ?.... N'avez-vous pas mille fois plus d'amis que d'ennemis ? Qu'est-ce qui vous en veut ? & pourquoi vous en voudrait-on ?.... Vos principes sont connus ; tous vos ouvrages les attestent, & ils n'ont jamais varié..... Il est hors de toute présomption qu'on vous prenne jamais pour un *Exalté*, ni pour un *Meneur.* N'êtes-vous pas aguerri à tous les genres d'injustices, de calomnies, de vexations & d'infamies ? Qu'avez-vous à craindre de plus ? L'estime de tout ce qu'il a d'honnête en France ne suffit-elle pas au Français irréprochable ?

Qu'avez-vous dit, qu'avez-vous écrit, qu'avez-vous fait qui puisse jamais être un sujet de querelle ou de doute, aux yeux des hommes sensés, des hommes de bonne foi? A qui pouvez-vous être suspect? Aux sots; eh bien, restez tranquille, & laissez dire les sots.... Défiez-vous de votre imagination ardente! Elle se crée des dangers; elle se forge des chimères; elle s'exagère les évènemens; elle vous rend malheureux! Ne concevez pas de vaines alarmes; l'épouvante ne vous sied pas!.... Et, si tous les hommes, qui peuvent être utiles à leur patrie, se mettent à l'abri des regards; l'intrigue, la bassesse & le crime prévaudront toujours; & nous retomberons dans un abîme plus profond que celui d'où nous sortons.

Réponse à ces objections.

Pourquoi tout ce qu'il y a d'irréprochable en France, à très-peu d'exceptions près, a-t-il été forcé de se cacher, tantôt à une époque, tantôt à l'autre, de notre trop mémorable révolution? Ou plutôt, pourquoi la lâcheté des uns a-t-il forcé les autres à perdre courage en se cachant? Et pourquoi la plupart de ceux qui ont été victimés par les tyrans de mon pays, n'ont-ils pas eu l'adresse de se cacher? Ils existeraient encore aujourd'hui, peut-être! & nous n'aurions pas à regretter la perte de plusieurs milliers de citoyens vertueux; & nous eussions épargné à nos bourreaux plusieurs milliers de crimes, qui n'ont pas beaucoup avancé leur fortune, ni favorisé leur ambition. Les scélérats auraient cela de moins sur la conscience, en paraissant au Tribunal du Souverain Juge & à celui de l'inflexible postérité.

Pourquoi je me cache? Eh! pourquoi me suis-je caché en 1792 et en 1793? Pourquoi me suis-je caché encore jusqu'à la mort de Robespierre? Des personnes trop crédules & trop confiantes, de ces Français, qui jugent les évènemens d'après leur cœur & leur vœu, & qui s'imaginent toujours que l'arbre de la terreur est abattu, parce qu'on en a coupé quelques branches, de ces hommes peu clairvoyans en politique, qui ont la bonhomie de s'écrier, après chaque crise révolutionnaire: *Ah! dieu merci! nous voilà au dénouement!* et qui s'imaginent ingénument *que tout est fini pour long-tems*, parce que deux ou trois brigands ont expié leurs crimes sur l'échaffaud.... Tous ces gens-là me dirent aussi en 1792: *Pourquoi vous cachez-vous?* En 1793: *Pourquoi vous cachez-vous?* En 1794: *Pourquoi vous cachez-vous?.... Il n'est pas question de vous! Vous avez des amis &*

des protecteurs !...... Et justement, dans ce tems-là même, au moment même où ils parlaient, des satellites du despotisme marchaient vers mon domicile au nom de la liberté; & un Tribunal exécrable condamnait à la mort tous les hommes doués par le Ciel de quelqu'énergie ou de quelque probité; & le fer des bourreaux désignait dans chaque maison quelque père de famille pour être la proie des ogres qui gouvernaient; & la couronne civique, que les loix elles-mêmes destinaient aux vertus, était le fer de la guillotine!

Pourquoi je me cache! quand l'observateur le moins attentif est forcé de remarquer en gémissant les mêmes hommes qu'autrefois à la tête du gouvernement, la même marche oblique & tortueuse dans la plupart des systêmes qui président aux délibérations, les mêmes calomnies, la même animosité, les mêmes préventions, les mêmes phrases, les mêmes mots dans les discours prononcés au sénat, & dans les journaux qui circulent; la même fureur & la même rage dans les tribunes, qui applaudissent ou qui improuvent; enfin les mêmes projets, les mêmes propositions, les mêmes événemens, la même tendance à favoriser le crime, à persécuter la vertu; & sur-tout le même acharnement à dénaturer tout par de fausses applications, & à substituer encore des mots à la place des choses!

Voyez les *grandes conspirations découvertes* à l'ordre du jour comme sous Marat & Robespierre! Voyez les *infâmes Royalistes*, qu'il faut *exterminer* comme sous Robespierre & Marat! Voyez les *affreux complots* dont *les ramifications s'étendent par-tout*, comme sous Marat & Robespierre! Voyez *l'indulgence pour l'erreur* mise en avant avec une adroite emphase pour provoquer encore la terreur, sous le beau prétexte d'*une juste sévérité contre le crime*, comme sous Robespierre & Marat! Voyez tous les malheurs de la France causés par *les prêtres réfractaires*, comme sous Marat & Robespierre! Voyez, au défaut du *fédéralisme*, qui est usé, le *royalisme* succéder au *fanatisme*, & le *fanatisme* au *royalisme*, comme sous Robespierre & Marat!.... Voyez les écrivains honnêtes, judicieux & probes, traités de *conspirateurs* & de *chouans* par tous ceux dont ils ne partagent pas les préjugés, les erreurs & les sottises, comme sous Marat & Robespierre! Voyez les Tribunaux provisoires se succéder sous de nouveaux noms, comme sous Robespierre & Marat! Voyez les grands principes de *la justice & de l'humanité* invoqués par des *patriotes exclusifs*, comme sous Marat & Robespierre! Voyez les Electeurs choisis par le peuple, traités publiquement d'*ennemis du peuple*, comme sous Robespierre & Marat! Voyez une aſſemblée d'hommes recommandables par leur droiture, par leur tranquillité, par leur ſoumiſſion aux loix, paſſer dans les Journaux ſoudoyés, pour des hommes *entièrement dévoués au parti des Meneurs*, comme ſous Marat & Robeſpierre! Voyez des Comités travailler dans l'ombre, & organiſer peut-être, ſous prétexte de la ſûreté publique & du *ſalut du peuple ſur-tout*, toutes les horreurs de l'arbitraire le plus caractériſé, comme ſous Robeſpierre & Marat! Voyez les citoyens les plus recommandables par leurs mœurs, leurs lumières & leur civiſme, inſultés à chaque pas, par ceux-là mêmes qui ſont chargés de les défendre & de les protéger, comme ſous Marat & Robeſpierre! Voyez la *réconciliation* propoſée entre trois ou quatre factions ennemies, pour en venir à la *déportation de tous les royaliſtes*, ſans déſigner jamais ce que c'eſt qu'un Royaliſte, ce qui équivaut parfaitement aux *hommes ſuſpects & aux ariſtocrates mis hors de la Loi*, comme ſous Robeſpierre & Marat! Voyez recommencer dans les ſpectacles le tapage des anarchiſtes, & la terreur ſuccéder au plaiſir dans l'âme glacée des ſpectateurs épouvantés, comme ſous Marat & Robeſpierre! Voyez les pièces les plus innocentes par leur objet, les plus morales & les plus eſſentiellement Républicaines, proſcrites de nouveau comme *royaliſtes, ariſtocratiques, aviliſſantes* pour la Convention (quoiqu'il n'y ſoit queſtion ni de la *Convention*, ni *d'ariſtocratie*, ni de *royaliſme*) préciſément comme ſous Robeſpierre & Marat! Voyez la même partialité, la même animoſité, la même fureur, les mêmes intentions vindicatives & ſanguinaires ſur le viſage des uns, le même découragement, le même effroi, la même indignation ſur celui des autres, que ſous Marat & Robeſpierre! Voyez les journaux vendus au parti dominant, confondre, dans leur frénéſie mercénaire, tous ceux qu'ils redoutent ou qu'ils jalouſent, les confondre, dis-je, dans la claſſe des ennemis de l'Etat, & les écrivains périodiques, que le public ſeul payait, n'écrire qu'en tremblant, déguiſer la vérité, ou abandonner la partie, préciſément comme ſous Robeſpierre & Marat! Voyez les hommes ſenſés & judicieux s'arrêter avec ſurpriſe devant tous ceux qui furent perſécutés avant le 9 thermidor, leur ſerrer la main & leur dire : *ah! je ſuis bien aiſe de vous voir libre! ne vous a-t-on cauſé aucune inquiétude? êtes-vous tranquille?*.... préciſément comme ſous Marat & Robeſpierre! Voyez revenir ſans ceſſe des *philoſophes* du jour *ſur la néceſſité de l'inſtruction publique*, parler *de préjugés & d'ignorance*, ériger *Rouſſeau*, *Condorcet* même, en précepteurs de la jeuneſſe, entaſſer ſophiſme ſur ſophiſme & ſottiſe ſur ſottiſe contre ce qu'ils appellent *prestige* & *superstition*, précisément comme sous Robespierre & Marat ! Voyez les adresses de quelques *anciens exclusifs*, réunis en conciliabule, à la place des anciennes sociétés populaires, dénigrer avec malignité les Parisiens comme des Royalistes, & demander vengeance au nom de la République, contre des hommes qui n'ont jamais voulu, ni pû attenter à la République, précisément comme sous Marat & Robespierre ! Voyez les hommes les plus intéressés à se taire, entraînés par une erreur funeste, s'imaginant donner le change au peuple sur leurs véritables intentions comme sur leur conduite passée, appeller l'attention des Français sur les *manœuvres de l'étranger*, précisément comme sous Robespierre & Marat ! Voyez des législateurs séduits ou craintifs demander avec emphase qu'*on mette fin à l'indulgence, dont les royalistes & les fanatiques n'ont que trop abusé*, précisément comme on le demandait pour les *fédéralistes & les hommes d'état*, sous Marat & Robespierre ! Voyez les assassins & les voleurs, proscrits à l'unanimité dans l'opinion publique, ceux là mêmes dont tout le monde connaît les crimes, mais qu'il est difficile de prouver juridiquement, mis en liberté parce qu'ils n'ont pas volé, ni assassiné en personne, comme si celui qui provoque le meurtre & le brigandage, n'était pas un brigand & un meurtrier ! Voyez des énergumènes s'écrier, comme sous Robespierre & Marat, *qu'il ne faut pas demander s'il faut punir révolutionnairement ceux qui ont conspiré révolutionnairement*, & faire cette réflexion insidieuse uniquement contre une certaine classe d'hommes, tandis que ceux qui ont agi *révolutionnairement* sous le règne de la Terreur, on veut qu'ils soient élargis & innocentés, si l'on ne peut pas les condamner *juridiquement*. Ainsi l'on invoque contre les uns les formes *révolutionnaires*; & pour les autres les formes *juridiques*! Ainsi, l'on a deux poids & deux mesures ! Ainsi, par des sophismes pleins d'astuce, de passions & de perfidie, on ramène sous les formes les plus dangereuses, toutes les idées extravagantes, tous les systêmes épouvantables, tout le délire & toute la rage des années sanglantes, qui ont couvert la France de carnage & de deuil !

O France ! quel génie infernal préside encore à tes malheureuses destinées ! Toute l'Europe n'a-t-elle les yeux fixés sur toi, que pour être encore témoin de tes excès & de tes désastres, & pour voir enfin consommer ta ruine & ta destruction ?

Pourquoi je me cache ? ah ! je me cache, parce que je suis sans reproche; je me cache, puisqu'il faut le dire, parce que je suis un honnête homme; & je me montrerais sans rien craindre, si mon cœur était dépravé ; si j'avais quelques crimes à l'appui de ma sûreté personnelle ! Cette assertion est terrible, je le sais ; on pourra plaindre ma manière de voir & de sentir ; mais hélas ! tant que l'évènement justifiera mes prédictions & mes principes, est-il juste, est-il décent qu'on me fasse un crime de mes terreurs ?

Pourquoi je me cache ? qui me force à fuir ma demeure ?..... qui m'y force, grand Dieu !...... ce sont mes crimes qui m'y forcent ; & quels crimes ? j'ai dit la vérité ; j'ai chéri ma patrie ; j'ai déclaré la guerre aux factieux, aux égoïstes, aux imposteurs ; j'ai tonné contre l'intérêt personnel, qui se met à la place de l'intérêt public ; j'ai tonné contre l'effusion du sang ; j'ai conseillé la franchise, la candeur, la concorde & l'humanité !..... Voilà mes crimes ! & voilà plus qu'il n'en faut pour me forcer à fuir !

Pourquoi je me cache ? à quelle persécution, dites-vous, prétends-je me soustraire, quand personne ne me persécute ?..... Eh ! quoi ? faut il attendre que les coups, qui s'apprêtent dans l'ombre & le silence des vengeances & des fureurs, viennent à fondre inopinément sur moi ? Si je passe dans une forêt que je sais (ou même que je crois) infestée par des assassins, traverserai-je cette forêt sans armes & sans précautions, sauf à me mettre moi seul en défense contre vingt aggresseurs, s'ils m'attaquent ? ou ne choisirai-je pas une autre route, s'il s'en présente une autre en effet, & si j'ai l'espérance qu'un peu plus tard la justice viendra purger cette forêt des brigands qui l'infestent ? Personne ne me persécute ! ah ! quelle erreur ! Quand la masse entière des bons citoyens est ouvertement menacée du glaive de la persécution, chaque individu n'est il pas censé lui-même en être l'objet ? Quand un génie persécuteur agite & tourmente les esprits des gouvernans, est-il un homme en France qui soit à l'abri de la persécution ? Et l'homme qui s'est fait une habitude impérieuse de regarder comme personnels tous les fléaux qui désolent ses semblables, n'est-il pas personnellement persécuté, quand on persécute, à ses yeux, tout ce qui l'entoure ? Si l'orage couvre tout l'horizon, si la foudre éclate sur la maison voisine, n'ai-je pas à redouter la foudre pour ma propre maison ? Et quel homme de bonne foi, même quand il ne réfléchirait pas sur tout ce qui se passe, quand il ne jugerait pas de l'avenir par le passé, des résultats par les causes, pourrait être assez aveugle, assez apathique, ou assez mal adroit, pour ne pas deviner que la persécution va devenir générale, si le sort n'en décide autrement, & qu'il n'est pas d'individu qui ne soit enveloppé dans une persécution générale ? Eh bien ; quelle ressource reste-il à celui qu'on persécute aujourd'hui ? de se mettre à l'abri, ou de périr sans aucun profit pour ses concitoyens !

Pourquoi je me cache ? & n'ai-je pas mille fois plus d'amis que d'ennemis ?..... Eh ! citoyens ! les amis que je puis avoir, pensent comme moi ; ils sont dignes de mon cœur & de mes principes ; donc ils sont eux-mêmes sous l'anathême des vengeances. Un Ennemi en place prévaut sur cent Amis qui ne sont rien ; & cent amis proscrits sont un titre de plus pour perdre l'homme honnête, à qui l'on en veut.

Pourquoi je me cache ? & qu'est-ce qui m'en veut ? & pourquoi m'en voudrait-on ?..... Quelle objection, juste ciel ! qu'est-ce qui en voulait aux quatre-vingt dix-neuf centièmes des honorables victimes qu'on a *patriotiquement* immolées ? Et pourquoi leur en eût on voulu ? qu'avaient-elles fait ? rien ; elles étaient recommandables par leur probité ; &, sous le règne des passions, c'est la probité qu'on égorge ! elles étaient attachées à la religion de de leurs pères, &, sous le régne des passions, c'est la fidélité qu'on égorge ! elles différaient d'opinion avec un homme en place peut-être ; &, sous le régne des passions, c'est pour une opinion qu'on égorge ! Elles avaient obligé les malheureux ; &, sous le régne des passions, c'est la sensibilité qu'on égorge !..... Qu'est-ce qui m'en veut, dit-on ? Eh ! comment le saurai-je, quand j'ai vu des hommes, que je n'avais jamais connus, me proscrire avec fureur sur une dénonciation anonyme & sans preuves ? C'est justement parce que je l'ignore, qu'est-ce qui m'en veut, que je me mets en garde contre tous ceux qui m'en veulent ; si je les connaissais, je pourrais espérer de les détromper ; mais je n'en connais aucun, & je les soupçonne tous ; oui, tous, quelqu'amitié que me témoignent beaucoup d'hommes en crédit. C'est en croyant sauver la patrie que des milliers de *Brutus* modernes ont fait périr leurs amis ! N'a-t-on pas vu des pères dénoncer leurs fils ? & quand tous les sentimens de la nature sont éteints, à quels titres réclamera-t-on ceux de la justice ? Avec ce fanatisme révolutionnaire, qui corrompt tous les cœurs, & bouleverse toutes les têtes, attendez-vous à voir tous les principes généreux foulés aux pieds, l'ami expirer sous le fer de l'ami, l'épouse immolée par le glaive de l'époux, la mère sacrifiée par l'enfant en délire ; & tout cela, au nom sacré du salut de la patrie ! ô patrie ! c'est en ton propre nom qu'on t'assassine ! C'est en préconisant tes intérêts qu'on te ruine ! C'est en prêchant pour ta défense qu'on va te perdre sans ressource ! Qu'est-ce qui m'en veut ? Tous ceux qui doivent m'en vouloir ; & qui sont ceux qui doivent m'en vouloir ? Tous ceux qui ne goûtent pas mes principes. J'aime la paix ; donc les perturbateurs m'en veulent. Je chéris l'ordre & les loix ; donc les anarchistes m'en veulent. J'adore le Dieu de mes ancêtres ; donc les impies

& les athées m'en veulent. Je regrette l'instruction que me donnaient les régulateurs de mon enfance; donc les novateurs & les sophistes m'en veulent. J'idolâtre les maximes républicaines; donc les ambitieux & les tyrans m'en veulent. Je déteste les mots mis à la place des choses; donc les charlatans & les intrigans m'en veulent.... J'abhorre l'arbitraire & la tyrannie, & plus elle affecte de se déguiser, plus je l'abhorre; donc les despotes & les factieux m'en veulent. J'exècre l'effusion du sang; donc tous les révolutionnaires m'en veulent!... Jugez maintenant si l'on m'en veut! & voyez si j'ai raison de me tenir sur mes gardes, tant que le règne de la loi ne comprimera pas tous les perturbateurs, tous les anarchistes, tous les impies, tous les athées, tous les novateurs, tous les sophistes, tous les ambitieux, tous les tyrans, tous les charlatans, tous les intrigans, tous les despotes, tous les factieux & tous les révolutionnaires.... On sait bien que leur cœur, une fois gangrené, ne se guérira pas de la contagion; mais la décence publique & le respect qu'imprime la loi, doit tôt ou tard substituer, malgré eux, le règne de la justice à celui des passions. Les vices subsisteront toujours; mais ils ne régneront pas toujours; il faudra que le scélérat obéisse au vœu du peuple; & cette écrasante majorité doit faire taire, au moins, tous les intérêts opposés. Il faut que la vertu soit enfin paisible sur la terre, il faut qu'elle ait le même droit que le crime de respirer librement, à l'ombre d'un gouvernement quelconque; voilà ce que j'attends, & alors je coucherai dans mon lit.

Pourquoi vous cachez-vous, dit-on? Vos principes sont connus: tous vos ouvrages les attestent; ils n'ont jamais varié.... Je le sais bien; & c'est parce qu'ils sont connus, parce qu'ils n'ont jamais varié, que je fuis ceux qui les connaissent, ceux qui ne les ont jamais vu varier, & qui en professent d'absolument opposés aux miens.

Il est hors de toute présomption, dites-vous, qu'on me prenne-mais pour un *Exalté*, ni pour un *Meneur*.

Ah! que dites vous? quoi! vous croiriez bonnement que, par ce nom de *Meneurs*, on n'entend que ceux qui ont *mené* les autres en effet? mais un homme connu, qui n'a parlé qu'une fois, va passer pour *Meneur*, quand d'autres hommes qui ont parlé cent fois, passeront pour *Menés*. Un homme dont la conscience aurait une seule fois publiquement condamné l'erreur, déja prouvé l'injustice, signalé le crime: voilà encore un *meneur*; l'homme même, qui a réprimé la fougue des têtes exaltées, qui a conseillé la prudence & blâmé les mesures extrêmes; voila encore un *Meneur*!

J'ai la certitude bien acquise que, dans ma Section par exemple, & dans les trois quarts des Sections de Paris, les Bureaux & les orateurs ont été les véritables *Modérateurs* des Assemblées primaires, bien loin d'en être les *Meneurs*; il n'importe; voilà encore des *Meneurs*; ils ont opposé la vérité au mensonge; ils ont repoussé la calomnie avec les armes de la raison; ils ont vengé leurs concitoyens outragés & vexés: ils ont déplu à quelques tyrans, à quelques ambitieux ... il suffit; voilà encore des *Meneurs*; & c'est *une honte* pour le gouvernement *de les voir se promener librement dans les rues de cette capitale.* Aussi ne m'y promenerai-je pas, moi, qui ne suis qu'un *Mené*, parceque je suspecte tout, des hommes qui ne savent que mentir, & qui font profession ouverte de fuir la verité, comme *l'Hydrophobe* fuit un canal d'eau limpide & pure, qui lui retracerait toute sa laideur.

Eh! n'avez-vous pas lu cette Fable ingénieuse de La Fontaine, qui caractérise si bien ce que peuvent & ce que veulent les passions mises à la place de la justice? un Lion fut blessé par un animal cornu; c'est un fait; il faut proscrire tous les animaux qui ont des cornes. Le lièvre, à cette nouvelle, prend l'allarme à son tour; & il craint que ses oreilles ne passent pour des cornes! Bon! vous rêvez, lui dit son voisin le Grillon! jamais on ne prendra ces oreilles-là pour des cornes!

» Ce sont oreilles que dieu fit!....
--- » On les fera passer pour cornes,

reprend le Lièvre; & le Lièvre avait raison. Car, avec l'arbitraire, il ne faut jamais se fier à rien. Messieurs les orateurs, les auteurs, les gens à talens, qui vous êtes acquis loyalement, au prix de vos veilles, une réputation quelconque! Prenez-y garde! vous êtes tous des *Meneurs*! & vos *oreilles* sont de véritables *cornes*!

Et voilà le triste & scandaleux résultat des factions, qui se succèdent dans un Empire déchiré par mille vautours acharnés sur leur proie! On a, je ne puis trop le répéter, on a fait tout avec la magie des mots. On a rangé sous la bannière des *ennemis du peuple* tous ceux qui étaient pour *le peuple* un objet d'amour & de vénération. On nous a dit: *mort aux aristocrates! mort aux fédéralistes! mort aux modérés! mort aux suspects! mort aux fanatiques!* .. & on s'est dit à soi-même: *Bien trouvé; partons de-là pour perdre qui nous voudrons. Tous ceux qui nous déplaisent, seront des aristocrates, des fédéralistes, des modérés & des suspects!* ... Et moi qui observe, j'avoue ingénuement que je ne sais pas encore ce que tout cela veut dire; je veux mourir si j'entends ce que signifient au juste toutes ces qualifications imbéciles. Et depuis six ans qu'il est question en France d'*aristocratie*, je suis encore, comme au premier jour, à deviner ce que c'est qu'un *aristocrate*.

On nous a dit ensuite : *mort aux terroristes* ! & on s'est dit à soi-même : *c'est excellent, nous allons proscrire sous ce nom tous ceux qui ont été patriotes pour la liberté ; tous ceux qui nous déplaisent, sont de droit des terroristes*. Ainsi, pauvres humains ! voilà comme vous êtes ! vous ressemblez à ces gens ivres, qui, après être tombés à droite, ne peuvent pas se relever sans retomber à gauche ! Vous avez laissé sauver les vrais terroristes, en vous acharnant contre les terroristes supposés ; votre aveuglement a causé cette réaction funeste, qui sera suivi d'une autre réaction plus funeste encore ! & de réaction en réaction, comme l'a dit Thibaudeau, vous allez marcher au précipice où la France entière peut s'engloutir, si vous n'y prenez pas garde.

Et vous remarquerez en passant, que tous ceux de mes lecteurs, qui tiennent au parti des Jacobins, après avoir jetté feu & flammes contre moi depuis le commencement de cet ouvrage jusqu'à l'article du *Terrorisme*, vont dire à cet endroit : *oh ! pour cette fois-ci il a raison* !... & ils ne s'apperçoivent pas que, s'ils blâment tout le reste, en approuvant ce passage, les trois quarts des Français blâmeront ce passage en approuvant tout le reste : car ce n'est pas la Patrie, encore une fois (je le soutiens & trop de preuves le confirment), non, ce n'est pas la Patrie qu'on défend ici avec tant d'acharnement, c'est l'orgueil de l'opinion, c'est le misérable plaisir de n'en avoir pas le démenti.

Aussi ai-je vu des Législateurs, d'ailleurs dignes d'estime & d'égard, s'exaspérer à l'excès, s'exhaler en paroles & en sermens exécrables contre la mauvaise foi des gouvernans Robespierristes & contre l'erreur des gouvernés, parce qu'avec le mot *fédéraliste*, qu'ils ne comprenaient pas, disaient-ils, on avait proscrit une partie de leurs collègues.... Ils avaient raison sans doute ; mais aujourd'hui ces mêmes Législateurs qui traitent tout le monde de *Royaliste*, & qui proscrivent sous ce nom tout ce qui n'est pas *législateur* ne s'imaginent même pas qu'on puisse rétorquer contre eux l'argument dont ils se servaient sous Robespierre. Pourquoi cela ? Ah ! pourquoi ? Hommes aveugles ! pouvez-vous le demander ?... C'est parce que leur opinion était alors contrariée par le gouvernement, & que le gouvernement actuel flatte & caresse leur opinion ; c'est parce qu'il s'agissait de leurs collègues, & que, malgré tout le bel étalage de grands principes & d'*amour de la patrie*, dont on fait parade, il est *tel*

Député, qui ne voit de danger pour le peuple que quand il croit les Députés en danger, qui s'imagine que la Patrie est toute entière dans ses collègues, qui regarderait même la masse entière du Peuple Français soulevée contre trente Députés, comme des *Conspirateurs* soulevés contre *la Patrie !* C'est parce que l'homme est toujours homme, enfin ! & parce que nous n'avons jamais été plus loin du Républicanisme, que depuis que nous nous égosillons à crier matin & soir : *Vive la République !....* Lecteur philosophe ! observez bien ce qui se passe ; faites-en le rapprochement, & vous verrez si j'ai raison.

On nous dit aujourd'hui : *Mort aux Royalistes !* Et on se dit à soi-même : *C'est bien : sous ce nom-là, nous allons nous débarrasser de tous les importans qui nous gênent.*

Et bientôt on dira de plus belle : *Mort aux fanatiques !* et, sous ce nom-là, on portera de nouvelles atteintes à la liberté des cultes ! On l'a déjà fait depuis peu..... Et qui peut dire où s'arrêtera ce torrent dévastateur de principes faux, de sophismes absurdes, de faits contradictoires, de décrets subversifs les uns des autres, qui n'a d'autre digue que le caprice ou l'opinion particulière de quelques individus, aujourd'hui en place, demain remplacés par d'autres, qui penseront & verront encore tout differemment ?

Faiseurs de phrases ! c'est dans ce *Testament* que je prétends vous mettre au pied du mur ; vous nous direz enfin ce que vous prétendez, ce que vous voulez, & sur-tout ce que vous entendez par votre mot chéri de *Royalisme !* Un moment plus tard, je suis à vous ; & nous verrons enfin de quel côté est la raison, la bonne foi, le patriotisme.....

Pourquoi vous cachez-vous, répete-t-on encore ? Eh ! n'êtes-vous pas aguerri à tous les genres de vexations & d'infâmies ? Je les connais par expérience, mais je n'y suis point aguerri ; c'est parce que je les connais, que je ne saurais les braver. Ah ! sans doute il est glorieux de courir des dangers, quand ils peuvent contribuer au salut de la chose publique ; mais, quand on est entouré de soutiens toujours prêts à s'abattre au moindre choc, quand votre frayeur n'est calmée que par des gens qui ont plus de frayeur que vous, quand l'expérience a prouvé que les secours & le courage des hommes, qui mettent les autres en avant, se bornent toujours à des promesses, quand ceux-là même, qui sont les plus en évidence, & chargés par état de vous protéger, tremblent encore plus que vous, quand enfin il faut se résoudre à délaisser une femme & des enfans dont on est l'appui, pour se faire égorger sans qu'il en résulte le moindre avantage pour le peuple..... Alors c'eſt une haute ſottiſe de s'expoſer aux évènemens de gaîté de cœur; & c'eſt bien aſſez, je penſe, de riſquer ce que je riſque encore aujourd'hui, en cherchant à éclairer l'opinion aux dépens de ma tranquillité, dans cet ouvrage qui ſera le dernier de ce genre. Que ceux qui m'invitent à plus de courage, faſſent ſeulement ce que j'ai fait, qu'ils ſe montrent une ſeule fois avec le même déſintéreſſement; & je ſuivrai leurs conſeils, parce que leurs conſeils ſeront appuyés par l'exemple.

Eh! d'ailleurs, comment s'agguerrit on au régime exécrable de la terreur? Le damné, qui enrage au fonds des Enfers, s'agguerrit-il au ſupplice qui le tourmente? Peut-il ſe faire à la penſée de cette affreuſe Eternité qui l'accable? Eh bien, moi, ſi je n'ai plus d'eſpoir de voir la vertu reprendre le deſſus, s'il faut être ſans ceſſe errant & vagabond, pour échapper à la rage des ſcélérats..... C'eſt alors que je me déſole avec raiſon; je regarde les Français comme des damnés, qui ne peuvent que maudire l'*Eternité* de cette révolution, qui les ſupplicie; & telle ſera ma façon de voir, juſqu'à ce qu'en vérité, il ſoit poſſible & permis d'enviſager une autre deſtinée!

A qui pouvez-vous être ſuſpect, me dit-on? Aux ſots? Eh bien; laiſſez dire les ſots!.... — Eh! je ne demande pas mieux que de les laiſſer dire, les ſots; mais je ne veux pas les laiſſer faire, au moins pour ce qui me concerne.

Sans doute qu'il eſt permis à l'*ex-capucin* P....... (1) que

---

(1) Je ne connaissais point ce brave homme, autrement que par de mortelles pieces de vers, qu'il m'envoyait de M.........., où il rimaillait de son mieux, étant alors benedictin; et, comme je n'ai pas cru pouvoir les mettre dans mes *Lunes*, le public ne m'ayant pas assez maltraité pour que je le maltraitâsse à mon tour, apparemment P....... a conservé dans son cœur un souvenir vindicatif.... *Tant de fiel entre-t-il dans l'ame des dévots!*

Manet altâ mente repostum
» *Judicium Lunæ spretique injuria versûs.*

Depuis cette époque je n'ai plus ouï parler de ce moine défroqué; et je n'ai su qu'il avait l'honneur de siéger à la Législature, que dans un dîner, où je le trouvai avec plusieurs de ses collegues, beaucoup moins présomptueux et beaucoup plus instruits que lui. Je sus là seulement que les discours qu'il avait prononcés à la tribune n'étaient pas de lui, et qu'il avait son teinturier. On me fit même voir celui qu'on disait en être l'auteur. Je ne conclus rien de tout cela, ni pour ni contre; on peut aimer sa patrie, être un très-honnête homme, et avoir quelques talens, sans savoir manier la plume et sur-tout l'art de la parole. Ce qui la chance des bisarreries humaines a revêtu de la dignité de Représentant, de mentir impudemment dans les Journaux, &

---

m'étonna, c'est que P......., dès-lors, parut me prendre en belle amitié, me fit des offres de service et m'en demanda d'autres, que le hasard me mettait à portée de lui rendre; et moi, qui suis né pour être dupe, et qui crois tout le monde aussi franc et aussi loyal que je le suis, je me gardai bien de suspecter sa bonne foi; depuis lors, je ne le vis plus..... Tout-à-coup, au moment même où j'étais, à mon avis, exposé à une nouvelle proscription, au moment où la calomnie pesait sur des milliers d'innocens, et où le plus leger mensonge, divulgué avec éclat, pouvait perdre un honnête homme, je reçois un exemplaire du *Journal d........*, où le complaisant Journaliste n'avait pas fait difficulté de publier une diatribe de P........ *en vers et contre tous....* Dans cette epître insidieuse, P........., après avoir parlé fort au long de la *grande conspiration découverte*, s'avise de me chercher querelle; et sur quoi? sur le *Club des bonnes gens*, qui, dit-il, n'est *qu'une sotte rapsodie*, où *le royalisme et l'aristocratie jouent le premier rôle*, *et où la Convention Nationale est traînée dans la boue.* Que ma pièce, courue de tout Paris aux differentes époques où on l'a jouée, soit une *sotte rapsodie*, en comparaison des ouvrages du grand P........ (qui, ayant fait une pièce de Théâtre sans succès, s'en prend à tout ce qui a du succès) c'est un point sur lequel je ne me donnerai pas la peine d'insister; je respecte infiniment le caractère représentatif; mais je respecte aussi le caractère national dans le peuple qu'on represente; et, comme le public de toute la France en a décidé tout autrement que *monsieur P.......*, comme on n'ajoute, ni ne diminue rien au mérite d'une pièce quelconque, en la dénigrant après un succès constant, égal, universel, il m'est permis, *sans conspirer*, de croire que le Représentant n'est pas infaillible en matière de littérature et d'art dramatique, et de m'en rapporter au jugement, sans appel, d'un public immense, qui a eu tout le temps d'asseoir son opinion. Ce n'est donc pas sur *la sotte rapsodie* que j'appuierai mon mécontentement; car, à cet egard, je me suis attendu à tous les bavardages des petits ecrivains, qui sont toujours en contradiction avec le public; et la fable du *serpent et de la lime* est la seule réponse qu'on puisse faire aux *esprits du dernier ordre, qui, n'étant bons à rien, cherchent sur-tout à mordre*, comme dit le bon *la Fontaine*;... c'est donc le public qui répondra pour moi, comme il l'a toujours fait jusqu'ici..... Mais, ce qui m'a réellement affligé; ce qui n'a pas peu ajouté aux chagrins que mon imagination ardente grossit chaque jour dans mon cœur, ce qui m'a confirmé davantage dans la triste opinion où je suis, qu'il est des hommes nés pour la honte et l'humiliation de l'espèce humaine, c'est de voir un prêtre, un cenobite, qui devrait avoir conservé, du moins, un reste de pudeur et une ombre de charité chrétienne, un Législateur, dont les assertions devraient être toutes mûrement pesées et profondement réfléchies dans le silence de l'impartialité, avancer dans un papier public, et au moment d'une crise révolutionnaire, que je suis un *royaliste*, *un aristocrate*, et *un avilisseur de la Convention nationale*, tandis qu'il n'y a pas une ligne, pas un mot, pas une syllabe dans mes pièces, qui puisse être interprétée par la malignité elle-même, dans le sens que P......., *l'honnête* et *bon* P....... me prête si gratuitement. JE LE SOMME donc, aux yeux de toute la d'insulter les meilleurs citoyens avec une audace qui sied à merveille au caractère d'un moine en délire ; *mon révérend père* peut, sans conspirer contre la France, vomir des imprécations & des sottises contre tous les écrivains honnêtes, qui ont prêché les mœurs & la concorde..... Jusques-là, le mal n'est pas grand ; *sa révérence* augmente seulement un peu l'ennui des lecteurs & le prix du papier ; on ne lui en voudra pourtant pas de son babil & de ses prétentions ; elle partage ce petit travers avec tous les écrivailleurs, qui sont au-dessous du médiocre, & qu'on n'accuse cependant pas de *haute trahison*.

Mais si le revérend père P....... voulait venger son petit amour-propre humilié, en usant de son autorité précaire pour exercer des vengeances personnelles ; alors j'aurais raison de le démasquer, & d'user aussi de mon petit crédit auprès de quelques-uns de ses collègues, pour l'empêcher de confondre ses intérêts privés avec ceux de la patrie, & pour démontrer, s'il est possible, à sa *Révérence calomniante*, qu'on n'est ni un *aristocrate*, ni un *royaliste*, ni un *avilisseur*, pour avoir osé laisser de mauvais ouvrages dans l'oubli :

» Qui n'estime P........, n'aime point sa patrie,
» Et n'a, selon P........, ni talent, ni genie.

BOILEAU.

Comment s'étonne-t-on, d'après cela, que je sois incrédule sur toutes les *Conspirations* dont on fatigue nos oreilles, & dont je n'ai pas encore vû la moindre preuve ? Comment s'étonne-t-on que le peuple marque si peu de confiance dans ceux qui le

---

France, devant tous les patriotes de bonne foi, au nom de la Patrie elle-même, JE LE DÉFIE SOLEMNELLEMENT de prouver ce qu'il avance ; et, s'il ne s'avoue pas lui-même un sot ou un calomniateur, je passe condamnation sur tout ce qu'il lui plaira de vomir contre moi, de bile, d'âcreté, d'injures, de platitudes et d'invectives. Je lui declare en même-temps que je méprise moins la fange des ruisseaux, qu'un homme chargé, par état, de rendre hommage à la verité, et d'assurer la tranquillité des familles, qui, cependant, s'avise de gaieté de cœur, et sans qu'on l'attaque en aucune manière, de provoquer la haine et la défiance du peuple contre les meilleurs citoyens, de mentir impudemment à la nation qu'il a l'honneur de representer, de porter le trouble et la ruine dans les familles les plus honorables, et de braver les lois qu'il doit respecter le premier... O ! qu'il y a long-temps que nous serions tranquilles, si l'on avait porté des peines sevères contre les calomniateurs ! Je n'ai cessé de demander une loi là-dessus ; je la demande encore, avec plus d'instances que jamais, et je suis intimement et fermement convaincu que, si les calomniateurs étaient punis, les factions n'auraient pas si beau jeu.

gouvernent ? Comment veut-on que l'homme de bonne foi croie tout ce qu'on lui dira désormais, quand ceux qui le lui diront, n'auront jusqu'alors divulgué que des mensonges ? Et cette réflexion, la plus importante peut-être qu'on puisse faire sur la Révolution française, en explique mieux que toute autre chose, les véritables résultats. On sait, d'après cela, comment & pourquoi les partis se forment, se combattent & s'entre-choquent avec une animosité toujours renaissante; on sait comment & pourquoi les moindres évènemens engendrent des inimitiés éternelles, des haines irréconciliables. On sait comment & pourquoi les meilleurs amis sont devenus des adversaires opiniâtres. On sait comment & pourquoi la Convention nationale est obligée de prendre des mesures forcées pour faire respecter les lois; & c'est cette grande réflexion, sur laquelle je prie tous mes lecteurs, sans exception, de vouloir bien peser quelques instans avec la plus franche impartialité.

Cause principale des malheurs de la France; la calomnie.

Il y a long-temps que les Français se répètent les uns aux autres, en se battant : *Nous ne nous entendons pas*... En effet, il est trop vrai qu'*on ne s'entend pas*; mais à qui la faute? Est-ce aux Gouvernés ? Non; c'est donc aux *Gouvernans* ? Oui; & je vais le prouver. Mais, si je prouve que tous les malheurs de la France viennent du défaut de s'entendre, & que le défaut de s'entendre ne peut venir que des Gouvernans, quelle conséquence fatale & terrible sortira naturellement de cette assertion! J'en suis fâché, mes concitoyens; je dis la vérité; je la dis avec l'effusion d'un cœur navré de tristesse & plein d'amour pour ses semblables; je la dis avec l'intention formelle de faire sentir aux égarés, des torts qu'il leur est possible encore de réparer. Je la dis avec le desir bien sincère, non de provoquer contr'eux l'animadversion publique, mais de leur faire mériter les bénédictions du peuple, qu'il est encore temps de mériter. Je la dis avec la ferme résignation d'un homme bien déterminé à se rétracter, si l'on peut lui prouver qu'il se trompe lui-même dans ses calculs; je la dis enfin, pour laver mes concitoyens des prétendus torts qu'on affecte de leur reprocher, quoiqu'on sache parfaitement qu'ils n'en ont aucun.

Depuis la première époque des crises politiques, n'a-t-on pas bercé le peuple par des rapports faux, par des assertions fausses, par des dénonciations fausses, par des placards, des libelles, des journaux & même des proclamations absolument étayées sur la fausseté?

En 1789, n'a-t-on pas armé toute la France en un clin d'œil, en lui disant que des rassemblemens de brigands nécessitaient cette mesure? Qui lui disait cela? Les nouveaux Gouvernans d'alors. Y avait-il des brigands, en effet? Pas l'ombre; on n'en avait vu nulle part. Voilà donc un mensonge; ceux qui l'ont dit, ont donc menti. Ce mensonge une fois reconnu tel, le peuple a donc eu des raisons pour se défier de ceux qui le gouvernaient alors.

Vous m'objecterez qu'en politique, les circonstances commandent quelquefois des mesures extraordinaires. Alors, je ne suis plus des vôtres; si la cause de la liberté ne vous paraît point par elle-même assez belle pour captiver l'amour de la Nation Francaise, alors vous l'humiliez, cette nation, & vous avilissez en même-temps la cause de la liberté. Merci de la politique, quand on veut être libre; le Républicanisme n'a besoin que de ses propres attraits pour séduire; si vous lui donnez ceux du mensonge, vous flétrissez sa beauté naturelle, & vous n'êtes pas Républicain. C'est chez les tyrans & les esclaves, dont vous n'avez tant parlé sans doute que pour ne pas leur ressembler, qu'il faut releguer les secrets astucieux & les ressorts mensongers de ce qu'on appelle la *Politique*. Pour nous, qui sommes étourdis d'avoir entendu rebattre à nos oreilles cent & cent fois: *La vérité toute entière, rien que la vérité & toute la vérité*; tandis que par le fait nous n'avons encore vu *que le mensonge & rien que le mensonge*, nous détestons la Politique; &, pour la conserver parmi nous, autant valait-il rester comme nous étions; car ce n'est pas la peine d'inonder un pays fertile & florissant, de larmes & de sang, ni de parler de Révolution, pour n'avoir de la liberté que le nom, & pour ne garder de l'ancien régime que ce qu'il avait de mauvais. Autrement, nous donnerions gain de cause à tous les publicistes de l'Europe, qui se sont obstinés à ne voir en nous que des enfans dans l'art de gouverner les hommes.

Un premier mensonge accrédité, il a fallu qu'on cherchât tous les moyens possibles de maintenir le peuple dans son erreur. On ne l'a pu faire que par de nouveaux mensonges; &, de mensonges en mensonges, on a fini par ne plus honorer que les menteurs, & par persécuter les hommes vrais, pour les forcer à se taire; &, comme l'ami de la vérité est ordinairement un homme probe, courageux, incapable de sacrifier sa conscience, on a senti que les menaces & les persécutions ne suffiraient pas pour le réduire au silence, & qu'il parlerait selon son cœur, jusqu'à son dernier soupir; il a fallu s'en défaire, parce que, si, comme l'a dit Barrère, *il n'y a que les morts qui ne reviennent pas*, il n'y a aussi *que les morts qui ne parlent pas*; de-là sont venus les meurtres, les exécutions populaires, suscitées & soudoyées par des mains invisibles, ensuite, les conspirations enfantées dans le cerveau d'un *rêve-creux* ou d'un scélerat ambitieux, pour ériger des bourreaux en juges, & des boucheries en tribunal (autre insulte à la vérité!) pour dresser enfin des échafauds, uniquement destinés aux hommes vrais, désignés sous la nouvelle nomenclature inventée tout exprès pour perdre plus sûrement ceux qu'on a voulu perdre. Et voilà les Révolutions!!!!

On a poussé les choses bien plus loin; car on ne s'est pas borné à massacrer ceux qui ne voulaient pas mentir; mais l'assassinat s'est étendu jusqu'à ceux qui ne voulaient pas croire aux mensonges; il ne suffisait pas de se taire pour échapper au carnage; il fallait trahir sa conscience, au lieu de l'étouffer seulement, & applaudir à ceux qui mentaient; il fallait feindre de les croire comme l'Evangile, & participer ainsi à leur turpitude.

Du temps de Marat, tout ce que disait Marat devait passer pour article de foi; or, Marat ne disait pas un mot de vrai. Le Gouvernement protégeait Marat, & le protégeait si bien, qu'on a fait périr les hommes qu'il avait proscrits; je n'examine point si Marat puisait dans un cœur corrompu les faussetés insignes qu'il débitait comme des vérités, ou simplement dans une imagination ardente, fougueuse, exaspérée, frénétique; je me borne au fait; or, le fait est que Marat mentait à la journée, & que le Gouvernement défendait sa personne & payait ses mensonges: le peuple fut longtemps la dupe de ces mensonges, & des milliers de familles en ont été la victime. Je demande à présent si la vérité n'a pas été outrageusement violée envers la Nation; & je demande encore: *A qui la faute?*

Ce mot même de *Nation* est encore un mensonge; & ceux qui l'ont accrédité les premiers, le savaient bien; ce sont donc des menteurs aussi. Je soumets toutes ces réflexions, que j'imprime, aux Législateurs de bonne foi (& j'en connais plus d'un) qui auront la patience de me lire; qu'ils interrogent le passé; qu'ils examinent le présent; qu'ils consultent l'avenir d'après leur conscience & leur impartialité; & qu'ils me disent s'il y a plus de garantie contre les malheurs qui nous menacent encore, qu'il n'y en avait contre ceux qui nous ont accablés! qu'ils me disent si le peuple a plus de raison de croire aujourd'hui, qu'il n'en avait lorsqu'on l'avait beaucoup moins trompé encore qu'on ne l'a fait avec le temps.

Oui ; on a menti, en disant toujours *la Nation* ; parce que ce n'est pas la *Nation* qui a ordonné, ni qui a fait tout ce qu'on a fait & ordonné. L'*Emprunt forcé* (qui est encore un mensonge, mais si grossier qu'il se trahit par l'expression elle-même) eh bien, l'*Emprunt forcé* s'est fait au nom de la *Nation* ; & la *Nation* n'a eu de part qu'aux larmes qu'il a fait couler.

Un particulier était l'objet de la haine d'un homme en crédit ; l'homme en crédit s'appellait *la Nation* ; & c'est *la Nation* qui, sans s'en douter, punissait le particulier *Conspirateur*, qui, sans s'en douter non plus, avait outragé *la Nation*.

On peut citer cent mille exemples du même genre ; je me borne à parcourir quelques époques.

Voyez avec quel art on a cherché à sauver les contradictions les plus grossières ! ces contradictions échappaient sans doute au vulgaire ; mais l'observateur les saisissait au premier coup-d'œil.

Déplaire à un Représentant, c'était déplaire à *la Nation*. Manquer à un homme en place, c'était manquer à *la Nation* ; & qu'appelait-on *manquer* ?...... Démasquer un Législateur perfide ou criminel envers *la Nation*, qu'est-ce autre chose, en conscience & en vérité, que servir *la Nation* ? eh bien, non ; c'était calomnier *la Nation*, que d'attaquer ceux qui la déshonoraient. Tel Législateur vous disait qu'il n'était pas une fraction du *Corps Législatif*, mais que le Corps Législatif résidait tout entier dans sa personne ; &, si une Assemblée populaire avait le malheur de choquer les idées du *Gouvernement*, celui-ci avait grand soin de faire valoir qu'une fraction du peuple n'était pas le peuple entier ; il avait raison ; mais pourquoi, dans ce cas, une fraction de la Législature serait-elle la Législature entière ?

N'a-t-on pas dit vingt fois, dans ces derniers temps, que chaque Député n'était pas le représentant de telle portion de la France, mais celui de la France entière ? Et pourquoi veut-on que chaque Electeur ne soit pas le Représentant immédiat du Peuple Français, pendant toute la durée des fonctions Electorales ? La preuve qu'il l'est aussi, c'est qu'il ne choisit pas dans l'étendue seule de son Département, mais dans toute l'étendue de la France. Il est donc aussi l'Electeur de la France ; & il n'y a pas plus de raison pour croire que tel Député, rejeté à l'unanimité par soixante assemblées Electorales, & nommé par une seule, soit plutôt le député de toute la France, que pour croire que tel Electeur, faisant partie d'une assemblée, qui partage les opinions & le vœu de soixante autres, ne soit pas l'Electeur de toute la France. Car, en subdivisant adroitement les fractions du peuple rassemblé, sous le sot & vain prétexte qu'il n'y a pas d'espace assez grand pour réunir la masse entière du Peuple Français, on fait une autre espèce de mensonge, qui ne tend à rien moins qu'à réduire à une nullité absolue la souveraineté du peuple & les droits du citoyen. Or, si cette souveraineté, qui existe de droit, n'existe pas de fait pendant les Assemblées Primaires, que devient alors la souveraineté du Corps Législatif, puisqu'il n'est lui-même Corps Législatif qu'en vertu de cette souveraineté du Peuple? Attenter à cette souveraineté, comme on l'a fait évidemment par les moyens les plus vexatoires & les plus abusifs, c'est donc attenter au Corps Législatif; & annuller les droits du peuple, c'est annuller les droits de ceux qui le représentent. Qui veut le principe, veut la conséquence; & tous les sophismes, tous les mensonges & toutes les phrases de tous les Dictionnaires du monde entier, ne sauraient détruire ce raisonnement si simple, dont la clarté saute aux yeux. Passons à d'autres mensonges; & prouvons, de reste, que, s'il existait sur le globe une Nation essentiellement adonnée au mensonge, une *Ile de menteurs*, par exemple; elle nous céderait le pas depuis la Révolution.

Combien Brissot n'a-t-il pas désigné d'hommes probes aux poignards des assassins, dans son Journal d'autant plus virulent(1), que cet homme adroit avait l'art de cacher les sentimens pervers qui maîtrisaient son cœur, sous les dehors d'une modération factice, dehors toujours trop persuasifs pour la masse des lecteurs sans intrigues? Eh bien; Brissot a fait des victimes; & Brissot a presque toujours menti. Nous nous amusâmes un jour, entre quelques amis, à décomposer son Journal; c'était à la fin de l'année 1791; les mensonges supprimés, il ne restait plus rien que ce qu'on appelle en chymie le *Caput mortuum*; comme si l'on ôtait le jus de raisin de la boisson que nos marchands de vin s'amusent à fabriquer dans leurs opérations nocturnes, & qu'il n'y restât que la litarge & l'eau. Brissot cependant, tout en publiant dix-neuf mensonges sur vingt phrases, jouissait d'une grande confiance parmi les Français; son crédit seul faisait en France, ce qu'un proverbe trivial nomme *la pluie & le beau tems*; Brissot faisait des malheureux; Brissot (& j'en ai les preuves) insultait à la douleur des familles qu'il sacrifiait à son ambition astucieuse; & Brissot était un des membres actifs du Gouvernement d'alors! Si Brissot a menti, si on l'a souffert, si ses mensonges ont obtenu de la vogue...., je demanderai encore: *A qui la faute?*

(1) Le *Patriote Français*.

Je sais bien qu'on me dira que le peuple a reconnu enfin la vérité, & qu'il a été détrompé sur Brissot. D'abord je répondrai que non ; car l'aveugle destinée, qui se joue de la crédulité des humains, a permis qu'il fût associé au matyre des hommes généreux, que le prétexte du fédéralisme a fait immoler aux passions du parti opposé. Mais, quand il serait vrai que la France entière eût connu Brissot aussi bien que moi, & que le public fût entièrement détrompé sur son compte, en serait-il moins vrai, d'une autre part, que son règne a trop duré pour le malheur de l'innocence ? En serait-il moins vrai que la France eût été long-temps la dupe des erreurs qu'il fit naître & qu'il favorisa ? En serait-il moins vrai que le Peuple Français, après avoir reconnu le piége où Brissot voulait l'entraîner, eut dès-lors un nouveau droit de tout suspecter, & que, plus on voit de scélérats se succéder dans une Révolution, & chercher à duper leurs concitoyens, plus il est permis à ces mêmes concitoyens d'être défians à l'avenir, & de suspecter tout ce qu'on leur dit ?

Pendant toute la durée du règne de Robespierre (1), cet homme, profondément dissimulé, cet homme, dont tout ce qui l'approchait chaque jour était la dupe, ne soutint son crédit, sa puissance, son existence politique, qu'à force de mensonges. Il avait l'art, plus qu'aucun autre, de déguiser la vérité, de la dénaturer ou de l'entortiller de telle sorte qu'il ne la dît jamais, en ayant toujours l'air de la dire. Il posait de faux principes aves assez d'adresse pour les faire paraître vrais, & les conséquences qu'il en tirait, semblaient toujours en découler naturellement. Toute la France a été sa dupe ; le sang a ruisselé parmi nous ; Robespierre en était la cause ; et Robespierre n'a respiré que pour mentir ; il l'a fait seulement avec beaucoup plus de ménagement & d'adresse que

---

(1) Je ne crois pas qu'il y ait beaucoup de Français qui aient étudié Robespierre avec plus d'attention que moi. Nous fûmes camarades d'etudes au collége de *Louis-le-Grand*, à Paris, et rivaux pour les premières places en Rhétorique. Le hazard voulut même que je l'emportasse sur lui ; ce qu'il ne me pardonna jamais. Je le revis en 1786, à Arras, quand j'y fus reçu, avec Carnot, membre de l'Académie. Je ne l'ai pas revu depuis la Révolution ; ce qui n'empêche pas que je n'aie ete à même de l'observer toujours de très-près, et de me procurer les renseignemens les plus positifs sur son compte et sur le rôle très-extraordinaire qu'il a joué en France. Les deux Robespierre m'étaient également connus ; l'aîné fut mon condisciple et mon collègue ; le cadet fut mon écolier : on les a très-mal jugés tous les deux. C'est ce que j'ai prouvé dans des *mémoires*, que j'ai remis en mains sûres, et que le depositaire ne fera paraître que lorsqu'il en sera temps. *Voyez la suite de ce Tastament.*

tout autre ; mais il n'en fut pas moins un menteur & un menteur souverainement dangereux. Tout fut mensonge en France pendant la durée de son crédit ; tous les sectateurs de ses opinions s'efforcèrent aussi de mentir à qui mieux mieux ; personne n'osait avoir ses propres principes & sa propre conscience ; on mentait par crainte encore plus que par goût ; or, Robespierre fut lui seul le Gouvernement Français pendant quelque temps ; car, s'il eût été vertueux ou humain, il aurait par son influence fait faire autant de bien à ses collègues, qu'ils ont fait de mal. Si l'on a menti en France, & si l'art de mentir au peuple a désolé notre patrie, je puis donc demander encore : *A qui la faute ?*

Après le 9 thermidor, le peuple, une fois détrompé de l'erreur où il avait été plongé sur le compte de Robespierre & de ses premiers agens, a paru sortir d'un rêve ou d'une léthargie profonde ; mille vérités importantes ont commencé à frapper ses yeux de leur éclat subit ; il s'est étonné, il s'en est voulu de sa longue stupeur ; & pendant plusieurs mois, il a eu tout le temps de déplorer la terrible facilité avec laquelle il se laisse entraîner dans tous les piéges qu'on lui tend. Chaque jour, chaque heure, chaque moment lui découvrait de nouveaux abîmes auxquels il se félicitait d'avoir échappé ; il s'est dit mille & mille fois : « O mon dieu ! comme « on nous a trompés ! Quoi ! tous ces hommes, qu'on nous pei-« gnait comme des conspirateurs, n'étaient pas des conspirateurs ! « Quoi ! ceux qui conspiraient réellement, étaient ceux-là « mêmes qui nous gouvernaient ! .... En paraissant n'agir que « pour la liberté, on n'agissait que pour la tyrannie ! Quoi ! ces « grands patriotes par excellence n'aimaient point leur patrie ! « ces grands défenseurs du peuple, ne défendaient qu'eux-« mêmes ! .....

Certes, avec de pareilles réflexions, il y a de quoi s'étrangler de honte & de dépit .... Eh bien, si quelqu'honnête homme eût alors dit au peuple :

« On vous a menti jusqu'ici ; vous croyez qu'à l'aide de l'ex-« périence, on ne vous mentira plus. Détrompez-vous ; certains « hommes, qui vous flattent encore, ne vous feront pas plus de « grace que les autres. Ils vous disent qu'ils agissent pour votre « bonheur ; ils travaillent uniquement pour leur sûreté ; & la suite « des temps vous prouvera qu'ils n'ont songé qu'à eux, & que « vous êtes l'heureux prétexte dont ils colorent leur égoïsme & « leur intérêt personnel. Ils vous mentent ; ils vous mentiront « encore, & ils vont faire une nouvelle provision de mensonges « sous une autre forme, parce que la précédente est usée ; & vous

« ſaurez la vérité de ce qui s'eſt paſſé ; mais vous ne ſaurez pas « la vérité de ce qui ſe paſſe.

Si on eût tenu au peuple ce langage, tous les ſoi diſant patriotes euſſent crié à *la conſpiration nouvelle* ; ou eût dit : « cet homme-là « veut brouiller les cartes ; cet homme-là contrarie les projets du « gouvernement ; cet homme-là veut exciter la guerre civile ; « cet homme-là eſt un mauvais citoyen ; il faut arrêter cet homme-« là . . . & cet homme-là eût été un excellent citoyen ; cet homme-là eût mérité des éloges ; cet homme-là eût été vrai ; cet homme-là peut être eût épargné à ſa patrie les fléaux qui ſont venus combler la meſure de ſon infortune.

Ainſi, on aurait menti encore pour ſe venger d'un homme qui ne mentait pas ; & ce qu'on lui aurait pardonné le moins, c'eût été de dire la vérité ; tant nous avons d'amour pour le menſonge ! c'eſt un *tendre* inexprimable, dont nous ne nous corrigerons peut-être jamais.

Je viens maintenant aux derniers événemens ; & je prouverai encore qu'on n'a pas connu la vérité, qu'on ſemble même l'avoir fuie, & qu'enfin le menſonge a joué dans toutes ces réactions malheureuſes, un rôle important.

» Mais, me dira-t-on, à quoi ſert-il de prétendre éclairer les « Français, s'il eſt décidé que les Français ſeront toujours la dupe « des menteurs ? & pourquoi vous expoſez-vous, ſans profit « pour la choſe publique, quand vous ſavez qu'on n'aime pas la « vérité ? De deux choſes l'une : ou l'on veut enfin être vrai ; ou « l'on ne veut pas l'être. Si on le veut, vos éclairciſſemens ſont « inutiles, & c'eſt réveiller des haines mal à propos ; ſi on ne « le veut pas, c'eſt vous faire des ennemis en pure perte ; car « l'homme en place, qui veut mentir, ſent qu'il ne ſe conſer-« vera qu'à l'aide du menſonge ; & ſon plus cher intérêt eſt de « réduire au ſilence tous les hommes vrais.

Ah ! que dites-vous ? . . . Quoi ! vous tiendriez ce langage, & vous vous dites Républicain ! gardez-vous de prononcer le mot *République* ; qu'il ne ſorte jamais de votre bouche, ce mot reſpectable, dont vous ne ſentez pas le prix. Déchirez tous les décrets qui parlent de la *République* ; effacez toutes les inſcriptions qui annoncent la *République* ; qu'il n'en ſoit pas plus queſtion que ſi, l'on n'en eût jamais parlé en France ; car, dès qu'on ſe plie à mentir pour plaire aux hommes puiſſans, dès qu'on ſe réſoud à ſe taire pour ne pas leur déplaire, on eſt cent mille fois pis que les eſclaves des ſultans de l'Aſie ; & les ſultans de l'Aſie ne ſont pas Républicains, j'eſpère ; & leurs eſclaves, encore moins : & ſongez bien à une choſe ; c'eſt que le deſpotiſme Aſiatique, avec toute ſa laideur, est cent millions de fois moins la d que le despotisme qui s'habille en République.... Ignorez-vous donc que l'homme doué d'un grand fond de franchise & de loyauté, n'est jamais le maître de se contenir à l'aspect du mensonge ? Ignorez-vous que toutes les menaces des tyrans du monde entier, ne peuvent contraindre que momentanément les affections d'une ame brûlante, qui veut toujours s'élancer vers le bien, malgré les obstacles dont on l'entoure? Ignorez-vous que l'honnête homme est haletant de désespoir & de rage, quand il voit sans cesse la masse de ses semblables aux prises avec l'imposture, & qu'il vient une époque, où, perdant toute patience, il sait braver les échafauds pour crier enfin au peuple *que ce qui est vrai, est vrai? que tel homme qu'on lui peint comme un scélérat, est un excellent citoyen? que telle chose qu'on lui raconte comme positive, est un mensonge avéré?* Ignorez-vous que le devoir sacré d'un Républicain consiste, avant tout, à détester le mensonge, à démasquer la fourberie, à venger l'honnête homme de la calomnie? Et, si la calomnie s'étend à la fois sur des mi liers d'honnêtes gens, il est criminel & inexcusable de ne pas embrasser leur défense, parce que c'est alors le peuple même qu'on calomnie; & que rien n'est au-dessus du peuple aux yeux d'un patriote. Mais ceci devient encore un devoir d'un autre nature, si le mensonge compromet sa liberté, sa fortune, sa vie & celle de tout ce qui lui est cher. Ce serait un plaisant patriotisme que celui qui prétendrait gouverner républicainement un peuple, & qui dirait à chacun des individus qui le composent :

« Je vous ferai passer pour tout ce que vous n'êtes pas; je dirai à la nation entière que vous êtes son ennemi; je vous inquieterai dans votre repos & dans votre propriété; j'attenterai à tous vos droits; je flétrirai votre réputation; je dénaturerai vos meilleures intentions; je paierai des hommes pour m'aider à faire croire ce que je veux qu'on croie.. mais taisez-vous; je vous défends, sous peine de mort, de repousser la calomnie; gardez-vous bien de faire entendre autre chose que ce que je veux qu'on croie de vous. Si vous avez de la probité, n'en parlez pas, car je veux qu'on croie que vous n'en avez pas. Si vous êtes l'ami des hommes, gardez-vous de le dire, car je veux qu'on croie que vous êtes leur ennemi;... Si vous aimez la République, n'en dites rien, car je veux qu'on vous prenne pour un Royaliste effréné. Si vous êtes soumis aux lois, si vous aimez l'ordre & la paix, ne le faites point paraître, car il entre dans mes vues qu'on vous prenne pour un partisan de l'anarchie & du désordre. Si vous avez horreur des dissentions & du sang, n'en dites rien, car mon intérêt exige que

» vous paffiez pour un provocateur au meurtre & à la guerre ci-
» vile... mon amour-propre offenfé eft bien au-deffus des inté-
» rêts de la Patrie; je veux vous facrifier; j'en ai befoin pour ma
» tranquillité; laiffez-vous facrifier fans vous plaindre; &, fi vous
» êtes incapable de confpirer, laiffez toujours croire que vous
» êtes un confpirateur. Car, fi vous détrompiez le public, cela
» dérangerait tous mes projets ».

Que répondrait-on à ce difcours impertinent?... eh bien, citoyens, frémiffez! Déjà plufieurs fois, depuis la révolution, fi l'on n'a pas dit tout cela mot pour mot, on a fait plus, car on s'eft conduit précifément comme fi on l'avait dit.

Mais voici bien une autre reflexion. Je fuppofe deux hommes qui s'accufent réciproquement de mentir au peuple. D'un côté eft un homme en place, qui a donné des marques de quelqu'ambition, qui a commis des fautes dont le réfultat a caufé le malheur de plufieurs familles; fon intérêt, fa fortune, fa pofition, tout exige qu'il fe maintienne dans fa place; &, foit par le défir de réparer fes erreurs, foit par la crainte de fe voir pourfuivi, s'il n'eft plus couvert de l'égide du pouvoir, il doit naturellement chercher tous les moyens, finon de s'y perpétuer, du moins de s'y maintenir jufqu'à une époque plus paifible & plus raffurante. Cet homme s'appellera *Lifidor*, par exemple.

Damon fera l'autre individu dont j'ai fuppofé l'exiftence. Damon, connu par des principes invariables de douceur & de modération, eft à l'abri de tout reproche d'ambition; il n'a jamais brigué ni places, ni rangs, ni honneurs, ni richeffes; content de la médiocrité, où le circonfcrit fon travail, Damon ne fonge point à occuper un emploi; il n'en a pas non plus; bref, il n'eft rien dans l'Etat, qu'un fimple particulier.

Si Lifidor, qui eft en évidence, profite de fon crédit pour dire au peuple: « Défiez-vous de Damon: c'eft votre ennemi; il conf-
» pire en fecret; tout ce qu'il dit, eft menfonge: & il vous trompe!

Si Damon répond: « Défiez-vous plutôt de Lifidor; il ne m'at-
» taque que parce qu'il m'en veut; & il ne m'en veut que parce
» que j'ai bleffé fon amour-propre; il ne vous dit pas la vérité,
» parce qu'il eft intéreffé à vous la cacher.

Lequel des deux le peuple croira-t-il? n'examinera-t-il pas fi l'un a plus d'intérêt que l'autre à le tromper? &, fi, en effet, Damon n'ayant rien à prétendre, foit qu'il parle, foit qu'il fe taife, n'a aucun intérêt à mentir, paffera-t-il pour un impofteur, plutôt que Lifidor, qui, lors même qu'il voudrait être vrai, a mille raifons pour chercher à ne pas l'être? Paffons aux évènemens.

Ce qui s'est passé à Paris avant les journées des 12, 13 & 14 *vendemiaire.*

Il n'y a que des sots ou des ignorans en politique, qui n'aient pas pressenti les orages que devait amener dans Paris l'époque trop mémorable des Assemblées Primaires. D'un côté, la lassitude d'un grand peuple expirant sous le fardeau de toutes les calamités; de l'autre, l'espoir d'un autre régime & le désir de la nouveauté; ici, le parti, long-temps florissant, de ce qu'on appelle les Jacobins, n'attendant que le moment favorable pour tâcher de se relever & pour se venger des humiliations dont l'avait abreuvé le Sénat lui-même; là, le parti de ce qu'on appelle les Royalistes & les Aristocrates, abattu depuis long-temps par les proscriptions & les échafauds, épiant en secret la marche de l'opinion pour chercher à ranimer ses espérances; entre ces deux partis extrêmes, l'immense majorité des Français, abîmés sous les secousses du régime le plus exécrable qui fut jamais, ne soupirant qu'après un nouveau gouvernement, les lois, l'ordre, la justice & le repos, & bien décidé à exposer leurs jours pour empêcher les monstres qui avaient couvert leur pays de carnage & de misère, de se ressaisir du sceptre sanglant, que le premier Prairial leur avait arraché. Voilà le tableau de notre position à l'époque des Assemblées Primaires. Il n'était pas difficile de prévoir qu'elles seraient orageuses & que la foudre finirait par éclater.

Législateurs! qui que vous soyez, ou de la montagne ou de la plaine, vous pouvez avoir encore, malgré les excès où plusieurs de vous se sont laissés entraîner, des retours heureux de lumières & de justice! j'aime à croire que vous en avez; & je serais trop affligé de ne voir dans ceux qui nous gouvernent, que des hommes égarés ou passionnés. Sans doute que la plupart d'entre vous sentiront que, si l'orgueil d'une politique aveugle leur ordonne de ne pas accueillir favorablement cet ouvrage, le sentiment du véritable honneur & la conviction du vrai leur commandent d'en remarquer la justesse. Aucun autre motif que l'horreur du sang, aucune autre raison que l'ardent desir & le besoin pressant du salut de mes frères, ne peut avoir guidé ma plume. C'est moi qui ai dit à ma Section, dans un discours, dont elle ordonna l'impression:

« O vous, Législateurs, que l'exaltation générale a pu emporter au-delà des bornes que vous prescrivaient vos devoirs
» & la dignité de vos fonctions, n'ajoutez point foi légèrement
» aux rapports fallacieux des hommes intéressés à vous tromper!

» Croyez que nous ne fommes ni des affaffins, ni des intrigans, » ni des factieux; croyez que nous fentons bien tout le prix des » efforts, des dangers & des facrifices de ceux d'entre vous, qui » fe font confervés purs au fein de la corruption! croyez que » ceux-là mêmes, qui, parmi vous, ont perdu la confiance » des Français, n'ont rien à redouter de leur reffentiment; la loi » les jugera plus tard, s'ils font coupables; pour nous, fupé- » rieurs à la crainte & aux calomnies, refpectant toujours le ca- » ractère de Repréfentant dans celui qui n'en eft pas digne, & la » qualité d'homme dans un de nos femblables, par quelque for- » fait qu'il l'ait dégradé! .... Nous ne tremperons jamais nos » mains dans le fang de perfonne; .... nous fommes toujours » prêts à pardonner à nos plus cruels ennemis, s'ils veulent cef- » fer d'être en même temps ceux de leur patrie; &, quel que foit » le fort qui nous attend, nous refterons fermes & calmes au » pofte où la liberté nous a placés! ....

C'eft moi, qui propofai le premier à ma Section, dès le commencement des Affemblées, de prendre un *Arrêté par lequel nous prifsions fous notre fauve-garde fpéciale tous les membres de la Convention.*

C'eft moi, qu'un citoyen courageux, mais un peu trop emporté, accufa en pleine Affemblée, d'avoir *manqué d'énergie* un foir, où je n'avais point paru, lorfqu'on propofait *que les Electeurs occupaffent le fauteuil à tour de role*, après le décret de mort, qui vouait au fupplice les Préfidens & les Secrétaires des Sections.

C'eft moi, qui montai précipitamment un foir à la tribune, pour inviter mes concitoyens à ne pas s'échauffer les fens & l'imagina- » tion fur *les Décrets des 5 & 13 fructidor*, qu'ils étaient libres » d'accepter ou de rejetter, fans aucune réflexion amère & fans » aucune perfonnalité odieufe; & fur tout à fe défier de ceux qui » voulaient les porter à des mefures exagerées.

C'eft moi, qui bravai les murmures & l'improbation générale, lorfqu'étant feul au Comité Civil, & n'y ayant alors que moi de Commiffaire, je reçu la *Loi des 5 & 13 fructidor*, avec ordre de *la faire proclamer fur-le-champ*; je vis bien dans cette précipitation, un plan de tyrannie, qui n'échappera pas à la poftérité; mais, étant magiftrat fubalterne, nommé par la Convention & non pas par l'Affemblée Primaire, une proclamation n'étant qu'un acte purement adminiftratif, & notre Affemblée ayant d'ailleurs déclaré qu'elle *refterait foumife au Gouvernement provifoire jufqu'à la mife en activité de l'Acte Conftitutionnel*, j'eus is, moi *Coufin Jacques*, fait proclamer un Décret qui eût mis *le Coufin Jacques* lui même hors de la loi; parce que, dans mon opinion, un Officier civil,

Civil, étant méchaniquement soumis à remplir ses fonctions, doit les remplir, en effet, sans hésiter, tant qu'il ne s'agit que de la proclamation d'une *loi* déjà connue de tout le monde, & qui ne compromet la sûreté de personne. Car enfin, ou nous étions du nombre des fractions du peuple, qui avaient accepté les Décrets, & alors la proclamation était conforme à nos vœux; ou nous étions du nombre de celles qui les avaient rejetés; & alors la proclamation était insignifiante pour nous, puisqu'elle ne gênait en rien notre conscience, & puisque notre *rejet*, clairement exprimé avant la proclamation, ne permettait pas de douter de la nature de notre vœu.

Ce fut donc moi, qui allai sur le-champ trouver le Président du Comité Civil, qui était alors au Bureau de l'Assemblée, qu'il présidait aussi; & ce furent lui & moi, qui nous décidâmes sur-le-champ & de concert, à faire proclamer la loi. Elle fut proclamée aussitôt; l'Assemblée du Mail nous en fit des reproches le soir même; mais, plus sage que quelques autres, elle goûta nos raisons, & déclara que nous *n'en étions pas moins dignes de sa confiance.*

Ce fut moi, qui proposai & lus à la tribune *une Profession de foi des citoyens de l'Assemblée du Mail*, que nous avions rédigée de concert avec deux hommes sages de la Section. Cette *Profession de foi*, qui ne fut pas généralement approuvée, parce qu'elle paraissait *trop froide* à des hommes persuadés qu'on voulait les assassiner, n'exprimait autre chose que les principes de l'ordre & de la modération; & nous y déclarions que *les factieux & les agitateurs ne réussiraient pas à mettre les Gouvernans en guerre avec les Gouvernés.*

Ce fut moi qui, ayant eu la curiosité bien légitime de fraterniser avec les Sections de Paris, autant pour me convaincre de la fausseté des rapports qu'on se permettait sur elles, que pour leur porter des paroles de paix & de consolation, me fis inscrire une fois pour aller en députation à la *Section* du Mont-Blanc & à celle du *Faubourg* du Nord; j'y portai un *Arrêté* de ma Section, improbatif, je crois, de *la censure générale des Electeurs*, proposée par quelques Sections.

J'atteste ici sur tout ce qu'il y a de plus sacré, que ces deux Sections me parurent sublimes par le calme & la dignité, mais sur-tout par le parfait accord qui régnait dans leur sein. J'atteste que je fus édifié, sur-tout, du profond silence que je remarquai dans celle du Nord; j'atteste que je la trouvai très-nombreuse, & que les ouvriers du faubourg formaient les sept huitièmes de l'assemblée; j'atteste que je les vis tous partager les sentimens qui paraissaient alors animer tout Paris. (Oui, Paris a été sublime à l'époque des Assemblées Primaires, & je crois fermement que sa conduite, dans ces jours nébuleux, fera l'admiration des Français, quand le règne des fureurs sera passé.) J'atteste qu'ils étaient tous indignés de la mise en liberté des Terroristes, qu'ils trouvaient tous de l'injustice dans la conduite des Comités de Gouvernement, qu'ils voyaient tous dans cette conduite un attentat aux droits du peuple, & que le véritable motif, qui les déterminait à se rendre à leurs sections, c'était la seule crainte du retour de la terreur. Nous verrons plus loin si cette crainte était légitime & fondée; car, si elle l'était, & si la Convention n'a point de torts, il faut conclure de-là que personne n'a eu de torts dans tous ces évènemens orageux.

J'atteste enfin que le petit discours, que je me permis d'improviser dans ces deux Sections, fut interrompu plusieurs fois par des applaudissemens unanimes, par ces applaudissemens que ne commande ni la réputation, ni les grandes phrases, mais qui partent du cœur, & d'un cœur pénétré des principes de la justice & de l'humanité.

Or le voici, ce Discours, de peur que le Révérend Père *P.........*, ou quelqu'autre *habile homme*, singeant la bonne foi, n'aille publier que mes paroles étaient celles d'un *Royaliste*, d'un *Aristocrate* & d'un *Avilisseur*.....

« C i t o y e n s,

» La Section du Mail, qui me députe vers vous pour vous
» faire part de l'*Arrêté* que je viens de vous lire, en m'hono-
» rant de sa confiance, me permet d'ajouter en son nom, que
» toujours ferme & calme, toujours fidèle aux bons principes,
» toujours amie des lois, du bon ordre & de la paix, elle n'op-
» posera jamais aux attaques de l'intrigue & de la malveillance,
» d'autres armes que celle de la raison, de la justice & de la
» modération. Elle n'ignore pas, non plus que vous, que le
» crime s'agite en tout sens, pour diviser les cœurs, aigrir les
» esprits, exaspérer les haines, & parvenir à exciter la guerre
» civile, dont j'espère que vous ne voulez pas plus que nous.
» Mais, jalouse de ne pas tomber dans un excès en voulant fuir
» un autre excès, elle se défiera également & des allarmes exa-
» gérées & d'une sécurité dangereuse; & elle concourra de tous
» ses efforts, de toutes ses ressources, de tous ses moyens phy-

» siques & moraux, à consolider la République sur une base
» inébranlable. »

P....... dira-t-il que ces paroles sans prétention sont *royalistes?* Dira-t-il qu'elles tuent la *Convention dans la boue?* Dira-t-il qu'elles contiennent des *allusions féroces?* Oui, sans doute, il le dira; car il l'a dit pour un ouvrage infiniment plus sage & plus modéré encore.

Ce fut moi, qui, le soir même du jour, où l'on avait rassemblé des Electeurs au Théâtre-Français, lorsque notre Assemblée, qui ne voyait rien dans cette mesure que de conforme aux droits du peuple, fit paraître tous les Electeurs un à un, pour s'assurer de leurs dispositions à cet égard; ce fut moi qui, quand ce vint à mon tour, entendant dire autour de moi : *Oh! pour celui-là, il ne rechignera pas; il a du courage*: persistai néanmoins dans la façon de voir que j'avais déjà manifestée pendant tout le jour, & dis à l'Assemblée:

« Je dois vous dire, avec ma franchise accoutumée, que je
» regarde, en mon ame & conscience, la mesure du rassemble-
» ment subit des Electeurs, comme très impolitique & infiniment
» dangereuse pour la chose publique; mais vous m'avez donné
» votre confiance; je suis votre délégué; ma volonté n'est plus
» à moi; vous m'ordonnez d'y aller; j'irai ».

Le fait est que nous n'y allâmes pas; parce que nos *Pouvoirs* n'étaient pas encore délivrés; & le lendemain, la salle était évacuée & fermée.

Cependant, si nos *Pouvoirs* eussent été prêts, il est plus que probable que nous y eussions tous été; nous serions proscrits aujourd'hui. Quelle horreur! & quel délire! quoi? parce que des hommes chargés de la confiance du peuple, eussent fait un acte de comparution dans une salle, pour obéir au vœu unanime de leurs Commettans, il faudrait les égorger! Ah! mes amis! sommes-nous chez les Cannibales? ou sommes-nous en France?

Eh bien, Législateurs! soyez de bonne foi; c'est vous que j'interpelle à présent! croyez-vous qu'un homme qui a tenu la conduite & le langage que je viens d'exposer, soit un *Royaliste* & un *Conspirateur?* Il y a vingt personnes dans ma section qui ont parlé plus que moi, puisqu'on me blâmait sans cesse de mon silence; croyez-vous que je sois un *Meneur?* non, vous ne le croyez pas; & j'en appelle à ceux qui, parmi vous, ont eu plusieurs fois occasion de m'observer; ils connaissent mon caractère & mes principes. Douteront-ils de la pureté de mes intentions, & de la sincérité de mes paroles? je ne le crois pas.

C'est donc avec des motifs plausibles & non suspects que je vous ferai les observations suivantes :

Deux partis étaient bien clairement en opposition dans Paris, à l'époque des Assemblées Primaires ; n'est-ce pas ? ces deux partis étaient la Convention d'un côté, & les Sections de l'autre.

Voyons maintenant la conduite de chacun de ces deux Partis ; & voyons-la sans aucune espèce de prévention. Je ne parle que de la *conduite apparente* ; car, si vous m'allez citer des *conjurations & des complots*, vous sortez de la Thèse. Si l'erreur a dominé de part & d'autre, elle est excusable aussi de part & d'autre ; si l'erreur n'a existé que d'une part, elle est encore excusable, en ce que Dieu seul a le talent de voir ce qui échappe aux regards des mortels ; & que personne sous le ciel ne peut nous faire un crime d'avoir pris nos yeux pour garans de ce que nous voyons, & nos oreilles pour garans de ce que nous entendions.

Conduite apparente de la Convention nationale.

Au premier Prairial, la Convention se vit à deux doigts de sa perte ; elle touchait au moment de sa dissolution, lorsque l'effort unanime des Sections de Paris la sauva du fer des assassins.

Toutes les Sections ne participèrent pas à son salut, direz-vous. Rougissez, vous qui parlez ainsi ; car, si quelques fractions du peuple Parisien se sont portées alors contre la Convention, ce sont précisément celles qu'on a voulu séduire & gagner pour la défendre au 13 Vendémiaire. Or, quel fond vouliez-vous faire sur des hommes versatiles & pusillanimes, dont on peut diriger les mouvemens suivant l'impulsion qu'on leur donne ? Et quelle idée voulez-vous que nous ayons de ceux qui sollicitent en leur faveur aujourd'hui ceux qui s'armaient contr'eux il y a trois mois ? N'est-ce pas là *souffler le chaud & le froid ?* n'est-ce pas là prêcher le *pour & le contre ?* n'est-ce pas là mettre les armes à la main de tous les partis l'un après l'autre ? n'est-ce pas là enfin, faire preuve de faiblesse & d'inconstance aux yeux de toute la Nation, & déclarer solemnellement que l'on regarde le peuple comme une machine, puisque l'on s'en sert pareillement, tantôt pour, tantôt contre, selon les passions & les intérêts du moment ?

Quel fut le résultat du premier Prairial ? des *Loix* précises & formelles, qui investissaient les Sections du pouvoir de désarmer & d'arrêter les Terroristes qui étaient dans leur sein.

Les a-t-on maintenues, ces loix ? non, certes ; au contraire ; on les a foulées aux pieds, sans songer à les abroger. Le Comité de Sûreté générale a mis, de sa pleine autorité, une foule de Terroriſtes en liberté; & moi, qui veux dire ici tout ce qu'il eſt important de dire, je déclare que j'ai vu pluſieurs de ces hommes criminels, qui m'ont dit, à moi, « que les Comités étaient bien dupes » de ce qu'on leur faiſait faire; qu'on les mettait en liberté, mais » qu'ils étaient bien loin d'aimer la Convention, & que tôt ou » tard, elle ſe repentirait de les avoir ménagés; car eux, ils ne la » ménageraient pas ».

Je déclare (& je ne ments pas) qu'un des plus zélés partiſans du Jacobiniſme me dit au premier Prairial, dans la cour de ma Section, où nous étions ſous les armes : *Nous ſuccomberons peut-être aujourd'hui, mais dans un mois nous recommencerons.* Je déclare qu'un autre Jacobin, encore plus fanatiſé, me dit le lendemain 2, en ſe promenant avec moi dans le paſſage des *Petits Pères* : « Voilà les deux partis en préſence; il n'y a plus » à héſiter. Si la Convention l'emporte, *elle reculera pour mieux* » *ſauter*; elle ne ſaurait échapper au ſort qui l'attend, ſoit que » le Royaliſme domine, ſoit que la République prenne de la » conſiſtance; car, ſi nous avons un Roi, elle eſt perdue *ipſo* » *facto*, &, ſi nous reſtons en République, tôt ou tard ſon » procès lui ſera fait pour avoir uſurpé les droits du peuple » & envahi tous les pouvoirs. »

Je déclare qu'un Jacobin des plus déterminés, d'après ce que m'a rapporté une perſonne digne de foi, a dit dans une maiſon de Paris, quatre jours avant le 13 vendémiaire : « Sous peu de » jours, on criera dans Paris : *Vive la Convention!*.... Je ſais » bien, ajouta-t-il, que ce n'eſt pas pour le peuple, mais pour » elle ſeule, que cette Convention fait tous ces préparatifs hoſ- » tiles; je ſais bien que ſon règne ne durera pas toujours, & » je ne l'eſtime pas plus qu'un autre; mais cela vaut encore mieux » pour nous, que de voir le Trône rétabli. »

Je déclare encore que pluſieurs de ceux qui parlaient ainſi, portaient ſous leur habit un poignard à deux tranchans, de près de 18 pouces de lame.

Je déclare, enfin, que des perſonnes non-ſuſpectes m'ont dit avoir vu beaucoup de ces hommes profondément indignés contre la Convention, ſe promener, comme on dit, *bras deſſus bras deſſous*, avec les Députés le plus en crédit, boire & manger avec eux, les flagorner, ſans doute pour avoir leur ſecret, & parvenir ainſi à maîtriſer leur eſprit, en s'emparant de leur confiance.

A dieu ne plaiſe que je veuille réveiller les ſuſpicions & les haines! il eſt de vrais Terroriſtes, à qui je pardonne leurs erreurs, parce qu'elles ne viennent pas d'un cœur corrompu; il est de prétendus Terroristes, que j'ai moi-même, à force de démarches & de recommandations, restitués à la liberté. D'ailleurs, ayant l'habitude de me mettre toujours à la place de ceux que je voudrais condamner, je ne puis nier que les Jacobins ont sujet d'en vouloir à la Convention qui les a proscrits; & peut être que, si j'eusse été Jacobin, je lui en voudrais aussi. Mais, sans pousser plus loin mes déclarations, sans donner plus d'importance à des réflexions & à des faits, qui ne peuvent être étrangers pour personne, puisque personne ne doit ignorer que la Convention a de tout temps été aux prises avec les Jacobins, je veux seulement faire voir aux Législateurs à quel point ils se sont laissés égarer, en abandonnant les honnêtes gens, qui les ont abandonnés à leur tour, & en faisant sortir sans jugement, des hommes, que le cri public accusait à l'unanimité. Sans doute qu'il eût été atroce de les condamner sans les entendre; mais il fallait, du moins, les juger; il fallait ne pas leur accorder une protection honteuse, qui contrastait évidemment avec les loix qu'on avait portées contr'eux quelques jours auparavant. Si le Corps Législatif eût maintenu de toute son autorité, l'exécution de ces lois rigoureuses, les Sections, peu-à-peu, se fussent radoucies; le premier moment d'enthousiasme passé, tout ce qui n'était qu'erreur, eût obtenu le pardon; l'innocent eût été très-distinctement séparé du coupable. Tous les sentimens de vengeance se seraient éteints; & l'on eût épargné de grands malheurs. Déjà la Commission des Douze de ma Section, dont on me fit membre, en mon absence & à mon insu, sans vouloir accepter ma démission, avait fait trois listes séparées des Détenus & des Désarmés; déjà j'en avais fait sortir plusieurs; un, entr'autres, avait recouvré sa place par mes soins; nous avions decidé que les armes seraient rendues à une grande partie de ceux dont nous étions chargés d'examiner la conduite; & nous écrivîmes au Comité de Sûreté générale pour obtenir la mise en liberté de seize ou dix-sept citoyens qui languissaient, d'après la loi, dans les liens d'un mandat d'arrêt. Assurément on ne pouvait pas manifester des intentions moins hostiles & plus pacifiques..... Mais, lorsqu'on vit la conduite surprenante des Comités de Gouvernement, lorsqu'on vit des hommes tarés, des ex-Meneurs de Comités Révolutionnaires, des ex-jurés du Tribunal de Fouquier, des espions du l'ancien Triumvirat, dont un cri unanime d'horreur & d'indignation avait signalé les crimes, recommencer leur langage atroce, préconiser de nouveau le brigandage & le meurtre, menacer ouvertement tous les gens honnêtes du retour de la Terreur, & se prévaloir, sans pudeur, de la protection décidée que leur accordait le Sénat..... Oh ! ce fut pour lors que tous les cœurs ulcérés formèrent une ligue courageuse contre les assassins, & que le Gouvernement perdit tout dans l'opinion de cette classe de citoyens estimables, dont il a toujours besoin pour réussir.

On crut voir dans les Législateurs les partisans déclarés du Terrorisme, toujours plus enclins à sévir contre la vertu qu'à punir le crime, semblables à ces amans perfides, qui, revenant pour un instant à l'objet qui doit les fixer, pensent néanmoins à d'autres objets, au sein de la jouissance, &, tout en jurant à leur belle une fidélité sans réserve, méditent dans ses bras une infidélité.

Voilà, Législateurs, voilà, n'en doutez pas, la principale & véritable cause des mouvemens terribles qui ont eu lieu à Paris; l'indignation générale les avait préparés des long-temps. ..Mais avant d'entrer en matière sur le Terrorisme, qu'il me soit permis de vous dire que ce qui a contribué le plus aux évènemens désastreux qui viennent d'ensanglanter Paris, c'est la calomnie ! ....

O que je sais bon gré à ce Louchet, que je ne connais pas, & qui a proposé des peines sévères contre les calomniateurs ! .... Oui, la calomnie est la cheville ouvrière des catastrophes révolutionnaires. Eh ! comment veut-on que le peuple croie la Convention, même quand elle lui dira la vérité, si le peuple a pu se convaincre par lui-même qu'à la Convention même, on calomniait impunément ce qu'il y avait de plus respectable à ses yeux? .... Et, pour commencer par le Corps Electoral, n'a-t-on pas épuisé à la tribune & dans les Journaux du Gouvernement, tous les traits de la satyre & de la calomnie contre les Electeurs? Commençons par donner au public une notion exacte du Corps Electoral, & puis, nos lecteurs prononceront après sur ce qu'il faut en penser.

Tableau fidèle du Corps Electoral de Paris.

Les voici, ces *Chouans* & ces *Royalistes infâmes*, que le vœu paisible & fortement manifesté de leurs nombreux concitoyens ont portés unanimement à l'Electorat! Oh ! la calomnie aura beau les poursuivre; elle ne les atteindra pas. J'ai vu avec une sorte de consolation, que plusieurs membres de la Convention avaient eu le noble courage de résister au torrent dévastateur des passions & de l'effervescence générale, en faisant avorter les mesures désastreuses, impolitiques & absurdes, que des hommes cruellement prévenus n'avaient pas rougi de proposer contre les Electeurs; un temps viendra sûrement, où l'on ne parlera qu'avec vénération de ces mêmes Electeurs, qu'on affecte aujourd'hui de trainer dans la boue. Il ſera beau, il ſera glorieux alors d'avoir eu ſa place dans cette Aſſemblée courageuſe & reſpectable ; & le Corps Electoral de 1795 ſera ſuffiſamment vengé des calomnies exécrables, qui le noirciſſent à préſent, par l'eſtime univerſelle du peuple détrompé.

J'ai ſenti mon cœur palpiter de plaiſir & d'orgueil, lorſque, ſortant de mon *réduit*, & m'expoſant volontairement aux dangers que mon imagination ſans doute s'exagerait, j'entrai le *vingt* dans cette reſpectable Aſſemblée, où je vis avec une ſorte d'ivreſſe, nombre de collègues venir à moi, *me féliciter de ma liberté*, m'offrir un aſyle & leur bourſe, & s'empreſſer de me raſſurer. Je parcourus toute la ſalle ; &, tout en remarquant le calme dont on y jouiſſait, je diſais à ceux qui m'accompagnaient : *Les voilà donc, ces hommes ſcélérats & pervers, contre leſquels s'acharnent ſi fort les patriotes de 1789 ?* tous me répondirent : *Que nous importe ? notre conſcience, la vérité, l'eſtime générale ne nous ſuffiſent elles pas ?*

J'avais prévu & prédit de point en point, dans mon *Diſcours ſur le choix des Electeurs*, toutes les calomnies virulentes qu'on dirigerait contre eux à la Tribune Légiſlative & dans les Papiers publics ; j'avais également prévu & prédit tout ce qu'on tenterait contre eux. . . . Au fait, mes prédictions ſe ſont trouvées ſi juſtes, que je ne me ſuis pas trompé d'un *iota*, & c'eſt ce qui a dû me valoir l'honorable haine des méchans & des agitateurs ; car rien ne déſole, ne pique et n'irrite les intrigans & les pervers, comme de ſe voir démaſqués d'avance ; mettre au jour l'infamie de leur conduite, après coup, c'eſt une hardieſſe coupable à leurs yeux, mais la publier avant l'évènement, c'eſt le comble de *l'indignité* ; c'eſt lire tout au fond de leur ame !

Qu'il était grand ! qu'il était ſublime à mes yeux, ce Corps Electoral de Paris !... preſque pas une phyſionomie, ſur laquelle on ne pût remarquer l'expreſſion de cette vertueuſe indignation qu'excite le deſpotiſme dans le cœur de l'honnête homme ! mais on liſait auſſi ſur preſque tous les viſages, cet abattement, cette conſternation inévitable, ſuite naturelle & néceſſaire des principes d'un amant de la liberté, dont on veut forcer la conſcience : dans tous les traits & les regards de ces hommes ſi indignement voués à la perſécution ſe peignait le talent, ou l'inſtruction, ou les lumières, ou une réputation, ou cette ſérénité majeſtueuſe que donne le long exercice des vertus ſociales & politiques . . . . Pas le moindre tumulte ; des Bureaux ſilencieuſement formés s'occupaient ſans bruit à dépouiller les ſcrutins : des hommes calmes formaient iſolément leur liſte ; ſans ſe la communiquer : & chacun ſemblait ſe dire à ſoi-même : » puiſque je ne ſuis plus qu'un être paſſif, puiſque l'on m'a tracé

» avec du sang la route que je dois suivre ; je la suivrai ; mais, au
» moins, il me reste la consolation de ne pas déshonorer mon
» choix par une nomination funeste à ma patrie ; je vais élire ce
» que je crois de plus honorable dans le Corps Législatif actuel.
» Si je me trompe, mes intentions, du moins, auront été pures.

Et tout le monde, par un accord simultané, semblait s'entendre pour le même choix, sans s'être communiqué ses idées; voilà l'argument le plus fort que nos neveux objecteront à nos détracteurs.

Des groupes tranquilles conversaient ensuite sur les affaires du temps ; à peine entendait on un léger murmure s'élever dans la salle. Les affaires du temps étaient la matière de tous les entretiens; on était sûr, quelque part qu'on s'arrêtât, de trouver des sentimens & des principes analogues aux siens. On entendait d'une part : *Est-il vrai que le Royalisme ait prévalu dans votre section ? est-il vrai que, dans votre Section, on voulait égorger la Convention Nationale ? est-il vrai que chez vous il y ait eu des Meneurs ? est il vrai que les ouvriers n'aient point assisté à vos séances ? est-il vrai que vos Assemblées se réduisaient à vingt ou trente Membres ? est-il vrai que l'on ne voyait chez vous que des brigands, des assassins & des voleurs ?* — De l'autre part : *Je vous jure qu'il n'a pas été plus question de Royalisme, que du pape Ganganelli ; je vous proteste qu'il n'est jamais entré dans l'esprit de personne d'assassiner la Convention : je vous certifie que tout le monde était Meneur à la fois ; car personne n'était mené ; je vous jure que les ouvriers* (1) *assistaient régulièrement à nos séances ; je vous proteste qu'elles étaient toujours extrêmement nombreuses ; je vous certifie que les brigands, les assassins & les voleurs ressemblaient parfaitement aux chouans que vous voyez ici. Mais pourquoi donc nous a-t-on calomniés avec tant d'acharnement & d'impudeur ? — Ah ! pourquoi ! le temps est un grand maître ; la vérité se saura quelque jour !* un soupir achevait la phrase ; on se serrait affectueusement la main ; on se séparait en silence ; & chacun remportait avec soi cette joie pure & sublime, que la conviction de l'innocence verse dans l'ame des hommes probes, unis par un sort commun, par des intentions communes, par des persécutions communes . . . En rendant compte de ces détails, je remplis un devoir sacré, puisque je rends courageusement hommage à l'exacte vérité. Peu d'écrivains, je le vois, auraient ce courage ; puisque déjà j'ai remarqué plusieurs Journalistes que j'estimais, & qui

(1) A la Section *Bonne-Nouvelle*, lorsqu'il s'agit de signer individuellement *un acte de garantie pour les présidens et secrétaires*, les ouvriers se présentèrent d'abord, et voulurent signer les premiers.

ont changé tout-à-fait de principes & de langage ; comme si une vérité morale d'hier n'existait plus aujourd'hui ! au reste, ce n'est pas sur cette matière que je risquerai des réflexions ; je me borne à citer des faits ; ces faits parlent plus haut que tout ce que je pourrais dire ; les réflexions viennent d'elles-mêmes à l'esprit des hommes francs & sensés ; & plus tard, le pouvoir du temps & la force naturelle des évènemens feront faire les mêmes réflexions à toute la France ; il ne faut être ni prophète, ni sorcier, ni *chouan*, ni *conspirateur* pour le prédire. Il ne faut qu'avoir lu l'histoire des peuples, connaître un peu la nôtre, & observer tranquillement le naturel des Français & la rapidité avec laquelle les réactions se succèdent parmi nous.

Pour achever ce Tableau, je vais faire part à mes lecteurs du *Relevé analytique* de la liste des Electeurs de Paris.

On se rappellera qu'on a dit & publié par-tout que le Corps Electoral était composé de *Ci-devant*, de *Prêtres réfractaires*, de *Meneurs* & de *Conspirateurs*. Il est à ces odieux mensonges une réponse sans replique ; mais elle est bien simple.

Le Corps Electoral est composé de 905 membres ; parmi ces 905 membres, résultant de quarante-huit Sections & de seize Cantons très-populeux, en comptant pour deux Cantons celui de Franciade ou Saint-Denis ; savoir, le Canton *intrà muros* & le Canton *extrà muros*, de ces 905 Membres, dis-je, environ 260 n'ont point paru, les uns étant arrêtés, les autres dispersés & mis en fuite par la terreur.

Il reste donc, à-peu-près, 650 à 660 Membres ; & l'on a pu remarquer que la totalité de nos votans a roulé ordinairement sur un nombre de 5 à 600 personnes.

Dans le nombre des 905, il y a 117 sexagénaires ; 297 personnes de 50 à 60 ans ; 233 de 40 à 50 ans ; voilà déjà 647 individus, qui certainement ne peuvent passer pour des *Crânes* & des *Etourdis*. Si l'on s'est tant récrié contre les *jeunes gens*, on voit ici que les *jeunes gens* n'abondent pas dans le Corps Electoral, & que les cheveux blancs y sont en assez grand nombre pour contenir les têtes exaltées, s'il s'en trouvait. Est-il probable qu'une si nombreuse réunion d'hommes mûrs agissent & pensent étourdiment, & qu'ils n'aient pas profité des lumières de l'expérience ? Il n'y a donc point à redouter de mesures exagérées, ni de choix forcés, de la part du Corps Electoral de Paris. Mais, comme on n'en doit pas attendre non plus cette effervescence Révolutionnaire, qui n'a fait de la France qu'un cimetière, il est tout simple que les *intéressés* partent encore de-là pour le calomnier, & que du bien même ils tirent le mal pour agir conséquemment à leur plan ; & , si les Electeurs étaient tous de jeunes évaporés, vous verriez des calomnies d'un autre genre pleuvoir encore sur eux.

« *Si ce n'est toi, c'est donc ton frère.....* »

Répondez à tout ; à chaque mensonge, opposez une vérité ; vos réponses, toutes victorieuses qu'elles seront, ne serviront encore de rien ; parce qu'il est décidé que

« *La raison du plus fort est toujours la meilleure* ».

Parmi les 2(?)8 membres, qui restent encore, il y en a plus de deux cents qui ont depuis 36 jusqu'à 40 ans ; & il s'en trouve infiniment peu, qui n'aient pas 3 ans ; peut-être 3 ou 4. Il est donc clair qu'on a mieux composé l'Assemblée Electorale, quant à l'âge, que la Constitution elle-même n'a composé le Corps Législatif ; & quand j'exigeais dans ma *Constitution de la Lune* que les *Législateurs eussent 50 ans accomplis.*, c'est que je comptais sur les principes & sur l'amour du bien public, & non pas sur les passions, sur les localités, sur les circonstances & sur les considérations particulières, qui n'ont jamais produit & ne produiront jamais d'autre effet qu'un mal irréparable & la ruine du Corps Politique.

Notez que, parmi ces 905 Electeurs, la masse de ceux qui sont errans ou cachés, est précisément composée des plus jeunes & des *Ci-devant* ; que, parmi ces *Ci-devant*, qui sont, au total, en très-petit nombre, & dont une demi-douzaine tout au plus assiste à nos Séances, il se trouve des hommes qui n'ont jamais été à la Cour, malgré leur rang, & qui, cent fois plus philosophes & plus républicains que les sots qui les invectivent, n'ont d'autre tort aux yeux du peuple que celui de la naissance ; mais ce tort, si c'en était un, deviendrait un titre de gloire à mes yeux ; car il faut plus de sacrifices chez un *Ci-devant*, pour être citoyen, que chez un roturier, qui n'a aucun privilége à regretter ; & j'ai toujours regardé comme le comble du délire & de l'imbécillité, l'acharnement de nos hypocrites contre les Nobles. Car enfin ! mille raisonnemens concluans pourraient fermer la bouche à ces plats calomniateurs, si la sottise & l'orgueil savaient se taire..... Mais il est des choses si évidemment bêtes, si évidemment atroces, qu'il est plus qu'inutile d'y répondre.

« *Quand l'absurde est outré, l'on lui fait trop d'honneur*
» *De vouloir, par raison, combattre son erreur,* »

Comme dit (1) *Lafontaine*; & il faut avouer qu'on a par trop abusé de la permission de dire & de faire des sottises; on a tellement passé les bornes en ce genre, qu'on s'est trouvé bien au-delà de tout ce que les Révolutions du monde ont autorisé d'absurdités & d'inepties.

Mais voici ce qui va confondre à jamais les détracteurs soudoyés; c'est un fait bien précis, que je les défie de nier.

Sur 905 Electeurs, les Notaires, les Hommes de loi, Avoués, Défenseurs Officieux, Huissiers, Greffiers, Juges de paix, Assesseurs, Juges de Tribunaux criminels, civils & correctionnels, sont au nombre de 272.

Où sont maintenant les *Chouans*, les *Nobles* & les *Prêtres*? Sont-ils dans les 633 qui restent? C'est ce qu'il faut voir.

Parmi ces 633, les Négocians, manufacturiers, Entrepreneurs, Artisans, sont au nombre de 235.

Où sont maintenant les *Nobles*, les *Prêtres* & les *Chouans*? Ils sont apparemment parmi les 398 qui restent. C'est ce qu'il faut examiner.

Parmi ces 398, les Gens de lettres, les Artistes, les Médecins, Pharmaciens, Architectes, &c. sont au nombre de 126..... c'est-à-dire qu'il se trouve 126 individus qui cultivent de profession les Arts Libéraux. Il n'y a que le Vandalisme qui puisse supposer que tous ces hommes-là soient les ennemis du peuple; à coup sûr, ils en sont les amis les plus vrais & les plus zélés. Ils ont soutenu la cause de la liberté par leurs ouvrages, & celle de l'humanité par leurs travaux.

Où sont donc maintenant les *Nobles*, les *Prêtres* & les *Chouans*? Sont-ils dans les 272 qui restent?

Or, parmi ces 272 individus, il y a un tiers de Propriétaires, un tiers de Cultivateurs & un tiers de Banquiers, d'Employés dans les bureaux & d'Hommes de finance.

Ces propriétaires sont presque tous d'anciens avocats ou d'anciens marchands retirés; ces Cultivateurs sont de bons campa-

---

(1) *Lafontaine* fut, dès ma tendre enfance, mon auteur par excellence; je me délecte à le citer à chaque pas, même dans la société; il n'y a ni philosophe, ni moraliste, ni publiciste, ni peintre qui le vaille; il semble qu'il ait prédit tout ce qui se passe en France.

gnards des Cantons, & ces Banquiers, ces Employés & ces Hommes de finance, sont ou mis en exercice pour le service de la République, ou placés par la Convention elle-même, qui leur a donné sa confiance.

En un mot, presque tout le Corps Electoral se trouve composé de ce qu'on appellait autrefois *bonne bourgeoisie*; il s'y trouve de tous les Etats, comme dans toutes les Assemblées formées par le choix du peuple, en vertu des principes de l'égalité.

Voilà donc à quoi se réduit tout cet échaffaudage d'impostures & de grands mots, qui n'avait pour but que de tromper le peuple; & le peuple peut juger maintenant du dégré de croyance que méritent ceux qui se jouent ainsi de sa bonne foi.

Mais ce qui couvre de honte les imposteurs, qui abusent avec tant d'audace de la patience des Français, c'est qu'en disant que le Corps Electoral n'est composé que de *Chouans*, de *Nobles* & de *Prêtres*, ils ne disent pas que les Députés, qui jouent aujourd'hui le premier rôle sur ce qu'on appelle *la Montagne*, sont presque tous des *Ci-devant*, ou des agens de *ci devant*, ou des *Prêtres*. Cela veut-il dire que ce soient de mauvais citoyens? Non sans doute; ce n'est pas d'après ce qu'ils ont été dans un temps où tout le monde voulait être ce qu'ils étaient, qu'il faut les juger; c'est d'après ce qu'ils sont aujourd'hui; c'est d'après leur conduite privée & publique, morale & politique; c'est d'après les principes qu'ils affichent, les décrets qu'ils provoquent, les rapports qu'ils font & les mesures qu'ils proposent. S'ils sont irréprochables, s'ils se montrent de plus en plus dignes de la confiance dont les Français les ont honorés, l'estime publique & les bénédictions des familles honnêtes seront leur récompense; mais, s'ils se sont écartés de la route de l'honneur que leurs commettans leur avaient tracée, toutes les mesures sanguinaires, tous les plans exagérés, tous les projets rigoureux, toutes les propositions outrées ne les soustrairont pas à l'empire irrésistible de l'opinion, & à la force majeure des vicissitudes humaines.

O Corps Electoral de 1795! je suis fier de t'appartenir, parce que je suis vrai, parce que je te vois tel que tu es, parce que l'univers en courroux ne m'arracherait pas un aveu contraire à la vérité. Auguste réunion de victimes honorables! reçois l'hommage pur & sincère, que te rend le plus désintéressé des hommes! Je t'ai prédit & je te prédis encore la gloire qui couronnera ta confiance & tes vertus, même long-temps après ta dissolution ! & l'un des beaux jours de ma vie sera toujours celui où j'ai siégé dans ton sein !....

Suite de la conduite apparente de la Convention nationale.

Poursuivons le détail de ce qui s'est passé dans le sein de la Convention. C'est à vous-mêmes que je m'adresse toujours, Législateurs de bonne-foi ! puissiez-vous reconnaître ici le caractère de la vérité, &, renonçant à une obstination qui nous a été si funeste, revenir de l'erreur déplorable, où des hommes intéressés vous avaient entraînés !

Aux mêmes époques, dont j'ai parlé, on apprend que des troupes de ligne quittent l'Armée, qui a besoin de leurs bras, pour venir autour de Paris, qui n'en a pas besoin. Tel fut, au moins, le raisonnement usité dans tous les cercles, dans tous les groupes, dans toutes les classes de la société.

Législateurs ! pouviez-vous, de bonne foi, le condamner, ce raisonnement ? Sortez un moment du tourbillon des honneurs, & redevenez ce que sont tous les autres hommes; alors vous vous mettrez à leur place; alors vous verrez, comme eux, les choses sans prévention, parce que vous n'aurez plus autour de vous les intrigans & les flatteurs, qui se jettent, dans une République, sur les membres du Sénat, comme ils se jettent sur le Prince & sur les grands, dans une Monarchie. Ce sont des vautours acharnés sur leur proie, dans toute espèce de Gouvernement. Peu leur importe que trente courtisans règnent au nom d'un Monarque, ou que trente Députés gouvernent au nom de sept cents cinquante collègues; parce qu'il est impossible que tant de monde ait une part égale au Gouvernement d'un grand Empire. Ils ne s'attachent qu'à ceux qui gouvernent; ils obsédaient les Ministres sous le règne de Louis XVI, & ils obsèdent les Comités sous le règne d'une Convention. Voilà toute la différence. Le résultat est toujours le même, quant à eux; ils intriguaient, ils flattaient & ils mentaient; ils intriguent encore, ils flattent encore, & ils mentent encore. Il fallait s'en défier pour connaître la vérité sous les Rois; il faut les suspecter de même sous un Sénat, si l'on veut n'être pas sans cesse la dupe & le jouet des erreurs les plus funestes à la Patrie.

Ne m'alléguez pas que les Princes & leurs Ministres, par l'éclat dont ils s'entouraient, n'étaient point à portée de connaître l'opinion publique & le vœu du peuple. Ils pouvaient avoir quelques amis; ils pouvaient se délasser de la grandeur ou des travaux ministériels, au sein d'une société privée, où des hommes francs & libres, loin de l'étiquette & de la gêne des cours, avaient la facilité de les instruire de ce qui se passait.... & vous, qui croyez qu'en vous répandant au milieu des cercles de Paris, vous savez la vérité, vous vous trompez beaucoup; on vous en impose dans ces cercles; s'il s'y trouve un homme franc, on le fait taire par égard pour le maître ou la maîtresse de la maison. Un Député vient-il à un dîner prié? on connait son opinion que presque personne ne partage. On prévient tous les convives avant qu'il arrive, de ne pas parler d'affaires politiques, parcequ'un Député va venir, ou de n'en parler que dans son sens. On le flagorne tant qu'on peut; c'est toujours avec une contrainte enfantée par la longue impression de plusieurs années de terreur, qu'on lui adresse la parole. *Citoyen Représentant*, lui dit-on, *vous avez raison*; & le citoyen Représentant, heurtât-il toutes les idées reçues, a toujours raison, quand même il aurait toujours tort. Un homme plus dégagé que les autres, du préjugé de cette servitude de cour, qui sied si mal à des soi-disant Republicains, prend il sur lui de dire quelques vérités importantes au *citoyen Représentant?* il les lui dit encore avec tant de ménagement! il y met une tournure d'originalité, qui le rend excusable, & qui modifie le langage de la franchise, au point de le dénaturer. Donc vous ne savez jamais bien la vérité; ajoutez à cela que la position délicate où vous êtes tous, le vertige révolutionnaire, qui doit naturellement préocuper votre esprit, vous place hors de la sphère des autres hommes. Par conséquent, vous n'êtes pas dans la disposition tranquille, qui, seule, vous mettrait à même d'entendre la vérité; tout s'oppose à ce qu'on ose vous la dire; tout s'oppose à ce que vous veuillez l'entendre. Vous croyez trouver des amis où vous n'avez que des flatteurs; & vous verriez combien est exacte la peinture que je vous fais ici de votre propre situation; si un autre régime succedait à celui-ci, si vous rentriez dans la classe des simples particuliers, si le peuple avait la facilité de s'exprimer librement & sans contrainte. Je me suis trouvé avec plusieurs d'entre vous: j'ai osé seul contrarier leur façon de voir; leur dire qu'on les trompait, qu'ils jugeaient mal des choses, & qu'ils étaient dans l'erreur. Quelques-uns, sans pudeur & sans respect pour eux-mêmes, m'ont accablé de grosses invectives; &, depuis lors, j'ai eu lieu d'observer qu'ils étaient vindicatifs, & qu'ils ne me pardonnaient pas leur amour propre poliment humilié; à coup sûr, ces Députés là, qui crient bien haut: *Vive la République*, ne sont nullement Républicains; ils n'ont pas même encore la première notion du Républicanisme. Mais j'en ai rencontré d'autres, & en plus grand nombre (je dois le dire, parce que je ne ments jamais) qui m'ont su gré de ma sincérité, & qui sont devenus mes amis. Mais j'observais qu'en leur présence, les dames, qui étaient à mes côtés à table, me poussaient avec leurs genoux, & me marchaient sur les pieds pour me faire taire. Quelle bassesse & quelle lâcheté!..... Et ces mêmes Députés, qu'on s'évertuait tant à louer en leur présence, & qui avaient toujours raison; à peine étaient-ils sortis, que toute la compagnie se dédommageait de sa contrainte par les sarcasmes les plus amers; c'était alors qu'on ne trouvait rien pour vouloir trop prouver; chacun se mettait à son aise, & autant le Député présent avait été flagorné, autant le Député absent était déchiré, foulé aux pieds, traîné dans la boue. Autre bassesse, autre lâcheté. Et l'on se dit Républicain! cela fait pitié! — Eh! pourquoi donc, m'écriai-je avec surprise, ne lui disiez-vous pas tout cela, lorsqu'il était-là tout à l'heure? — Ah! pourquoi? me répondait-on; il faut ménager ces gens-là; nous en avons besoin. Vous n'êtes pas politique, vous, Cousin Jacques; vous n'aurez jamais rien.

Voilà, Représentans, ce qu'il faut que vous sachiez. Ce sont des vérités dures à entendre; mais il est essentiel pour vous-mêmes & pour la France que vous gouvernez, qu'il se trouve des hommes courageux, qui sachent braver votre haine, pour être utiles à leur pays & à vous-mêmes. Ce que je vais vous dire est donc le résultat d'un cœur franc; & vous êtes les premiers intéressés à l'écouter sans passion. Voici ce qu'on disait par-tout; si, devant vous on parlait différemment, c'est qu'on vous trompait; l'expérience & mes observations me commandent de le croire; &, si ceux qui vous parlaient autrement, pensaient ce qu'ils disaient, c'est que leur manière de voir était altérée par le prestige de l'exaltation, qui peint aux imaginations révolutionnaires, tous les objets sous des couleurs révolutionnaires.

« Quel contraste, disait-on par-tout! Quoi! voilà des Soldats » enlevés à nos armées, tandis que tout le monde sait qu'ils ont » besoin de contribuer, comme les autres, à nos victoires! si » nous avons trop de Troupes aux frontières & à la Vendée, » pourquoi cependant la guerre ne finit-elle pas? & pourquoi » essuyons nous des échecs de temps en temps, malgré la supério- » rité du nombre? ou pourquoi ne remportons-nous que des » avantages partiels & non decisifs? si nous n'en avons pas trop, » pourquoi en diminue-t-on le nombre, en rapprochant de » Paris une portion de ces troupes?

» Si nous en avons trop, pourquoi refuse-t-on les congés & » les réquisitions aux fils des cultivateurs âgés ou infirmes, qui ont » le plus pressant besoin du secours de leurs enfans? si nous n'en

» avons pas trop, pourquoi ne les laisse-t-on pas en entier où
» elles sont ?

» Si nous en avons trop, pourquoi force-t-on tous les jeunes
» gens de rejoindre leurs Corps ? si nous n'en avons pas trop,
» pourquoi fait-on venir ici de préférence les militaires accou-
» tumés à vaincre ? & pourquoi renvoie-t-on ceux qui sont le
» moins exercés dans l'art de la guerre ?

» Sommes-nous en guerre avec la France, nous autres Pari-
» siens ? l'ennemi est-il ici, ou bien est-il à Mayence, à Franc-
» fort, en Piémont, &c.

A ces objections si simples & si claires, les esprits sages & conciliateurs répondaient : « Ces troupes viennent pour protéger » les subsistances.

Mais, répliquait-on, les subsistances ne pouvaient-elles pas être protégées par la Garde Nationale Parisienne & par celle des environs ?

— » Oh ! c'est qu'il est difficile d'en avoir ; Paris est si peuplé ! il faut une force majeure pour s'en procurer.

— Mais, répliquait-on, plus Paris est peuplé, plus il faut s'étudier à ne pas augmenter le nombre des bouches. Ce n'est pas en y ajoutant un surcroît de plusieurs milliers d'hommes armés, qu'on y réussira.

« — Oh ! tenez, puisqu'il faut vous le dire, c'est que ces Troupes là viennent pour remettre le bon ordre ; on a craint le renouvellement des scènes de Prairial, & on a besoin d'une force armée pour assurer la tranquillité publique ».

— Mais, répliquait-on, le bon ordre est-il plus troublé qu'il ne l'était depuis plusieurs mois ? tout renchérit chaque jour : on meurt de besoin ; & le peuple est calme ; & tout le monde se tait. Qui a sauvé Paris en Prairial ? n'est-ce pas Paris lui-même ? Eh bien, Paris est encore là ; ce qu'il a fait alors, il le fera encore ; & puis, la tranquillité publique sera-t-elle bien assurée quand celle des familles sera compromise par les allarmes & les craintes qu'occasionnent tous les préparatifs militaires ?

» — Oh ! vous n'y êtes pas : ces Troupes sont là pour consolider l'ouvrage du premier Prairial. On a craint les Terroristes ; & il faut leur en imposer.

— Mais, repliquait-on, comment a-t-on pu les craindre, puisque Paris seul en est venu à bout ? &, si on les a craints, pourquoi les a-t-on mis en liberté & réarmés ? Il n'y a pas de réponse à ces objections.

« — Oh ! vous ne savez pas tout ; l'opinion est changée ; la masse des bons citoyens est égarée ; on calomnie la Convention ;

on la menace; il faut qu'elle s'entoure de nouveaux défenseurs, puisqu'elle ne peut plus compter sur Paris.

— Mais, repliquait-on, si l'opinion est changée, en quoi est-elle changée? sont-ce quelques Journalistes, sont-ce même quelques Royalistes exaspérés qui feront la loi dans Paris? Eh! n'y-a-t-il pas eu de tout temps & dans tous les partis, des individus mal intentionnés? ont-ils empêché qu'on ne comptât sur la masse des braves gens, parmi lesquels ils se rangeaient? l'opinion est changée; mais qui l'a fait changer? est-ce le mécontentement? & d'où vient-il, ce mécontentement? n'est-ce pas précisément de ce que les Comités eux-mêmes ont changé de conduite & de système? les lois favorables au repos des honnêtes gens ne sont-elles pas rapportées par le fait? ne les viole-t-on pas tous les jours?... Si l'opinion est changée, de quel côté l'est elle? est-ce parmi ceux qui suivent toujours les mêmes lois & les mêmes principes? ou parmi ceux qui agissent contradictoirement aux lois qu'ils ont faites, aux principes qu'il ont manifestés?

« — Oh! vous n'êtes pas bien instruit; vous ne savez donc pas que les Comités, dont vous parlez, ont acquis des renseignemens précieux, qu'ils ont saisi le fil d'une vaste conspiration, que les Emigrés sont à Paris, que les Royalistes sont sur le point de triompher, & qu'on veut égorger la Convention Nationale?

« — Oh! pour le coup, repliquait on encore; c'est ici que je vous attends; & vous allez voir à quel point la peur ou la passion nous aveugle tous tant que nous sommes ici bas! « Les Comités ont acquis, dites-vous, des renseignemens précieux; fort bien; mais n'avons-nous pas vu vingt conspirations déjouées par la sagesse des mesures des Comités antérieurs, sans qu'il fût besoin pour cela de ce grand appareil de guerre, de canons & de troupes de ligne? est-ce par des coups d'éclat, préparés à tous les yeux, que l'on réussit à déjouer les complots? n'est-ce pas plutôt par des combinaisons secrètes, & sans donner l'allarme aux innocens & l'éveil aux coupables? »

« On a saisi, dites-vous, le fil d'une vaste conspiration. »

« Eh! mais, quand l'homme le plus innocent, le plus étranger aux factions s'entend traiter de *factieux*, *d'aristocrate*, *de royaliste* & *d'avilisseur* par les Législateurs eux-mêmes, comment veut-on qu'il ajoute foi à tout ce qu'on lui dit des autres, qu'il a droit de soupçonner aussi purs & aussi intègres que lui même? & voilà le mal infini qui résulte de la calomnie, quand elle est non-seulement accueillie, mais accréditée par les Gouvernans eux-mêmes; certainement, si mon voisin ou mon ami, dont je connaîtrai à fond les principes, les mœurs, les opinions & les démarches depuis dix ou vingt ans, est dénoncé à la Tribune de la Convention & dans les Journaux du Gouvernement pour un Conspirateur, moi, qui sais qu'il ne saurait l'être & qu'il ne l'est pas, je me récrierai avec juste raison contre cette infamie; & j'aurai le droit de ne plus croire un seul mot de tout ce qu'on dénoncera ensuite; car je dirai : « puisqu'on a dénoncé *tel* & *tel*, qui ne le méritent pas, puisqu'on leur a reproché ce qui n'est pas, il n'y a pas de raison pourquoi on ne dénonce point aussi ce qui n'est pas, relativement aux autres; & pas de raison pourqu'on ne mente pas pour eux, comme on a menti pour mon voisin ou pour mon ami.

» Mais où sont les preuves & les détails circonstanciés de cette Conspiration? si l'on ne me montre que des lettres anonimes, ou de prétendus signes de ralliement, dont un homme peut être très-innocemment porteur, n'ai-je pas encore le droit de révoquer en doute la réalité de cette *Conspiration*? ne sait-on pas (1) que tout parti qui se sent le plus fort en Révolution, peut imaginer des complots pour perdre ceux qu'il redoute? n'a-t-on pas déjà vu plusieurs fois, & n'a-t-on pas dévoilé à la Tribune même du Sénat, que certains hommes en crédit écrivaient eux-mêmes, ou faisaient écrire par leurs affidés, des lettres qu'on supposait ensuite écrites par les Emigrés ou par les Puissances Ennemies? puisqu'on l'a fait, pourquoi n'est-il plus possible qu'on le fasse? *ab actu ad posse, valet consecutio.* Les passions cessent-elles de s'agiter, tant que les intérêts sont en opposition? &, les causes étant les mêmes, est-ce un crime de soupçonner les mêmes effets?

» Mais, si l'on en a saisi le fil, de cette grande conspiration, pourquoi des préparatifs de guerre? une conspiration découverte est avortée; &, dès que le plan des conjurés est connu, les conjurés sont anéantis dans un bon gouvernement. Il est encore plus inutile & plus impolitique alors de cerner Paris par des troupes étrangères à Paris, à moins que ce ne fût Paris lui-même qui conspirât tout entier contre Paris, ce qui n'aurait pas le sens commun; car alors ce serait séparer la cause des Représentans d'avec celle du Peuple; &, si le Peuple est regardé par ses Représentans comme un Conspirateur, c'est aux Représentans à céder; autrement, il n'y aurait plus ni Peuple, ni Patrie; & je ne crois pas qu'il entre dans l'idée de la Convention de se regarder elle seule comme la Patrie, au mépris des Français qui la composent. »

» Les Emigrés, dites-vous, sont à Paris; &, pour cela, il faut faire venir des troupes de ligne! mais, comment a-t-on

(1) Un *Terroriste* bien connu dans ma Section vint écrire son bulletin à mes côtés; il demandait *un Roi;* et il allait nous dénoncer comme *Royalistes.*

fait pour les prendre, les Emigrés, dans des temps antérieurs? On en prenait bien d'autres qu'eux, car on prenait tout le monde; &, puisqu'on a bien sû se passer d'Armées pour s'assurer d'une foule de bons citoyens & d'une immensité d'hommes de tout état, comment ne sait-on pas s'en passer pour s'assurer d'une classe d'hommes que la majorité des citoyens est intéressée à regarder comme les Ennemis de l'Etat? Quoi! on savait déterrer l'innocent par tout où il se cachait; & l'on n'a pas l'esprit de trouver le coupable, qui ne se cache pas? Or, il ne se cache pas, puisque vous dites que les Comités savent qu'on agit, comment on agit, & qu'il a les fils de la conspiration. »

» Les Royalistes, dites-vous, sont sur le point de triompher.

» Quel conte vous nous faites là! Comment triompheraient-ils, quand aucune Section ne veut même en entendre parler? Où sont leurs ressources? leurs moyens? Où est leur point de ralliement? Et, si les Troupes de ligne ne veulent point de la Royauté, croyez-vous que les vainqueurs du premier Prairial en veuillent davantage? Mais, où sont-ils, ces Royalistes? Quoi! pour trois ou quatre journalistes, qui affichent une opinion favorable à la Royauté, pour une vingtaine de citoyens adroits, qui se faufilent dans les Sections pour leur donner le change par des dehors républicains, vous allez nous faire accroire que tout Paris est Royaliste? Cela ne tombe pas même sous le sens. Où est l'armée des Royalistes, pour qu'il faille la combattre avec une armée de Républicains? Où sont ses canons? ses munitions? ses finances? Vous avez tout entre les mains; l'opinion générale elle-même n'est pas pour les Royalistes, (car, si elle l'était, il faudrait, bon gré mal gré, vous y soumettre, sous peine d'être en révolte contre la volonté du peuple) & vous craignez des hommes qui n'ont ni armes, ni argent, ni chefs, ni opinion pour eux?.... Ah! quand on veut trouver de la croyance, il faut, au moins, avoir pour soi une sorte de vraisemblance.

» On veut égorger, dites-vous, la Convention nationale.

» Où avez-vous vu cela? L'a-t-on prouvé, l'a-t-on même indiqué nulle part? Je vous soutiens que non, & que c'est un mensonge des mieux conditionnés.

» D'abord, qui sont ceux qui veulent l'égorger? Sont-ce les Commis & les Employés, qui tiennent d'elles tous leurs moyens d'existence & tous leurs motifs d'espérance? Non sans doute.

» Sont-ce les citoyens nouvellement honorés de la confiance du peuple? Non sans doute; car une première place en appelle une seconde; on est flatté des fonctions publiques; on espère monter en grade; on est bien aise d'être quelque chose dans l'Etat; & on est sûr de n'être plus rien, de courir même des risques pour sa vie, si la Convention n'existait plus.

» Sont-ce les ouvriers & les artisans? Non sans doute; ils vacquent tranquillement à leurs travaux; & vous avez dit vous-mêmes que vous ne les redoutiez pas!

» Sont-ce les bourgeois de Paris, ceux qu'on appelle la classe moyenne, ou les *honnêtes gens?* Ils sont plus intéressés que tous les autres à s'opposer à un nouveau renversement, & ils savent bien qu'il n'y aurait pas de renversement plus funeste à la chose publique, que celui qui résulterait de l'anéantissement de la Convention.

» Sont-ce les Terroristes? Vous ne les craignez pas, puisque vous les acquittez sans jugement, puisque vous les armez, puisque vous vous en faites un rempart.

» Où sont donc ceux qui veulent égorger la Convention? Je n'en vois pas un seul. J'entends bien par-ci par-là quelques hommes exaltés se lâcher en grandes menaces; mais, des menaces! peut-on s'en effrayer, quand on a été menacé si souvent? Et des propos inconsidérés peuvent-ils déconcerter un moment des hommes, qui ont en mains toute la plénitude du pouvoir?

» Mais comment savez-vous qu'on veut égorger la Convention? Vous ne pouvez pas avancer une assertion si grave, sans y être autorisés par des motifs bien positifs. Est-ce par des actions que Paris vous a prouvé qu'il voulait vous égorger? Est-ce par des discours? Est-ce par des écrits?

» Voyons d'abord les actions; dans tous les dangers que vous avez courus, Paris vous a prouvé qu'il voulait vous sauver; il vous a sauvés en effet, toutes les fois qu'il l'a pu; &, quand il n'a pu rien faire, c'est que la majorité d'entre vous lui liaient les mains par des Décrets; c'est qu'il était lui-même la victime des bourreaux qui vous décimaient.

» Les discours? Sur cent orateurs, qui ont parlé dans leurs Sections & dans les grouppes, quatre-vingt-dix-neuf ont proposé constamment de vous prendre sous la sauve-garde des Parisiens; & le centième, que je sache, n'a pas dit qu'il fallût vous égorger; ou, s'il l'a fait entendre, une improbation unanime a fait justice de son opinion.

» Les écrits? J'ai parcouru les dix-neuf vingtièmes des *imprimés* de toute espèce, qui ont paru avant & depuis l'époque des Assemblées Primaires; & je n'y ai pas vu un seul mot qui eût trait au massacre de la Convention. J'y ai bien vu la crainte du régime révolutionnaire, les alarmes inspirées par l'approche des troupes, enfin tous les sentimens qu'excitent chez les Patriote la haine du despotisme & le desir de la justice ; mais il n'y est pas question de mesures hostiles, bien loin qu'il s'agisse d'assassiner les gens.

» A quel titre maintenant l'approche des Troupes de ligne peut-elle être légitimée ? Je n'en vois aucun. »

Voilà, Législateurs, voilà l'analyse des entretiens de tout Paris. J'en atteste les trois quarts & demi des cercles, des sociétés & des Assemblées mêmes de la Capitale. Si je mens, si je ne rapporte pas ici fidèlement leurs opinions & leurs principes, leurs inquiétudes & leurs desseins, je consens à me charger du poids de leur indignation. Ce n'est pas moi, qui vous ai fait toutes ces objections & toutes ces réponses ; songez-y ; je n'ai fait que vous les rapporter : & vous pouvez juger, par ce rapport, de ce qu'était l'esprit public des Parisiens, quand vous agissiez avec eux comme avec des ennemis déclarés.

Il s'agit maintenant, me direz-vous, de savoir si les Parisiens n'étaient pas dans l'erreur, & si leur erreur peut nous paraître excusable.

Soit ; pour en juger, il faut examiner sur quelle base ils fondaient leurs craintes, leurs allarmes & leur mécontentement. Si rien ne les justifie, sans doute ils sont coupables ; voyons donc à présent si rien ne les justifie.

Conduite des Sections de Paris.

Une grande question se présente ici ; c'est de se bien entendre sur le Gouvernement Représentatif.

Avons nous en France un Gouvernement Représentatif ? ou n'en avons-nous pas ? Si nous en avons un, tous les torts qu'on reproche aux Parisiens s'évanouissent ; si nous n'en avons pas, il n'y a plus ni liberté, ni République en France ; & ce n'était pas la peine, pour ne faire que changer de maîtres, de nous inonder nous-mêmes d'un déluge de calamités ; si nous n'en avons pas, autant valait-il rester comme nous étions.

Mais nous en avons un, m'allez-vous dire..... Soit, j'y consens ; mais, pour me pénétrer mieux de cette importante vérité, souffrez que j'examine un moment ce que c'est qu'un Régime Représentatif ; & si, après que nous serons tombés d'accord là-dessus, nous confessons ensemble que notre Gouvernement est Représentatif, vous conviendrez, de conséquence en conséquence, que tout individu, qui attente à la Représentation du peuple, médiate ou immédiate, attente à la sûreté de l'Etat.

Qu'est-ce qu'un Gouvernement Représentatif?

Un Etat quelconque ne saurait malheureusement être gouverné que par des hommes; par conséquent il faut que les lois, même les plus sages, & les principes, même les plus purs, des gouvernans, portent toujours l'empreinte de la faiblesse humaine.

Ce serait la plus haute sottise, à laquelle pourrait se livrer l'esprit humain, que de prétendre trouver une forme de Gouvernement, exempte de vices & d'absurdités. La pierre philosophale serait plus facile à rencontrer. Il faut donc, quand on se mêle de combiner des plans d'administration politique, laisser de côté toutes les chimères, & ne consulter que la raison, l'expérience, l'histoire des hommes & l'ordre des choses possibles.

Le Gouvernement (je ne dirai pas le moins imparfait est le plus parfait, parce qu'il y a encore bien loin de-là, à toute idée de perfection & d'imperfection) le Gouvernement le moins mauvais est le meilleur; & c'est celui auquel il faut s'arrêter.

Un Législateur qui n'aime pas son pays, est un monstre qu'il faut étouffer; & tout Législateur, qui voudrait forcer son pays d'adopter un Gouvernement qui ne plairait qu'à lui seul, n'aimerait pas son pays. Cette réflexion est générale, & ne peut subir aucune espèce d'application; car je déclare en conscience que je ne crois pas qu'il y ait dans la Convention Nationale un seul individu, même parmi les plus égoïstes, qui n'aime pas son pays.

Si Lycurgue, qui donna des lois à Sparte, eût dit aux Spartiates: « Je suis votre concitoyen; vous êtes mes égaux; mais votre volonté n'est rien pour moi; c'est la mienne qui est tout » pour vous; & malheur à vous, si vous vous avisez de me demander une forme de Gouvernement qui ne soit pas de mon » goût! vous tous réunis, vous n'avez pas tant d'esprit que moi; » & moi seul, qui ai plus de lumières & de bon sens que vous » ensemble, je prétends & j'entends que vous en passiez par tout » ce qu'il me plaira; que mes caprices soient respectés; que mes » intérêts deviennent l'intérêt public; & que quiconque voudra » s'opposer à ma volonté particulière (que je veux que vous » preniez pour la volonté générale) soit déclaré traître à la patrie, » & convaincu d'avoir attenté à la Souveraineté Nationale.

Si Solon, qui donna des lois aux Athéniens, leur eût dit: « Messieurs, vous m'avez appellé pour porter du remède aux

» maux politiques qui vous désolent; vous voulez une République; vous aimez la liberté; vous tenez à l'égalité sociale; le peuple, parmi vous, doit être compté pour quelque chose... eh bien, je vous avertis que le peuple, c'est moi; que la liberté consiste à faire tout ce que j'ordonnerai; que l'égalité sociale consiste à me donner le droit exclusif de commander en maître; & que, si quelqu'Orateur, parmi vous, a l'audace de monter à la tribune aux harangues pour vous dire autre chose que ce que j'ordonnerai qu'il vous dise, il sera regardé comme un Ennemi de l'État, & traité comme tel, en vertu des droits sacrés du peuple & de la Souveraineté Nationale».

Assurément, si Socrate & Lycurgue eussent tenu ce langage à leurs compatriotes, & s'ils eussent voulu essayer d'agir en conséquence, on les aurait pris pour des fous; & tous les médecins de la Grèce eussent été mandés pour travailler à leur guérison.

Il est sous le ciel des Empires, où quelques gouvernans, peut-être avec des intentions salutaires, n'ont pas, il est vrai, tenu le même langage, mais l'ont réalisé; & les Républicains qui les ont entendus, n'ont pas même rompu le silence pour leur faire appercevoir le piège, ou l'abîme, dans lequel ils se précipitaient eux-mêmes. Ces hommes-là pouvaient aimer le peuple & vouloir le rendre heureux, mais ce n'est pas tout de le vouloir; il faut en connaître les moyens; & les moyens sont impossibles à connaître, à moins qu'on ne sache parfaitement ce que c'est que le peuple.

Dans une Monarchie, c'est pour le peuple seul que doit exister le Monarque; il n'est rien que par le peuple & pour le peuple. Le peuple seul est sa force & sa grandeur; il ne peut être heureux que du bonheur du peuple; & par conséquent il est le premier intéressé à faire le bonheur du peuple; sous ce point de vue, la Monarchie est un Gouvernement Représentatif, sur-tout la Monarchie élective.

Mais il est un autre point de vue, sous lequel le Gouvernement Monarchique cesse d'être Représentatif; c'est que le pouvoir, concentré dans les mains d'un seul, qui a toutes les forces & toutes les ressources de l'État à sa disposition, devient pour ses passions un aliment funeste. Il est déjà naturellement porté à dominer, uniquement parce qu'il est homme; il a donc une tendance naturelle à subordonner tout à son caprice; &, comme les lois seules peuvent gêner son caprice, il est intéressé à faire plier les lois elles-mêmes sous le joug de sa volonté. S'il est électif, il tâchera de devenir héréditaire; s'il n'a qu'une grande portion des rênes de l'Etat, il tâchera d'attirer tout à lui, & de les réunir toutes dans ſes mains. S'il eſt héréditaire, il aura encore plus de hardieſſe à uſurper les droits du peuple, parce qu'il aura plus de facilité pour le faire: ſous ce point de vue, la Monarchie peut ceſſer d'être repréſentative, parce que le régime repréſentatif eſt celui où le peuple eſt repréſenté réellement; il ceſſe de l'être réellement, ſi on veut le repréſenter malgré lui; & on veut le repréſenter malgré lui, quand on outre-paſſe les pouvoirs qu'il a délégués, quand on prétend lutter contre ſa volonté, quand on réſiſte, pour ainſi dire, à l'*intention des fondateurs*. Ces réflexions méritent, je crois, toute l'attention de mes lecteurs; & l'examen le plus approfondi de la part des Légiſlateurs.

Sous le Gouvernement Ariſtocratique, quelques hommes d'élite tiennent la place du Monarque; & le peuple eſt encore plus repréſenté que dans une monarchie, parce que la Repréſentation eſt d'autant plus effective en tout genre, que le Repréſentant ſe rapproche davantage du Repréſenté. Or, un certain nombre d'hommes ſe rapproche plus d'un peuple entier, qu'un ſeul homme; donc le Régime Ariſtocratique eſt, en quelque ſorte, plus Repréſentatif que le Régime Monarchique.

Mais il eſt encore un point de vue, ſous lequel ce régime ceſſe d'être repréſentatif; c'eſt qu'il eſt infiniment plus facile à un petit nombre d'hommes revêtus de l'autorité ſuprême, d'en abuſer contre leurs commettans, qu'il ne le ſerait à un grand nombre de gouvernans. Car ceux-là auront plus de pouvoir que ceux-ci, (puiſque, plus le pouvoir eſt concentré, plus il a de force & d'activité), & plus on a de pouvoir, plus il eſt aiſé d'en abuſer.

Or, on ceſſe de repréſenter le peuple, quand on envahit les droits que le peuple n'a pas délégués; & le peuple n'a pas délégué les droits qu'on s'arroge. Il eſt encore extrêmement facile aux chefs d'un Etat Ariſtocratique de ſe perpétuer dans leurs fonctions; il eſt même probable qu'ils le feront. Voyez juſqu'ici, par les exemples que vous avez ſous vos yeux, voyez quelle magie a le charme du pouvoir! Voyez des hommes, qui ont commencé à en goûter les douceurs, s'agiter *per fas & nefas* pour en prolonger la durée!.... Or, le repréſentant *par le fait*, peut ceſſer de l'être *de droit*, quand il emploie la ruſe ou la force pour continuer de l'être; alors il n'eſt plus l'homme du Repréſenté: car celui-ci n'a, *de droit*, pour ſon Repréſentant, que celui qu'il a la volonté de nommer; or, ſi cette volonté eſt contrariée, il n'y a plus, à proprement parler, de Régime Repréſentatif.

Voilà des vérités qu'on ne pourrait nier, ce me semble, sans une grande mal-adresse ; & des vérités, dont on ne pourrait savoir mauvais gré à celui qui les dit, sans une mal-adresse encore plus grande.

Passons à une autre forme de Gouvernement. Sous le régime Démocratique, il n'y a point de Représentation ; & c'est une erreur grossière, d'avoir demandé la Démocratie en parlant de Représentation. On ne peut pas citer un seul Etat Démocratique sous le ciel, qui ait été vraiment représentatif ; l'un & l'autre mode sont incompatibles ; &, pour m'exprimer plus cathégoriquement, il n'y a point encore eu de vraie Démocratie dans les Etats civilisés. Les Romains n'étaient nullement Démocrates ; les Grecs l'étaient encore moins. On citerait peut-être quelques hordes Indiennes, vivant selon les lois de la nature, qui se sont le plus rapprochées du mode Démocratique. Quant aux Romains, ils n'eurent rien de la Démocratie, excepté les Comices, qui finirent par ne plus exister que pour la forme ; & la Démocratie n'exista chez les Grecs que dans un sens seulement ; c'est-à-dire que les Lois, pendant un tems, furent affichées sur la place publique, avant d'avoir force de lois. Le peuple les censurait, & les sanctionnait personnellement. Or, en ce sens, chaque particulier devenait Législateur.

Qu'est-ce qu'une véritable Démocratie ?

C'est un gouvernement où le peuple en masse & par lui même fait les lois & surveille à leur exécution.... Or, pourquoi se fait-on représenter ? Pour faire faire par d'autres ce qu'on ne peut pas faire soi-même ; mais, si on le fait soi-même, on n'a plus besoin de personne pour le faire ; donc on n'a plus besoin d'être représenté. Il n'y a donc pas de régime représentatif dans une véritable Démocratie.

Sous un Gouvernement Despotique, qu'il faut bien distinguer de ce qu'on nomme purement & simplement Monarchie, (car les Etats du Mogol & ceux d'Alger sont Despotiques, ainsi que la Russie & beaucoup d'autres ; au lieu que la Chine, où les lois sont supérieures aux volontés du Prince, est une Monarchie) sous un tel Gouvernement, dis-je, il n'y a pas l'ombre de Représentation ; il n'y a jamais qu'usurpation ; ce n'est donc pas là un Régime Représentatif.

On observera que j'ai rapproché les deux régimes non Représentatifs, c'est-à-dire le Despotique & le Démocratique, parce que les deux extrêmes se touchent.

Rien ne ressemble plus à l'un, que l'autre ; tous deux sont également absurdes ; tous deux blessent également les droits des nations & la dignité de l'homme. L'idée seule de ces gouvernemens crispe les nerfs & gonfle le cœur d'un honnête homme. Leur résultat est le même, l'Arbitraire ; car l'anarchie est l'essence de l'un, la tyrannie, celui de l'autre ; & l'arbitraire est l'enfant de la tyrannie & de l'anarchie..... La nature doit se couvrir d'un crêpe lugubre ; le soleil doit voiler ses rayons d'un nuage de sang, lorsque l'Arbitraire gouverne une Nation ! Que l'enfer engloutisse à jamais les monstres qui ont mis l'arbitraire à la place du gouvernement ! & que la vengeance céleste réduise au rang des bêtes de somme quiconque a été assez lâche pour approuver, pour excuser même cet attentat à la nature humaine ! Quelle insolence atroce d'une part ! quelle basse stupidité de l'autre !.... Et l'on est assez osé, assez téméraire pour prononcer le nom de République !.... Les imbéciles ! ils flattent les tyrans de leur pays, & ils veulent que leur pays soit libre ! Les scélérats ! ils flagornent des hommes qu'ils abhorrent, & n'ont pas même la prudence de se taire !....

Je viens maintenant au Gouvernement Républicain, le seul libre, le seul représentatif qu'il y ait au monde ; c'est celui où le peuple, trop nombreux pour exercer ses droits en personne, n'en jouit pas moins réellement. Là, le peuple est tout, & le peuple ne fait rien ; là, tout se fait pour le peuple, & rien par lui. Là, le peuple n'est en fonctions qu'aux époques des Elections immédiates ; mais ses fonctions sont respectées par le Gouvernement, qui s'abbaisse avec vénération devant la majesté des citoyens généralement assemblés. L'unité & l'indivisibilité ne sont pas des mots seulement, mais des choses ; parce que chaque fraction du peuple a le droit imprescriptible de communiquer, comme bon lui semble, avec les autres ; sans quoi, la Souveraineté Nationale, divisée par portions isolées, serait réduite à *zéro* ; & nulle puissance au monde n'a le droit, ni la pensée de gêner la libre émission & la libre circulation des idées & des projets de chaque citoyen ; on n'ose pas même se permettre de faire cette réflexion, parce qu'elle supposerait le souvenir récent du despotisme le plus criminel & le plus directement attentatoire à la sûreté de l'Etat. Là, tout le monde est convaincu que ce serait un sophisme trop grossier, que celui qui séparerait toujours chaque Assemblée partielle, de la totalité des Assemblées du peuple ; parce qu'avec ces petites ruses, avec ces prétextes puérils, qui colorent toujours les projets ambitieux, rien n'est plus aisé que d'usurper tout-à fait les droits inhérens à la puissance nationale, en disant toujours que le peuple de tel canton, n'est pas le peuple de la République entière; car, si le peuple de la République entière ne peut se réunir que par cantons, il lui sera toujours impossible de faire passer son vœu pour le vœu général; en effet, comment chaque canton pourra-t-il s'éclairer sur les intentions & les principes des autres cantons, si la communication d'un canton avec un autre canton ne saurait avoir lieu? Comment y aura-t-il de l'*unité*, si l'on ignore d'un côté ce qui se passe de l'autre? Comment y aura-t-il de l'*indivisibilité*, si l'on isole le peuple, qui doit être *un*, par parties séparées, & si on le divise dans le seul moment où sa marche & ses opérations doivent être indivisibles?. ... Suivez ce raisonnement. Est-il permis au peuple d'élire ses Gouvernans, sous un régime représentatif? oui, sans doute; car, s'il ne les élit pas, il n'y a plus de liberté; & un régime représentatif est un régime libre.

Comment les élira-t-il, s'il ne s'assemble pas? Je sais qu'il est un mode d'élection plus sûr & plus méthodique que celui des Assemblées; je l'ai proposé dans ma *Constitution de la lune*, comme un moyen prompt & infaillible de connaître la volonté générale, sans pouvoir s'y méprendre. Mais ce mode n'a pas pris, & il ne prendra pas en France, tout simple qu'il est, parce que l'effervescence nationale s'y oppose. D'ailleurs, quand il serait usité, un peuple libre aurait toujours le droit de s'assembler.

Le peuple peut-il s'assembler tout entier dans un même local? & en a-t-il le droit?

Si ce peuple est nombreux, il lui est physiquement impossible de se réunir dans le même local; mais une impossibilité physique n'ôte rien à ses droits, par la même raison qu'il lui est physiquement impossible d'exercer constamment par lui-même ses droits politiques, & qu'il n'en jouit pas moins de ces mêmes droits, avec plein pouvoir de les faire valoir, & d'intimer ses volontés à ceux qu'il honore de sa confiance.

Mais si le peuple n'avait pas le droit de s'assembler en masse, aurait-il celui de s'assembler par fractions? & pourquoi aurait-il plutôt ce dernier droit que le premier? cette distinction, admise sérieusement, serait absurde.

Si le Peuple Français, par exemple, est un composé de *cinq cents mille* votans, & qu'il se trouve en France une salle capable de contenir cinq cent mille âmes, aura-t-il le droit de s'assembler dans cette salle? hésiter pour répondre à cette question, c'est une ineptie.

Si cette salle, par sa grandeur, occasionne de la confusion & qu'il soit impossible de s'entendre, pourra-t-on partager l'Assemblée en deux portions égales?

S'il se trouve deux salles, dont chacune puisse contenir deux cents cinquante mille votans, le peuple aura-t-il le droit de se réunir dans ces deux salles ? nul doute qu'il n'en ait le droit.

Si ces deux salles se trouvent encore trop sonores ou trop incommodes pour le nombre, & qu'il y ait dix salles propres à renfermer chacune cinquante mille personnes ; le peuple aura-t il le droit d'occuper ces dix salles, par portions de cinquante mille hommes ? assurément, & ainsi du reste, en subdivisant.

Maintenant, voyons si, dans la salle des 500 mille, où le peuple s'est assemblé d'abord, les orateurs ont eu le droit de parler à tous les auditeurs, ou s'il ne leur a été permis de haranguer qu'une partie de la salle. Pourquoi pourraient-ils communiquer avec un coin de cette salle ; & pourquoi ne communiqueraient-ils pas de même avec les autres coins !.....

Il est honteux pour un homme libre d'être réduit à faire de pareilles questions ; mais hélas! tel est le sort de certaines Nations qui se disent libres, qu'elles en sont encore à l'*A*, *B*, *C* de la liberté, & qu'on est forcé de se rapetisser à des questions d'enfans. Tant il est vrai que l'esclavage abrutit l'espèce humaine !... Tant il est vrai que l'habitude du joug des despotes ôte aux enfans du créateur jusqu'au plus léger sentiment de leur être !

Mais, s'il est permis à un membre de la salle des 500 mille de parler à toute la salle, pourquoi ne sera-t-il pas permis à un membre de la salle des 250 mille de parler aux mêmes 500 mille auxquels il lui était permis de parler tout-à-l'heure ? &, si l'une des deux salles peut communiquer avec l'autre, en raison de ce que, moralement, ces deux salles n'en font qu'une, comment ne sera-t-il pas permis à l'une des dix salles de 50 mille, de communiquer avec les neuf autres, en raison de l'impossibilité physique où elles sont toutes d'occuper un même local ? ces observations, auxquelles on n'aurait jamais dû s'attendre, sont si simples, qu'un enfant de trois ans en saisirait la justesse.

Si le premier Législateur, qui établit les Comices chez les Romains, se fut avisé de leur dire : « La loi vous permet de vous
» réunir par fractions de 650 citoyens à la fois, afin de prendre
» une délibération commune sur tel ou tel sujet ; & la volonté
» générale résultera du vœu exprimé par toutes les fractions en
» même temps. Mais il vous est défendu de vous réunir au nombre
» de 651, encore moins de ne faire de deux fractions qu'une seule
» fraction de 1300 personnes ; mais sur-tout il vous est défendu
» d'adopter une marche uniforme, & de vous communiquer vos
» pensées & vos plans pour le salut de la Patrie.

Les Romains se seraient écriés :

» Cet homme perd le sens, ou il veut regner, suivant cette
» maxime : *Divide & impera*. C'est là du fédéralisme tout pur. Au-
» tant vaut-il empêcher le côté droit du Sénat de parler au côté
» gauche ; c'est vouloir faire *un tout*, sans les différentes *parties* qui
» le composent.

Mais j'irai plus loin.

Un Représentant du peuple est-il le Représentant du peuple entier, ou n'est-il que celui d'une fraction du peuple? s'il représente le peuple entier, il est donc censé nommé par le peuple entier; s'il est nommé par le peuple entier, comment *le peuple entier* a-t-il pu le nommer, lorsqu'on lui a défendu de faire *un tout* ? s'il ne représente qu'une fraction du peuple, il n'est donc pas le Représentant de la Nation; car je suppose que le Département de Vaucluse ait nommé *tel* ou *tel* pour Député, & que tous les autres départemens n'en veuillent pas ; la volonté d'un seul département passera-t-elle pour la volonté de tous les autres ? si elle passe pour la volonté générale, une fraction du peuple équivaut donc à la totalité du peuple. Si elle ne passe pas pour la volonté générale, il n'est donc le Représentant que d'une petite portion de la France ; s'il n'est le Représentant que d'une petite portion de la France, il n'est donc pas le Représentant du Peuple Francais. S'il ne l'est pas, il n'y a donc plus de Corps Législatif, mais seulement des grouppes de Législateurs, dont chacun ne représente que la partie du sol Français qui l'a nommé. Alors il n'y a plus d'*unité*; s'il n'y a plus d'*unité*, il n'y a plus une République indivisible, mais bien une centaine de Républiques isolées. Or, c'est encore là le Fédéralisme le mieux conditionné. Si la France est un seul Gouvernement, il n'y a donc qu'une République, il n'y a donc qu'un Corps légeslatif; s'il n'y a qu'un Corps Législatif, les membres qui le composent, appartiennent donc au Corps Législatif; &, comme le Corps Législatif appartient à la France entière, chacun de ses membres est aussi le Législateur de la France entière.

Si la France entière peut revendiquer chaque Législateur comme son ouvrage, pourquoi l'ouvrage d'une portion de la France, ne peut-il pas être revendiqué comme celui de toute la France ? & si tel Député, nommé seulement par une fraction du Peuple Français, se trouve de droit être le Député du Peuple Français, comment se fait-il que la fraction du Peuple Français qui l'a nommé, ne se trouve pas de droit avoir exprimé le vœu du Peuple Francais ? on pourrait multiplier ici les argumens sans réplique ; mais j'en dis assez pour confondre, ce me semble, des hommes de mauvaise foi ; & je les défie de se tirer de là.

Il résulte de cette série d'objections que, dans une Republique, les fractions du Peuple ont inconteſtablement le droit de communiquer entre elles, pendant toute la durée des fonctions populaires. Finiſſons maintenant le tableau d'une véritable République.

Dans un Gouvernement Républicain, le ſeul que j'appelle véritablement Repréſentatif, le Peuple eſt repreſenté par un aſſez grand nombre d'hommes pour que, ſi quelques ambitieux voulaient faire claſſe à part, ils euſſent parmi leurs collègues aſſez de ſurveillans pour les contraindre; & le nombre des Repréſentans, ſagement proportionné à celui des Repréſentés, n'eſt pas non plus tellement conſidérable, qu'il en puiſſe réſulter de la confuſion & de l'anarchie..... Là, le Peuple ſeul choiſit ſes Repréſentans, il les choiſit librement, il les choiſit pour un temps limité, dont il connaît d'avance la durée en les choiſiſſant, il les choiſit à condition & avec l'intention formelle, contre laquelle perſonne ne peut s'élever, d'en choiſir d'autres à l'expiration de leurs pouvoirs, s'ils n'ont pas répondu à ſa confiance. Là, le peuple exerçant la plénitude de ſes droits, au moment des élections immédiates, n'eſt empêché, ni contraint par aucune ſorte de violence, de menace ou de calomnie. Nulle autorité qui ne révère ſa volonté; nulle adminiſtration qui ne lui cède le pas; nul obſtacle qui puiſſe l'arrêter, juſqu'à ce qu'il ſe ſoit ſoumis à ceux qu'il aura librement élus pour le gouverner. Le Gouvernement, alors exiſtant, n'eſt plus rien qu'un ordre de choſes proviſoire, & purement adminiſtratif, pour que les affaires civiles ne reſtent pas en ſtagnation; ce gouvernement proviſoire ne s'occupe nullement de ce que fait le Peuple dans ſes Aſſemblées; parce que le Peuple eſt libre alors, & parfaitement libre, de ſe propoſer à lui-même telle meſure qu'il croit ſalutaire ou favorable à ſes intérêts; &, ſi quelqu'homme en place ſortait de la Sphère où le circonſcrit alors la Souveraineté du Peuple exercée par lui-même, les nouveaux Mandataires Elus examineraient ſévèrement la conduite des anciens; ceux-ci rendraient un compte terrible de l'attentat commis contre la Majeſté nationale, & contre la Sûreté de l'Etat. Ou, ſi le ſort en décidait autrement, l'œil du peuple opprimé, qui paraît ſe fermer momentanément, ſe r'ouvrirait plus tard; les crimes n'en ſeraient pas moins des crimes, de quelque dehors qu'on voulût les colorer; & la poſtérité, à qui rien n'échappe, vouerait à l'exécration du globe entier les hommes qui, ſous un prétexte quelconque, auraient uſurpé le pouvoir du Peuple, & porté des lois qu'ils n'auraient pas eu le droit de porter.

Voilà ce que c'eſt qu'un Gouvernement Repréſentatif; voilà ce que c'eſt qu'une véritable République. En-deçà ou au-delà de cette ligne tracée par la nature & la raiſon, ce n'eſt plus une

République; ce n'est plus qu'anarchie ou tyrannie, que confusion ou usurpation.

D'après cette donnée, sommes-nous vraiment sous un régime représentatif? Je ne ferai point d'application. J'ai posé un principe général; c'est à vous, Législateurs Français, de tirer les conséquences!

Je reviens à la conduite apparente que vous avez tenue, non pour la blâmer ni l'approuver, mais pour en tirer occasion de justifier les Parisiens, si réellement on peut les justifier.

Hypothèse.

Je suppose qu'un Sage ou un Philosophe des Indes Orientales, (non de ces Philosophes de nom, qui ont appelé l'*athéisme*, sagesse, la *moralité*, folie) mais de ces hommes voués par goût & par habitude à l'étude du cœur, aux calculs de la raison, à la simplicité des mœurs & au culte de la vérité; je suppose, dis-je, qu'un de ces Sages vienne d'arriver tout récemment en France, à l'époque des Assemblées Primaires; & que, malgré le luxe & le despotisme de l'Asie, il se soit conservé pur loin de la corruption des Cours, & qu'il ait acquis, par la réflexion & les livres, une juste idée d'un Gouvernement Républicain, dont l'Asie n'offre point d'exemples.

Et, comme tout est permis en fait d'hypothèses, je suppose plutôt que ce fameux Scythe qui haranguait Alexandre, soit de retour à la vie, & qu'il ait la curiosité de venir voir ce qui se passe en France. Ah! pour le coup, on ne dira pas que ce Scythe n'était pas un Philosophe. Il l'était au suprême degré, & dans toute la vérité de l'expression; il n'était pas moins pénétré des grands principes du Gouvernement Républicain; la justice seule avait pour lui des attraits; l'ombre du despotisme lui faisait horreur; il connaissait l'égalité politique; il pratiquait les vertus sociales; donc il était Républicain.

Ce Scythe arrive donc à Paris, au moment des Assemblées Primaires, avec un cœur pur, un esprit sain, & un tact que n'a point dénaturé le *philosophisme* corrupteur. On l'a mis au fait de tout ce qu'était la France depuis 1400 ans, & de ce qu'elle est depuis six ans, à l'exception des massacres; par conséquent, il va juger les évènemens sans partialité.

Je suppose ce Scythe transporté, pendant toute la durée des Assemblées Primaires, de la Convention aux Sections, & des Sections à la Convention.

Le

Le Scythe dans les Sections ; c'est lui qui parle à son Conducteur :

Tout me paraît bien tranquille ici ; & je ne crois pas que les Parisiens se soient jamais montrés aussi calmes...... Il y a bien du monde dans cette salle ;...... J'y vois beaucoup de têtes blanchies par les années ; j'y vois aussi beaucoup d'ouvriers..... Ce qui m'en plaît le plus, c'est que je n'entends applaudir que les discours sensés & les principes de la vraie liberté ; encore n'applaudit-on pas avec un enthousiasme effréné......

LE CONDUCTEUR.

Oh ! quand un jeune étourdi paraît s'écarter des bornes de la modération, on le rappelle à l'ordre.

LE SCYTHE.

C'est très-bien....... Allons maintenant à cette Convention, dont vous m'avez parlé.

LE SCYTHE *à la Convention.*

Mon Dieu ! qu'on a de peine à pénétrer dans cette enceinte ! Pourquoi donc tous ces gens armés, tous ces canons, toutes ces munitions, & tous ces préparatifs militaires ? Est-ce qu'Alexandre serait, comme moi, de retour au monde par hasard ? & viendrait-il, avec ses Phalanges Macédoniennes, faire le siége du Sénat Français ?

LE CONDUCTEUR.

Il n'est nullement question d'Alexandre. Mais le Sénat se met en garde.

LE SCYTHE.

En garde ! & contre qui ? Est-ce qu'on veut l'assassiner ? n'a-t-il pas tout le pouvoir en main ?

LE CONDUCTEUR.

L'assassiner ? à Dieu ne plaise ! personne n'y songe. N'avez-vous pas entendu tout à l'heure, dans l'Assemblée Primaire, des paroles toutes contraires à l'assassinat ?

LE SCYTHE.

Oui, sans doute; mais pourquoi cet appareil redoutable? vous disiez que j'étais dans un pays libre, dans une République; je vois bien que vous m'avez attrapé.

LE CONDUCTEUR.

Non, je vous jure; vous êtes en France; & tout le monde vous dira que la France est une République.

LE SCYTHE.

Qui sont donc ces soldats que nous avons vus autour d'ici? sont-ce les aggresseurs ou les défenseurs du Sénat? viennent-ils pour le maîtriser ou pour le préserver?

LE CONDUCTEUR.

Ces soldats sont partis des Armées Républicaines, où ils combattaient pour la liberté.

LE SCYTHE.

Les braves gens! ils doivent donc bien aimer le Peuple, puisqu'ils ont combattu pour lui. Leurs concitoyens ne doivent attendre d'eux que des caresses & des marques de fraternité, puisqu'ils ont exposé leurs jours pour les rendre libres! .... Mais pourquoi toutes ces tonnes de vin & d'eau-de-vie, que nous avons remarquées en passant?

LE CONDUCTEUR.

C'est pour ces mêmes soldats.

LE SCYTHE.

Est-ce qu'on pratique la même chose aux Armées? mais cela doit coûter énormément, dans un temps où le pauvre citoyen ne peut atteindre à une bouteille de vin pour substanter son estomac débile? il y a donc des gens bien riches qui paient tout cela .....

LE CONDUCTEUR.

Je n'en sais rien; mais je crois que c'est le Trésor Public.

LE SCYTHE *d'un air chagrin.*

Vous m'affligez ! . .. mais, dites-moi, s'il vous plaît; est-ce qu'on a besoin de tous ces moyens extraordinaires pour engager vos soldats à faire leur devoir ?

LE CONDUCTEUR.

Non pas, que je pense ; car nos Troupes ont supporté, sans murmurer, toutes les privations imaginables; couchant sur la dure, du pain & l'honneur de vaincre pour la liberté leur a suffi.

LE SCYTHE.

Est ce qu'elles auraient changé de sentiment, puisqu'on a changé de système ? ce n'est donc plus pour la liberté qu'elles combattent ?

LE CONDUCTEUR.

Pardonnez-moi ; aux Armées, c'est toujours pour la Liberté.

LE SCYTHE.

Et ici ?

LE CONDUCTEUR.

Ici, elles ne combattent pas ; il ne s'agit pas de guerre au centre de la France.

LE SCYTHE.

Pourquoi donc y sont-elles, si elles n'ont rien à faire ?

LE CONDUCTEUR *avec humeur.*

On vous dit que c'est pour garder la Convention, encore une fois.

LE SCYTHE.

Est-ce que les Représentans d'un Peuple libre ont besoin d'autre garde que celle des citoyens de bonne volonté ? l'amour & la confiance du Peuple ne sont-ils pas la meilleure garde ? .... Passe encore, si c'était cet Alexandre, dont je vous parlois; comme il avait versé du sang, il devait craindre la haine & le ressentiment;

quand on a fait des victimes, quand on a vexé l'humanité, quand on n'a pas sa conscience nette, on peut s'entourer de gardes. Mais quand on a toujours aimé sa Patrie, respecté les droits du Peuple, pratiqué la justice, chéri l'Egalité, bien usé de son pouvoir, on n'a rien à craindre, parce qu'on n'a rien à se reprocher.

LE CONDUCTEUR.

Vous m'embarrassez beaucoup, au moins !.... Je ne sais...... que vous répondre.....

LE SCYTHE.

Il y a donc quelque mystère là dessous ?

LE CONDUCTEUR.

Non pas que je sache; mais parlez plus bas, s'il vous plaît.

LE SCYTHE *interdit.*

Comment donc? que voulez-vous dire ?.... est-ce qu'on ne peut pas faire tout haut les réflexions les plus simples, que suggèrent les lumières du bon sens ?.....

LE CONDUCTEUR *embarrassé.*

Pardonnez-moi ; mais, si quelqu'un de ces hommes qui occupent les Tribunes, nous entendaient, on pourrait nous *dénoncer*, nous *arrêter* & nous traiter comme des *Conspirateurs.*

LE SCYTHE.

Comme des *Conspirateurs* ! ah ! Grand Dieu !.... & vous dites que nous sommes en France ! oh ! certainement vous m'avez trompé.... Et puis, qu'est-ce que *dénoncer*, *arrêter*.....

LE CONDUCTEUR.

Hélas ! c'est le pain quotidien des Français ! mais asseyez-vous là, & tâchez d'écouter en silence.

LE SCYTHE *après avoir écouté.*

Est-ce un rêve ? .... n'est-ce pas un Sénateur qui vient de parler ?

LE CONDUCTEUR.

Oui.

LE SCYTHE.

Est-ce que les Sénateurs se permettent de mentir ainsi en public ? cet homme ne vient-il pas de dire que vos Assemblées de Section étaient *un repaire d'Assassins, de Royalistes, de Voleurs & de Brigands ?*

LE CONDUCTEUR *soupirant.*

Oui, c'est là précisément ce qu'il a dit.

LE SCYTHE.

N'a-t-il pas dit aussi que ces Assemblées étaient *très-peu nombreuses, & qu'une poignée de factieux les dirigeaient ?*

LE CONDUCTEUR.

Ce n'est pas lui qui l'a dit ; c'est un autre.

LE SCYTHE.

Cet autre n'est-il pas aussi un Sénateur ?

LE CONDUCTEUR.

Hélas ! oui.

LE SCYTHE.

N'a-t-il pas dit encore que les *Ouvriers n'y assistaient pas ?*

LE CONDUCTEUR.

Oui ; il l'a dit.

LE SCYTHE.

Il n'y a donc pas été voir, lui qui parle ?

LE CONDUCTEUR.

Probablement non ; mais il a cru sur parole des gens qui l'auront trompé ; voilà tout.

LE SCYTHE.

Est-ce qu'en France on dénonce en plein Sénat, des crimes que l'on a *crus sur parole*? est-ce qu'il n'y a aucun moyen de vérifier les faits, avant d'en faire part à l'Assemblée des Sénateurs?

LE CONDUCTEUR.

Vous avez raison; mais nous sommes encore en révolution; &, quand on est en révolution, on ne doit pas s'attendre à voir la justice & la raison prévaloir comme sous un Gouvernement fixe & consolidé.

LE SCYTHE.

A la bonne heure; mais ne voyez-vous pas qu'avec ce beau prétexte de révolution, il ne tiendra qu'aux Anarchistes d'éloigner tant qu'ils pourront le règne de la justice & de la raison? ne voyez-vous pas que les hommes intéressés à prolonger la Révolution, ont un excellent moyen de la prolonger en effet, en disant toujours qu'on est en Révolution? Oh! ni songez plus, leur dira-t-on; finissez-la tout de bon, votre révolution; &, pour la faire finir, mettez la raison & la justice à l'ordre du jour; car ce n'est pas parce que la révolution dure toujours, que la justice & la raison ne règnent pas; mais c'est précisément parce que la justice & la raison ne commencent jamais, que la Revolution ne finit jamais... Tenez, Monsieur, tout cela ne m'a pas l'air bien franc, ni bien clair; il y a sûrement derrière le rideau quelque projet ou quelqu'intrigue que je ne devine pas. Mais j'entends ici des mensonges atroces; j'ai jugé par moi-même de la fausseté des rapports que l'on vient de faire; or, dès qu'une chose n'est pas vraie, j'ai le droit de ne plus croire un mot de ce que j'entendrai; car, si l'on ment pour décréditer les Parisiens, on peut mentir de même pour décréditer qui l'on voudra. Si c'est erreur de la part de ceux qui mentent, qui m'assure qu'on ne sera pas dans l'erreur pour toutes les opérations que l'on conseillera au Corps Législatif? si c'est la passion qui s'en mêle, qui me garantira que toutes les démarches du Gouvernement ne seront pas l'ouvrage de la passion? le résultat d'une erreur ou de la passion n'est-il pas également funeste & politique?..... Tenez, Monsieur, on peut s'attendre à tout, de la part des hommes qui composent & compromettent si légèrement les intérêts de la vérité & le salut de la chose publique. Telle est, du moins, ma façon de voir; je puis me tromper; je le voudrais même; mais, toutes les fois que les apparences sont d'accord avec les calculs du bon sens, il est difficile de ne pas voir ce qui n'est que trop visible & de ne pas comprendre ce qui n'est que trop intelligible..... Mais qu'est-ce que viennent faire ces gens-là ?

LE CONDUCTEUR.

Ce sont des Citoyens d'une Section de Paris, qui viennent faire une Pétition au Corps Législatif.....

LE SCYTHE *après avoir entendu la Pétition.*

Tout ce qu'on vient de dire, est-il bien vrai?

LE CONDUCTEUR.

Je n'en sais rien; mais vous pouvez le savoir très-aisément. Venez avec moi ce soir à l'Assemblée Primaire de la Section, qu'on fait parler ici ; & vous verrez si les sentimens qu'on vient d'exprimer, sont, comme on le dit, ceux de la Majorité de cette Section.

LE SCYTHE.

Je le veux bien ; mais ce qui m'inspire déjà quelques soupçons, c'est la fureur avec laquelle on vient d'applaudir. Quand une chose est juste & vraie, l'applaudir à outrance, c'est faire voir qu'on n'est pas accoutumé à la vérité & à la justice. il me semble qu'on devrait s'opposer à ces applaudissemens; c'est une indécence réelle, c'est un manque de respect à la Majesté Nationale.

LE CONDUCTEUR.

La Constitution Nouvelle les défend aussi ; mais elle n'est pas encore en activité.

LE SCYTHE.

Si elle n'est pas encore en activité, pourquoi s'en prévaut-on pour plusieurs choses, selon les intérêts des personnes qui s'en prévalent?

LE CONDUCTEUR.

Oh ! vous m'en demandez trop ...

LE SCYTHE.

Avant de ſortir d'ici, dites-moi, je vous prie, de quelle ſorte de monde ſont compoſées ces Tribunes....

LE CONDUCTEUR.

Je n'en ſais rien.

LE SCYTHE.

Et moi, qui n'en ſais pas plus que vous, mon gros bon ſens me dit qu'il faut ſe défier des applaudiſſemens qu'elles donnent.....

LE CONDUCTEUR.

Pourquoi cela?

LE SCYTHE.

Parce que je les vois applaudir toujours à ce qui ſe dit dans le même ſens, & couvrir de murmures & de huées tout ce qui n'eſt pas favorable au parti qui les flatte. Or, cela n'eſt pas ſi naturel que vous pouvez le penſer. Si ces Tribunes étaient compoſées du public, il y aurait des gens de tous les partis; s'il y avait des gens de tous les partis, les ſentimens & les opinions ſeraient partagées, comme par-tout; ſi les ſentimens & les opinions y étaient partagées, chacun approuverait franchement ce qui lui plairait, & chacun improuverait franchement ce qui lui déplairait; ſi chacun approuvait ou improuvait franchement ce qu'il trouverait bien ou mal, les applaudiſſemens & les marques d'improbation marcheraient de concert; il y aurait du pour & du contre parmi les ſpectateurs, comme il y en a parmi les Sénateurs. Mais il n'eſt pas naturel que, quand un certain côté prend la parole, tout le monde applaudiſſe avec tranſport; & que, quand l'autre côté veut parler, tout le monde ſemble ſe faire ſigne pour l'empêcher de parler.

LE CONDUCTEUR.

Ce raiſonnement me paraît conſéquent.

LE SCYTHE.

En voici un autre, qui ne l'eſt pas moins. J'ai entendu des hommes parler avec beaucoup de calme & de ſageſſe, & dire des vérités inconteſtables, qui m'ont paru dictées par le ſeul amour du bien public; & ils ont été couverts de huées. J'en ai entendu d'autres proférer des blaſphêmes politiques & des menſonges fieffés, & ils ont été portés juſqu'aux nues. Il réſulterait de-là que l'erreur & le menſonge ſeraient les maximes favorites des Francais, ſi ces Tribunes que je vois, étaient réellement compoſées du public. Car le public eſt lui même composé de toutes les claſſes de la ſociété, librement réunies; & alors on peut juger de l'opinion générale d'un Peuple, par celle d'une fraction de ce même Peuple, quand c'eſt réellement une fraction du Peuple, c'eſt-à-dire quand ce n'eſt pas une réunion préparée d'hommes appelés exprès pour ſeconder le vœu d'un parti. Or, ſi les Francais n'approuvent que le menſonge & l'erreur, jamais il n'y aura de République en France; car une République ne peut s'établir que par les principes républicains; les principes républicains ne peuvent pas germer dans des cœurs & dans des têtes livrées à l'erreur & au menſonge. Il eſt impoſſible de contrarier le penchant univerſel d'un peuple; &, ſi ſon penchant le porte à un gouvernement contraire aux maximes du républicaniſme, c'eſt une lourde ſottiſe de prétendre jamais le rendre Républicain.

LE CONDUCTEUR.

A la bonne heure; mais il ne faut pas croire que les Français ſoient tous comme ceux que vous voyez-là.

LE SCYTHE.

C'eſt donc ce que je vous dis; s'il ne faut pas juger des principes de votre Nation, par ceux qu'on manifeſte ici, c'eſt qu'il ne faut pas juger de la Nation, par ceux qui ſont ici. Ils ne ſont donc pas une fraction du Peuple, librement introduite dans cette enceinte; ils ne ſont donc pas le public..... Que ſont-ils donc?

LE CONDUCTEUR.

Ce raiſonnement me paraît concluant.

LE SCYTHE.

En voici un autre, qui l'eſt tout autant, ce me ſemble. Dites-moi ſi tous ces gens-là vont aux Sections.

LE CONDUCTEUR.

Non ſans doute, puiſqu'ils ſont toujours ici.

LE SCYTHE.

Ah! bon. Il en faut conclure deux choſes, 1.° que ce ſont toujours les mêmes qui rempliſſent les Tribunes; ſi ce ſont toujours les mêmes, ils ne ſont donc pas le public. 2.° Qu'ils ne ſavent pas ce qui ſe paſſe dans les Sections. S'ils ne le ſavent pas, comment applaudiſſent-ils avec fureur à tout le mal qu'on dit des Sections? Et comment couvrent-ils de huées quiconque eſſaye d'en dire un peu de bien?

LE CONDUCTEUR.

Ils s'en rapportent à ceux qui diſent du mal des Sections, parce que ce ſont des Sénateurs, & qu'ils ne les ſuppoſent pas capables de mentir en public.

LE SCYTHE.

Pourquoi donc ne s'en rapportent-ils pas à ceux qui en diſent du bien? Et pourquoi, puiſque ce ſont auſſi des Sénateurs, les ſuppoſent-ils capables de mentir?

LE CONDUCTEUR.

C'eſt qu'un Sénateur, tout Sénateur qu'il eſt, peut être mal inſtruit. Ce ſont préciſément les hommes les plus élevés qu'on a le plus d'intérêt à tromper.

LE SCYTHE.

D'accord; mais comment croient-ils que tel Sénateur, parce qu'il dit du bien, eſt mal inſtruit? & que tel autre Sénateur, parce qu'il dit du mal, eſt bien inſtruit?

LE CONDUCTEUR.

Parce qu'on croit plutôt le bien que le mal.

LE SCYTHE.

Oui, dans la société; mais en plein Sénat! y songez-vous? Quand il s'agit des grands intérêts de la Patrie, va-t-on compromettre étourdiment une immense majorité de Citoyens? Ne doit-on pas s'éclaircir de la vérité des faits, avant d'accuser qui que ce soit?.... Tenez, il me prend envie de demander la parole; je dirai au Sénat ce que j'ai vu, ce que j'ai entendu, ce que mes sens m'ont appris, ce que ma raison me fait comprendre; & il me croira peut-être. Hem? qu'en pensez-vous.

LE CONDUCTEUR.

Les Tribunes ne vous laisseront pas achever; & on dira que vous êtes revenu exprès de l'autre monde pour *conspirer*; & vous serez bien heureux d'en être quitte pour qu'on vous renvoie dans les montagnes de la Scythie, si quelque Tribunal Provisoire ne vous renvoie pas dans le séjour des Ombres, d'où vous sortez.

LE SCYTHE *soupirant & joignant les mains.*

Oh! mon ami; allons nous en, j'ai le cœur gros; il est bien triste d'aimer les hommes & de voir ce que je vois..... Allons-nous en bien vîte.

LE CONDUCTEUR.

Soit; mais il faut vous résoudre à revenir demain; ce sera pour la dernière fois.

LE SCYTHE.

A la bonne heure; mais pour aujourd'hui, c'est assez. Allons-nous en.

Ils sortent; le soir du même jour, le Scythe s'en va, toujours escorté de son même Conducteur, dans l'Assemblée de la Section, dont ils ont entendu la Pétition le matin.

LE SCYTHE.

O mon ami ! que veut dire ceci ? Voilà une grande majorité de Citoyens, qui desavouent ici tout ce qu'on a dit ce matin en leur nom. Est-ce qu'ils changent ainsi d'opinion, du soir au lendemain ?

LE CONDUCTEUR.

Non pas; les principes, que l'on manifeste à présent, ont toujours été manifestés ici, depuis le premier jour des Séances.

LE SCYTHE.

On ignorait donc l'objet de la députation ?

LE CONDUCTEUR.

Apparemment.

LE SCYTHE.

Est-ce qu'une poignée de Citoyens ont le droit d'aller, à l'insu des autres, exprimer leur opinion particulière, comme étant celle de la totalité ?

LE CONDUCTEUR.

Je ne le crois pas; la preuve, c'est qu'il s'élève ici une discussion assez vive à ce sujet.

LE SCYTHE.

Mais on va pourtant croire dans Paris & dans toute la France, que cette Section-ci est toute-à-fait opposée aux autres Sections.

LE CONDUCTEUR.

Sans doute qu'on le croira; mais qu'y faire ?

LE SCYTHE.

Tout ce que je vois, me navre le cœur; & je ne puis m'accoutumer à ce spectacle. Allons philosopher chez vous. Une nuit de répit calmera mes sens troublés; & j'aurai plus de courage demain pour m'agguerrir à votre singulier genre de républicanisme.

LE CONDUCTEUR *tristement.*

Je le souhaite ; allons-nous en.

Ils sortent ; le lendemain ils reviennent à la Séance de la Convention, après avoir visité plusieurs Sections au hasard, pour voir opérer les Bureaux dans le Scrutin des Electeurs ; chemin faisant, ils causent sur ce qu'ils viennent de voir.

LE SCYTHE.

Mon ami, je suis un peu consolé. Ce que j'ai vu, me rassure pour la Liberté.

LE CONDUCTEUR.

Qu'avez-vous vu ?

LE SCYTHE.

Comment ! vous ne remarquez pas cette scrupuleuse exactitude avec laquelle on procède aux Scrutins ? Quel silence ! quel ordre ! quelles précautions pour que le vœu d'aucun Citoyen ne soit influencé !.... Quelle fidélité minutieuse à tenir l'urne bien scellée & bien cachetée ! Quelle constance à quitter toutes ses occupations domèstiques pour rester là toute la journée ! Quelle régularité dans le dépouillement ! Quelle soumission exacte à la loi ! Chacun semble se faire un cas de conscience de la plus légère omission..... Assurément, on ne dira pas que les Electeurs auront été choisis par la cabale & par l'intrigue.

LE CONDUCTEUR.

Pardonnez-moi, on le dira ; & c'est parce qu'on le dira, que les Sections ont voulu redoubler de soins & de zèle pour donner le moins de prise possible à la calomnie.

LE SCYTHE *dépité.*

La calomnie ! la calomnie ! & toujours la calomnie !... Ah ! mon dieu ! quelle existence ! On ne vit donc que de calomnie en France ! Mais, mon ami, c'est une grande erreur de la part des calomniés ; car, plus ils se mettront à l'abri des atteintes du calomniateur, plus celui-ci leur voudra de mal & tâchera de leur en faire. Il n'y a rien qui desespère plus celui qui a tort, que de voir qu'on a toujours raison.

Le Conducteur.

Il est vrai, mais la conscience est quelque chose ; on existe moins orageusement avec une bonne conscience, au sein des persécutions, & l'on meurt même avec moins de regret, quand on sait qu'on a fait son devoir. D'ailleurs, ne savez-vous pas qu'il arrive tôt au tard une époque où la vérité se fait ? c'est dans l'ordre de la nature même. Croyez-vous qu'il soit toujours possible aux méchans de maintenir leur règne ? assurément, non ; ils finissent toujours par s'enferrer d'eux-mêmes ; cela fut de tout temps, & cela sera toujours : *inciderunt in foveam quam fecerunt mihi* — *Psalmiste.* Les piéges qu'ils destinent aux autres, sont presque toujours ce qui les perd ; & ils y tombent eux-mêmes, quelque précaution qu'ils prennent pour n'y pas tomber. Sans cela, le Suicide serait la première vertu de la société ; l'existence serait le plus grand des maux ; & la Providence, un vain nom. Nous avons eu sous Louis XIV un poëte célèbre, qui a dit dans une de ses fables :

« Le trop d'attention que l'on prend au danger,
» Fait le plus souvent qu'on y tombe ».

Le Scythe.

J'aime à vous entendre parler de la sorte, ce sont là des vérités utiles, consolantes & républicaines. Vous pourriez ajouter que l'Opinion est le régulateur infaillible des évènemens politiques. On peut la contraindre, l'égarer, la diriger pour un temps ; mais il faut qu'elle reprenne sa direction naturelle, parce qu'on n'a jamais pu, & qu'on ne pourra jamais réussir à changer la nature de l'homme. Je compare l'opinion à une masse énorme de métal bien compact & bien refait, que l'on veut conduire au haut d'une montagne escarpée : elle veut retomber par son propre poids ; mais, pour l'en empêcher, il faut une immensité de machines, une complication de ressorts, une combinaison de moyens extraordinaires, une réunion de bras & d'efforts surnaturels. Voilà ce qui s'appelle forcer l'opinion & la monter au point où l'on veut qu'elle arrive ; les hommes intéressés à le faire épuiseront toutes les ressources de leur génie,

& n'épargneront aucun des moyens que la fortune aura mis à leur disposition, afin d'y parvenir. Adresse, audace, intrigue, calomnie, force, menace, terreur, tout leur sera bon, & voilà les *ressorts* & les *machines* !.... Mais une fois que la grosse masse aura été portée au sommet de la montagne, qui se termine en pointe si aigue, qu'elle ne peut servir de base à aucun corps solide, elle va redescendre, malgré les efforts & le désespoir de ceux qui le contiennent en équilibre; & voilà ce qui s'appelle l'*opinion qui rétrograde*; & elle ne rétrograde pas, parce qu'on la fait rétrograder, mais parce la nature le veut, parce qu'il le faut absolument, parce que tout ce qui est hors de sa sphère, doit y rentrer, parce qu'un arc trop tendu doit se briser, parce qu'enfin Dieu même le veut ainsi; & que toutes les Puissances du globe terrestre tenteraient en vain de s'y opposer.

Imaginez-vous donc cette grosse masse de métal bien pesant, qui redescend du haut d'une montagne *à pic*; avec quelle rapidité elle tend à son but naturel! plus elle gagne de terrein, plus elle acquiert de poids & de volubilité !... Tous vos efforts pour la retenir sont impuissans; car, pendant que vous vous disposez à l'arrêter, les obstacles qu'elle vous oppose, s'accumulent; elle gagne de vitesse à chaque seconde; & le seul parti qu'il y ait à prendre, c'est de s'écarter pour lui laisser le passage libre, afin qu'on ne soit pas écrasé par son poids...... Voilà ce que c'est que l'opinion qui rétrograde; elle retourne à sa position naturelle, avec dix mille fois plus de force qu'elle ne s'en est éloignée. A qui la faute? à ceux qui ont voulu la forcer, & qui ont méconnu la nature des hommes & des choses.

Quand cet entretien finit, le Scythe arrive au Sénat.

LE SCYTHE.

Bon! en voici bien d'une autre! Hier on a entendu, sans réclamation, les pétitionnaires d'une Section, dont la majorité a réclamé contre la minorité; aujourd'hui, l'on refuse d'entendre les pétitionnaires d'une autre Section, dont la majorité & la presqu'unanimité approuve la Pétition?..... Est-ce qu'il y a ici deux poids & deux mesures?

LE CONDUCTEUR.

Gardez-vous de le croire. Mais c'est que la Constitution défend faire & de recevoir des Pétitions en nom collectif.

LE SCYTHE.

Celle d'hier n'était donc pas en nom collectif ?

LE CONDUCTEUR.

Pardonnez-moi ; mais si l'on a fait une sottise hier, ce n'est pas une raison pour en faire encore une aujourd'hui.

LE SCYTHE.

Mais pourquoi l'a-t-on faite hier ? on savait bien hier, tout comme aujourd'hui, ce que la Constitution défendait ou permettait. D'ailleurs, si la Constitution est en activité, par le fait de son acceptation, comment se fait-il qu'on la suive pour tout ce qui plaît à une certaine classe d'hommes, & qu'on ne la suive pas pour tout ce qui lui déplaît ?

LE CONDUCTEUR.

Prenez patience; nous sommes dans un moment critique, où l'effervescence générale impose silence aux lois.

LE SCYTHE.

Bon dieu ! quest-ce que j'entends? ne voilà-t-il pas que votre prédiction se vérifie ? ne voilà-t-il pas que l'on traite vos Electeurs de *Chouans*, de *Royalistes*, de *Meneurs* & de *Conspirateurs* ? ne voilà-t-il pas que l'on va faire passer tous vos choix pour l'effet de la cabale? on dirait presque qu'on craint que le choix des Electeurs ne soit libre; on dirait presque qu'on a le dessein de casser toutes leurs nominations, si elles ne conviennent pas à cette même classe d'hommes qui veut faire la loi ...... Qu'en pensez-vous ?

LE CONDUCTEUR.

Je suis Francais, moi ; & il n'est pas permis à un Français d'aujourd'hui, de former de pareilles conjectures.

LE SCYTHE.

Vous êtes homme, & il est permis à un homme d'apperce-

voir

voir la conséquence, quand il apperçoit le principe. Jamais la vie, on ne pourra trouver mauvais qu'une créature raisonnable s'apperçoive de ce qui frapperait les yeux d'un enfant de trois ans.

LE CONDUCTEUR.

Vous êtes Scythe, vous; & vous ne voyez pas que, dans un pays corrompu par une longue civilisation, les lumières naturelles sont subordonnées aux circonstances & aux localités.

LE SCYTHE.

Tenez, mon cher; ce sont des *phrases* que vous me dites là. On est républicain, ou l'on ne l'est pas. On veut la République, ou l'on ne la veut pas. Il faut tenir à une idée positive, & la suivre.....

LE CONDUCTEUR.

Allons-nous en; car je vois bien que nous ne serions pas d'accord ... . Je ne puis nier certaines choses que vous dites; mais il y en a qui m'embarrassent.....

Ici le Scythe a disparu.

Représentans! dans ma supposition, ce Scythe raisonne juste ou non : s'il raisonne juste, il y a des hommes en France qui ont de grandes fautes à se reprocher; s'il ne raisonne pas juste, son erreur est non seulement excusable, mais même respectable; car elle part d'une source auguste, le desir ardent du bonheur du peuple, et une connaissance parfaite des principes du Républicanisme. On n'aurait pas même songé, sous Néron & Caligula, à faire un crime aux citoyens d'ignorer ce que personne ne leur pouvait avoir appris. Vous nous dites qu'il se tramait de grands complots, que les Royalistes machinaient votre perte & la nôtre, que les mesures, que vous avez prises, ont sauvé la République; vous nous dites qu'on a saisi des correspondances, que tout prouve l'existence d'une vaste conspiration; vous nous dites enfin que nous étions la dupe des Meneurs & des Intrigans, & que, si les Sections de Paris eussent triomphé, on eût massacré non-seulement tous les Représentans, mais encore tous les Patriotes, tous les Fonctionnaires publics, & tous ceux qui avaient marqué de l'attachement au régime Républicain.

Tout cela est possible; car on peut tout présumer de part &

R.F.

d'autre, au sein des crises orageuses d'une Révolution aussi violente que la nôtre.

Mais, si nous n'en avons rien cru, il est clair que nous sommes parfaitement innocens de tout ce qui a pu se tramer en secret; & certainement nous n'en avons rien cru, si nous étions dans l'impossibilité de le croire; car d'un côté, aucun symptôme apparent ne nous a donné lieu de l'imaginer, ni même de le soupçonner; &, d'un autre côté, tout ce qui frappait nos sens nous portait à croire le contraire; donc nos torts, si nous en avons, ont été non-seulement involontaires, mais inévitables.

Et qu'on ne nous dise pas que les hommes éclairés n'ont pas pu prendre le change à cet égard. Cette assertion serait un paradoxe meurtrier, un sophisme cruellement absurde. Les hommes éclairés du monde entier n'ont pas le don de la magie, pour deviner ce qui se passe dans le cœur des traîtres, qui se coalisent dans l'ombre. C'est précisément des hommes éclairés qu'on se cache; ce sont leurs regards qu'on évite; on craint qu'un coup-d'œil perçant ne pénètre le fond de la pensée. On baisse les yeux devant eux, & on garde un profond silence; & le mortel le plus clairvoyant de toute la France, qui n'a aucune part aux travaux du Gouvernement, qui ne fréquente jamais les Comités, & qui ne voit que des sociétés analogues à son genre & à ses principes (suivant le proverbe très-vrai, *qui se ressemble, s'assemble.*) cet homme là ne peut, ni ne doit avoir le moindre vent des conspirations, dont il ne voit aucune trace, & des opérations secrettes, dont on ne lui laisse pas appercevoir le plus léger indice. Je dirai plus; c'est que, plus il est éclairé, moins il doit soupçonner en pareil cas, les choses absolument opposées à son caractère; car, si tout ce qui frappe sa vue & son ouie, si tout ce qui s'offre à sa raison même, s'accorde à le maintenir dans sa sécurité, c'est précisément parce qu'il est éclairé qu'il sera conséquent, & c'est parce qu'il sera conséquent qu'il croira plutôt ce qui lui paraît croyable que ce qui lui paraît incroyable.

Suivez-moi, s'il vous plaît, Législateurs, dans les développemens de cette idée si simple, qui doit justifier & rassurer à la fois les innocens, à qui vous devez la protection la plus légitime & la plus spéciale.

Supposons que, moi Cousin Jacques, on veuille bien me comprendre parmi les hommes éclairés de ma Section; quelqu'éclairé que je fusse, & le fussai je cent mille fois plus encore, que je le suis en effet, comment voudrait-on que j'eusse soupçonné ces trames secrètes, qui, dites-vous, s'ourdissaient depuis long-temps dans des conciliabules nocturnes? Pour soupçonner une chose, il faut être fondé dans ses soupçons ; pour être fondé dans ses soupçons, il faut s'appuyer sur des bases ; & qu'elles sont ces bases ? ce qu'on voit, ce qu'on entend, ce qu'on lit, ce qu'on apprend. Car enfin, on ne peut juger les hommes que par leurs discours, leurs écrits & leurs actions.

Or, qu'ai-je vu dans ma Section & dans toutes mes sociétés ? J'ai vu des hommes vivement animés du desir d'un gouvernement juste & sage, vivement pénétrés de la nécessité de mettre fin au régime arbitraire & provisoire, vivement épris des charmes d'une Constitution nouvelle, qui offrait une garantie aux propriétés, aux personnes, & à la liberté du Peuple ; des hommes naturellement enclins à la paix & au bon ordre, naturellement ennemis de toute espèce de renversement & de désorganisation ; des hommes enfin, qui, bien loin de donner l'exemple de la désobéissance aux lois, se soumettaient sans murmurer aux lois de circonstance les plus évidemment contradictoires aux droits de l'homme ; & voilà ceux, qu'on accusait d'être des Conspirateurs ! cela fait pitié, pour n'en rien dire de plus.

Or, si sous peine d'être moi-même un Conspirateur, on m'oblige de regarder ces hommes là comme des ennemis de la chose publique ; il est clair que c'est m'obliger en même temps de regarder la vertu comme le crime, & le civisme comme l'aristocratie.

A présent, qu'ai-je entendu ? Les motions les plus sages, les réflexions les plus justes. Quelquefois des propositions inconsidérées, mais dictées encore par des craintes motivées & par des intentions patriotiques. Eh ! dans quelle Assemblée du monde ne se trouve-t-il pas quelques hommes exaltés ? à moins que vous ne la composiez d'Anges, pouvez-vous la vouloir exempte de toute imperfection ? la Convention elle même, qui doit donner l'exemple, est-elle, peut-elle être à l'abri des passions, de l'enthousiasme, des intrigues, de l'exagération ? & doit-on exiger des Administrés plus de sagesse que n'en ont les Administrans ? avons-nous regardé le Sénat Français comme *une troupe d'agitateurs & de chouans*, parce qu'il s'y est trouvé des hommes de mauvaise foi ? avons-nous rejetté sur la masse entière des députés, les forfaits & les torts de quelques-uns de leurs collègues ? non sans doute ; pourquoi donc n'aurait-on pas la même mesure à l'égard du peuple, dont le peuple se sert lui même à l'égard de la Convention ?

Or, si, sous peine d'être regardé & traité comme un *Chouan*, on m'oblige, la baïonnette en main, de regarder une motion sage comme une motion extravagante, un discours sensé comme une diatribe virulente ; il est clair que c'est m'obliger en même-temps de regarder la sagesse comme la folie, la modération comme

G 2

les extrêmes, & la soumission aux lois, comme une infraction aux lois; &, si l'on m'oblige de regarder tout ce qui est bien comme tout ce qui est mal, on confond alors toutes les idées reçues, on blesse ma raison & mon cœur, on bouleverse tous les principes, on impose à ma pensée un joug despotique, on viole tous les droits de la nature & des nations; alors tout se perd dans un cahos épouvantable; le mensonge prévaut seul; la vérité seule est proscrite; il n'y a plus ni opinion, ni honneur, ni Patrie.

Quand je proteste que je n'ai pas remarqué l'ombre du *royalisme* dans tout ce qui s'est passé sous mes yeux; c'est qu'en effet je ne l'ai pas remarquée... &, quand on voudra me forcer de dire que je l'ai vue, c'est comme si l'on me forçait de me déshonorer pour obéir au caprice d'un autre homme, & de faire le vil métier d'esclave & de menteur, pour ne pas exposer ma liberté & mon repos. Il faut être bien lâche pour y consentir, & bien insolent pour se dire républicain, si l'on y consent.

Certes, voilà des principes que personne ne niera, que les factieux avoueront eux-mêmes en secret, & que toutes les classes de la société, depuis le Législateur, jusqu'au Porteur d'eau, comprendront parfaitement.

J'ai vu, dans ma Section (& la même chose s'est pratiquée dans beaucoup d'autres) le Président (1) inviter à plusieurs reprises, tous les *jeunes gens* à déserter la promenade du Palais Egalité, à venir se placer dans une enceinte destinée pour eux, à profiter des lumières des citoyens éclairés & sensés, qui parleraient dans nos Assemblées, & sur-tout à faire le sacrifice de *leurs cheveux en tresse*, de leurs *collets* & de leurs *cravattes* pour avoir la paix & *ne pas donner prise à la calomnie*. D'abord, les *Jeunes gens* ont pris la chose avec un peu d'humeur; mais enfin, ils se sont décidés à faire ces petits sacrifices à la tranquillité publique; & ils ont prouvé, par-là, qu'on calomniait leurs intentions. Ils avaient eu d'abord quelque peine à s'y déterminer, parce qu'en effet, il pouvait leur sembler dur de paraître attacher le sort de la Patrie à de pareilles minuties, & que l'homme, qui a le sentiment de sa liberté, ne conçoit pas comment on peut l'assujettir & le rendre esclave pour des misères; mais ils ont senti qu'il fallait ôter tout prétexte à la malveillance; & par-là, ils ont mis dans leur tort,

---

(1) Jean-François *Trenche-la-Hausse*, médecin, Président de la Section du Mail, et Electeur de la Commune de Paris, a été, comme tant d'autres, accablé de persécutions et de calomnies. Je déclare que j'ai vu peu d'hommes montrer à-la-fois plus de prudence et de caractère, développer en même-temps plus de sagesse, de talent et d'énergie.

ceux qui se sont démasqués ensuite, & qui, les traitant d'*infâmes conspirateurs*, ont prouvé eux-mêmes que les *collets & les tresses* n'étaient réellement qu'un prétexte, & que, *collet* ou non, *tresse* ou non, on était décidé à leur chercher querelle.

Or, si, sous peine de passer pour un *Meneur*, il faut absolument que je dise que nos *jeunes gens* sont des *Chouans*, qu'ils *ont résisté au vœu général*, &c., tandis que tout le contraire s'est passé sous mes yeux; ce sera le comble de la bassesse & de la perfidie

J'ai vu s'élever, au moment de l'acceptation de l Acte Constitutionnel, un cri d'enthousiasme : *Vive la République!* qui n'était assurément ni préparé, ni influencé, ni commandé par aucune considération particulière. Mais on espérait que la République allait enfin exister réellement; on savait que la République est un Gouvernement; on était abîmé, écrasé, moulu sous le poids d'un arbitraire & d'un *provisoire* de plusieurs années; il n'y a pas un homme sensé, eût-il été le plus grand Royaliste au fond de l'ame, qui n'eût crié de tout son cœur & de toutes ses forces : *Vive, vive la République! vive mille fois la République! vive cent millions de fois, & vive à jamais la République!*

Or, si l'on vient me dire : *Tous ces cris-là ne partent pas du cœur; on est Royaliste, dans le fond, & Républicain pour la forme.* Je répondrai, moi : « Qui es-tu, toi qui accuses ainsi le » peuple? Es-tu Dieu, pour scruter le fond des cœurs? où n'es- » tu qu'un simple mortel, dont nous avons aussi le droit de » suspecter les pensées secrettes? »

Quoi! si toute la France jure qu'elle est Républicaine, quelques Français auront l'audace de dire qu'elle ne l'est pas?... Eh! mais, si elle ne l'est pas, n'est-elle pas maîtresse absolue de son choix? Et des individus isolés ont-ils le droit de la forcer d'être ce qu'elle ne veut pas être? Si elle l'est, y a-t-il une puissance au monde, excepté le Souverain Créateur de l'univers, qui ait le pouvoir de suspecter ses intentions?

J'ai vu dans mon Comité Civil, dont on m'avait désigné pour membre, à mon insu & en mon absence, & dont la Convention elle-même m'a fait membre, j'ai vu une réunion d'hommes, devant lesquels je me serais prosterné, si l'homme se prosternait devant l'homme. L'expérience, les vertus privées & publiques, la modération, la fermeté, la douceur, le zèle, telles sont les qualités qui m'ont frappé dans ce Comité. Nous n'avions tous qu'un esprit & qu'un cœur, comme les bons fermiers du *droit du seigneur*, &, si je me suis déterminé sur-le-champ à y entrer, c'est uniquement pour le plaisir, si doux pour un honnête homme, de jouir d'une société d'amis, pleins d'honneur & de loyauté; comme le seul avantage de siéger parmi des hommes infiniment respectables à mes yeux, & d'autant plus respectables qu'ils ont été plus indignement calomniés, m'a décidé à paraître dans le Corps Electoral. (1)

Maintenant, Législateurs, que j'ai fait un tableau de la *Conduite apparente* des Sections & du Parti opposé, dites-moi, je vous prie, si, en supposant que j'ai été dans l'erreur, mon erreur n'est pas excusable. D'où vient donc tout ce conflit d'opinions & de juridiction entre les Administrans & les Administrés, entre le Peuple & ses Mandataires, entre le Peuple exerçant son droit de Souveraineté, & ses Mandataires finissant d'exercer leur droit de représentation.

J'ai beau y réfléchir, je n'en trouve jamais que deux causes principales; toutes les autres sont accessoires. Ces deux causes sont d'une part, *la crainte du retour de la Terreur*, d'autre part, *les Décrets des 5 & 13 fructidor*. Il est nécessaire, puisque j'ai tant fait que d'entreprendre cet ouvrage, de développer ces deux causes principales; & l'on verra peut-être alors quel remède on peut apporter à nos maux; car c'est peu pour l'écrivain patriote de déplorer les malheurs qui désolent son pays, s'il n'indique pas les moyens qu'il croit les plus propres à les faire cesser.

Première Cause des Evènemens qui ont eu lieu, la crainte de la Terreur.

Tous les évènemens Révolutionnaires pourraient être considérés comme ayant trois sortes de causes, les *causes véritables*, que bien peu de gens connaissent, les *causes factices*, qu'on suppose & dont on se sert comme d'un voile pour cacher au peuple la vérité, & les *causes accessoires*, qui contribuent plus ou moins, mais toujours indirectement, aux grandes catastrophes, quel qu'en soit le succès.

Je ne veux parler ici que des *causes véritables & principales*;

---

(1) Je n'y ai paru que par ricochets, uniquement pour donner mes scrutin. Quelquefois, me voyant entouré d'anciennes connaissances, l'attrait d'une conversation séduisante et d'un cercle de gens de mérite, m'engageait à rester une demi-heure. On disait : *Le Cousin disparaît comme un éclair : il a peur sans doute ; mais de quoi ? ne sommes-nous pas tous exposés comme lui ?* O mes chers collègues ! vous lirez ce *Testament*, et vous y verrez les raisons de mes absences.

car les autres font connues d'elles-mêmes, & il n'eft perfonne qui ne les fache.

De tous les fléaux, que l'enfer a vomis fur la terre, depuis que la terre exifte, il faudrait être dépourvu de fens pour ne pas convenir que le plus terrible, le plus funefte & le plus exécrable, c'eft le *Gouvernement Révolutionnaire* C'eft-là précifément ce que le Prince des Poëtes Latins femblait préfager aux générations futures par ce vers célèbre, qui peint fous les couleurs les plus vraies ce que c'eft, ou plutôt ce que ce devait être que le Gouvernement Révolutionnaire des Français :

Monstrum horrendum, informe, ingens, cui lumen ademptum !

Monftrum. Il n'y a jamais eu de phénomène plus monftrueux que cette invention atroce, enfant hideux du crime en délire. Il a fallu le voir pour croire à la poffibilité de fon exiftence. Non feulement il eft hors de la nature & contre la nature, mais il eft hors de la claffe des chofes qu'il eft poffible à l'homme de concevoir hors de la nature & contre la nature.

Horrendum. L'horreur qu'il devait infpirer & qu'il a infpirée en effet, était telle qu'on n'a pu y penfer fans frémir, & que la chair de poule viendra dans mille ans à ceux de nos neveux, qui, bien inftruits par l'hiftoire, auront affez de courage pour en prononcer le nom. J'ai vu des familles entières trembler la fièvre, friffonner de tous leurs membres, tomber dans des mouvemens convulfifs, dès qu'on leur en parlait. Si l'on pouvait raffembler dans un feul cadre tout ce qu'il y a eu d'horrible au monde depuis fa création, ce chef-d'œuvre de laideur & de difformité ferait moins affreux que la feule idée du *Gouvernement Révolutionnaire.* Lui feul, il a fait plus d'ennemis, & d'ennemis irréconciliables à la France, que tout ce qu'on eût pu imaginer, d'ailleurs, pour hâter fa deftruction.

Informe. Tout ce que la perverfité, la dépravation & l'orgueil des méchans a pu inventer d'abfurde, de ridicule, d'informe, de difparate, de choquant, de révoltant, tout ce que le répertoire immenfe des fottifes humaines pourrait offrir d'atrocement inconcevable en bêtife, en extravagance & en ftupidité, eft bien loin d'approcher du *Gouvernement Révolutionnaire.* Car qui dit *Gouvernement*, dit abfence de *Révolution* ; & qui dit *Gouvernement Révolutionnaire*, dit *abftraction de toute efpèce de gouvernement*, & dit même bien plus encore ; car cela fignifie, en toutes lettres, qu'on a organifé la déforganifation, qu'on a combiné froidement tous les crimes, & qu'on a tracé le plan du cahos. C'eft le *nec plus ultrà* de la bêtife, de l'ignorance & de la férocité ; &

le ciel a voulu voir sans doute jusqu'à quel point la nature humaine pouvait l'emporter sur les esprits infernaux.

Ingens. C'était un colosse de difformité, une masse énorme d'absurdités & d'abominations en tout genre, une pyramide immense de crimes de toute espèce, dont les registres de l'enfer n'auraient pas pu contenir la simple nomenclature. Ce colosse épouvantable semblait avoir un pied sur une hémisphère du globe, & un pied sur l'autre; comme ce fameux Colosse de l'Isle de Rhodes, entre les jambes duquel passaient les vaisseaux de première ligne. Il étendait ses mains rapaces sur tout ce qu'il soupçonnait d'honnête & de vertueux sous le ciel; ses griffes acérées auraient voulu s'enfoncer de toutes part, *empoigner*, pour ainsi dire, les deux Mondes pour les déchirer à-la fois. Sa gueule béante menaçait d'engloutir l'univers; & son haleine empoisonnée vomissait la peste sur toute la surface de la France. C'était un Ogre affreux, dont la voracité n'eût épargné aucun être vivant, si le Ciel, touché de compassion pour les pauvres humains, n'eût enfin comprimé la violence de sa rage.

Cui lumen ademptum. En effet, l'instant où le *Gouvernement Révolutionnaire* naquit en France, fut l'époque la plus ténébreuse de notre histoire. Le Soleil ne réjouit plus le sol de la France que d'une clarté [illegible] & sépulcrale. L'auteur de la lumière [illegible] dans une nuit éternelle: où plutôt, il [illegible] dans le [illegible] de ses rayons immortels, & se cacha [illegible], pour mieux [illegible] dans la nature entière. Tout l'éclat, dont brillait l'univers, fut terni; tout mourut avec la raison de l'homme; tout disparut avec son bonheur; tout fut anéanti: la plus noble portion de l'humanité périt: & l'ame, qui ennoblit notre existence, s'engloutit dans la nuit du néant. Celui qui créa le *Gouvernement Révolutionnaire*, acquit des droits imprescriptibles à l'exécration de ses contemporains, au souverain mépris de la postérité, & aux supplices interminables de l'Eternité. Son nom sera consigné dans les annales sanglantes & livides de la sottise & de la barbarie. Il dit aux Français ce jour là:

« Français, pour vous prouver combien je vous méprise, &
» pour vous donner une idée du plaisir que je goûte à vous
» humilier & à vous vexer, je vais vous commander l'anarchie
» au nom de la loi, le brigandage au nom de la probité, l'i-
» neptie au nom de la raison, l'athéisme au nom de Dieu;
» & vous obéirez!.... & vous m'applaudirez!....

Tout ce que je dis là du *Gouvernement Révolutionnaire*, je le pense & l'ai toujours pensé; je le sens & l'ai toujours senti.

Mais, quelqu'énergique que vous paraisse ma façon de l'exprimer, elle est au dessous de la réalité, comme le reptile est au-dessous de l'aigle; &, quand j'aurai la boëte de Pandore, j'aurais beau l'ouvrir & l'épuiser, il n'en sortira pas une monstruosité aussi infâme que le *Gouvernement Révolutionnaire*.

Maintenant que j'ai trop faiblement esquissé le tableau de ce Gouvernement abominable, & que, faute de trouver dans tous les dictionnaires inventés de mémoire d'hommes, des termes capables de bien rendre l'horreur qu'il excite dans tous mes sens exaspérés, je prie mes Lecteurs d'excuser la modération & le ménagement avec lequel j'en ai parlé; il n'en est pas un seul parmi eux, qui n'enchérit à cet égard sur mes pensées; & probablement on me reprochera d'avoir adouci les traits de cet effroyable tableau, pour m'accommoder à la faiblesse de ceux, qui ne peuvent encore supporter le poids d'une description fidelle; car je suis infiniment inférieur à mon sujet; & il n'y a pas un seul de mes Lecteurs, qui ne sente mille fois plus vivement que moi, toute la laideur & toute l'ineptie de cette monstruosité politique.

Or, on a craint en tout de ce Gouvernement; a-t-on eu des raisons de le craindre? C'est ce qu'il faut voir. Cette dernière réflexion en amène deux autres, qui rentrent dans le même cadre.

1.° A-t-on craint le *Gouvernement Révolutionnaire*?

2.° A-t-on dû agir comme on l'a fait, en le craignant?

La réponse à ces deux questions nous suffira pour expliquer quelles raisons on a eu de le craindre.

Première question.

1.° A-t-on craint le *Gouvernement Révolutionnaire*?

Réponse.

On n'a craint que cela par-tout; par-tout on n'a envisagé que cela. Dans les Départemens comme à Paris, dans les villes & dans les villages, chez les pauvres comme chez ce qui restait de riches, dans chaque classe de la société, dans les cercles & les spectacles, chez l'artisan grossier comme chez le négociant poli, dans le galetas de la veuve comme dans l'attelier du manufacturier, dans les groupes, par tout, à chaque coin de rue, à chaque porte, dans chaque chambre, on n'avait dans l'esprit que le *Gouvernement Révolutionnaire*.....

Tandis que les *Terroristes* profitaient eux-mêmes, sous le nom de *Patriotes opprimés*, de cette haine universelle portée au *Terrorisme*, pour chercher à donner le change au peuple, en lui faisant craindre les *Royalistes*, & que, jaloux de détourner ses regards de dessus leurs personnes & leurs projets, ils voulaient l'occuper d'autre chose, les Républicains & les Royalistes ne voyaient pas qu'en se déclarant la guerre, au lieu de s'entendre de bonne foi, ils imitaient le *rat & la grenouille* de la Fable, qui, voulant s'entraîner l'un l'autre dans une perte mutuelle, finissent par être tous deux la proie du Milan. Je l'ai dit il y a long-temps, que le Milan viendrait, qui mettrait tous les Partis d'accord, en les croquant tous ensemble ! Et je vous le dis encore aujourd'hui, Français ! tous les Royalistes de l'Europe & de l'Asie sont moins dangereux pour votre liberté que les *véritables* Terroristes. Ce sont ceux-là, qui veulent & qui machinent votre perte ; ce sont ceux-là, qui auront l'art de vous séduire par des allarmes préparées adroitement ; ce sont ceux-là, qui ne veulent ni Gouvernement, ni République ; ce sont ceux-là, qui vantent les charmes de l'égalité qu'ils abhorrent ; ce sont ceux-là, qui voient du Royalisme dans tout ce qui contrarie leurs vues ; ce sont ceux-là qui finiront, si vous n'y prenez garde, par anéantir en France toute idée de civilisation ; qui, avec des mots, consommeront la ruine totale de leur pays ; qui, pour *sauver la patrie en danger*, la perdront sans retour, & noieront la génération actuelle dans un déluge de sang !.. Je ne parle pas seulement ici de ces hommes féroces par nature ou par instinct, qui ne savent qu'égorger pour le seul plaisir d'égorger ; mais encore de ces hommes cruellement égarés, qui s'imaginent que le *régime de la terreur* peut encore exister, parce qu'il a existé, & qui, frappés du vertige révolutionnaire, de cette phrénésie horrible, à laquelle aucun genre de folie n'est comparable, sont capables, avec des intentions même patriotiques, de hâcher en pièces l'humanité toute entière, en parlant de venger l'humanité !... Prenez-y garde, s'il en est temps encore ! Peut-être n'est-il plus temps ! Frémissez !... peut-être des millions de victimes sont désignées dans l'ombre ! l'horison s'obscurcit ; j'apperçois des nuages teints de sang !... O mon Dieu ! permettras-tu que le *Gouvernement Révolutionnaire* revienne nous *décimer* encore, jusqu'au dernier d'entre nous ? Ah ! plutôt, que ta foudre embrâse d'un seul trait tout ce qui reste en France de l'espèce humaine ! Que l'abîme de souffre & de feu nous engloutisse tous à-la-fois ! & qu'un seul moment termine enfin ce siècle de calamités !

Oui, je le ſoutiens; on n'a voulu qu'empêcher le retour du *Gouvernement révolutionnaire*; c'eſt l'hydre aux cent têtes, que la preſque totalité des Français avait conſtamment ſous les yeux. C'eſt cette effroyable image, dont l'aſpect renaiſſant glaçait tous les cœurs: c'eſt ce Spectre épouvantable, qui, apparaiſſant la nuit aux eſprits bouleverſés & troublés, faiſait pâlir tous les citoyens en dormant, & les réveillait en ſurſaut, comme un coup de tonnerre affreux, qui ſuccède à un inſtant de calme.

La majorité des citoyens n'a point eu d'autres projets, d'autres vues, d'autres mobiles, d'autres idées que celles de s'oppoſer au retour du *Gouvernement révolutionnaire*; &, comme l'horreur qu'il inſpire à la Loi même, la glace d'épouvante en ſa préſence, & la réduit au ſilence & à la nullité la plus abſolue; on n'a voulu que tenter, par tous les moyens poſſibles, de rendre à la Loi toute ſa vigueur & toute ſa puiſſance. Il y a des fléaux, auxquels l'eſpèce humaine peut ſe faire à la longue; les choſes qu'on croyait le moins pouvoir endurer, on finit quelquefois par s'y habituer; on ſouffre, mais encore on exiſte! Lafontaine nous dit:

« L'accoutumance ainſi nous rend tout familier;
» Ce qui nous paraiſſait terrible et ſingulier
» S'apprivoiſe avec notre vue,
» Quand ce vient à la continue ».

Que cela ſoit vrai de tout ce qu'il y a ſous le ciel de plus remarquable en laideur & en infamie, il faudra en excepter encore le *Gouvernement Révolutionnaire*: il eſt impoſſible qu'on s'y faſſe; plus on le voit, moins on s'y habitue, parce qu'il n'eſt pas donné à l'homme de s'habituer à ſouffrir ſans relâche, à chaque minute, à chaque ſoupir, tous les genres de martyre & de ſupplices, & d'être agoniſant à tous les inſtans de ſa vie.

Enfin, je le répète, j'en ſuis convaincu; je l'ai vu de mes yeux, entendu de mes oreilles, je l'ai ſenti par mon cœur, je l'ai calculé par ma raiſon; le *Gouvernement Révolutionnaire* était l'objet des allarmes & des inquiétudes des Aſſemblées Primaires, à quelques exceptions près ſeulement. Elles le craignaient, & c'eſt tout ce qu'elles craignaient; elles voulaient l'éviter, & c'eſt tout ce qu'elles voulaient. Qu'on interroge tous les hommes francs, qui les ont ſuivies & obſervées: leur réponſe ne ſera qu'un *oui* unanimement & fortement prononcé.

Seconde Queſtion.

A-t-on dû agir comme on l'a fait, en le craignant?

Réponse.

Si des prisonniers, entassés depuis longues années dans des cachots souterrains, dévorés par les insectes les plus rebutans, rongés de vermine, couverts d'ulcères purulents de la tête aux pieds, tourmentés par la soif & la faim, effrayés par des spectres horribles, crucifiés par des douleurs inouies & continues, privés d'air & de lumière, criblés de chaînes pesantes & douloureuses, empêchés dans leurs mouvemens & forcés de rester immobiles par la gêne de leurs fers & de leur attitude;.... si ces prisonniers entrevoyaient un rayon d'espoir de se tirer de ce lieu de douleur & de misère, de recouvrer la santé, de jouir de la plénitude de leurs droits & de redevenir ce que sont les autres hommes en société.. . s'ils obtenaient enfin, par un évènement quelconque, que cet espoir fût entièrement réalisé..... Croyez-vous que leur premier soin, leur attention la plus chère ne se portât pas sur les moyens de ne plus retourner dans ce séjour d'horreur & de désespoir? croyez-vous qu'ils n'épuisassent pas toute la fécondité de leur génie pour mettre entre eux & ce gouffre de douleur une barrière insurmontable? croyez-vous qu'ils n'aimassent pas mieux outrepasser les précautions & les mesures, que de rester en arrière par des ménagemens pusillanimes? croyez-vous enfin, qu'en supposant même qu'ils se portassent dans cette vue, à des démarches inconsidérées, il y eût au monde des êtres assez impudens pour leur en faire un crime? non; toute la faute en retomberait sur ceux qui auraient imaginé le cachot, les chaînes & leur supplice

C'est à ceux-là qu'il faudrait dire :

« Eh! qui êtes-vous, pour vous être arrogé le droit d'opprimer l'espèce humaine? êtes-vous donc d'une autre nature » que nous? n'êtes-vous pas pétris du même limon, sujets aux » mêmes erreurs, aux mêmes faiblesses, aux mêmes infirmités? » où sont vos pouvoirs pour vous autoriser à faire gémir des » créatures raisonnables? vous n'avez pas même plus de droits » que nous sur les bêtes en auriez-vous davantage sur les hommes? » où est la preuve de votre mission? où sont les titres qui la constatent? Dieu seul, peut vous les avoir donnés; montrez-nous les? » Dieu n'a-t-il pris plaisir à former l'homme à son image, que » pour vous donner celui de le dégrader & de l'avilir? ne nous » a-t-il doués d'une ame, que pour que vous la flétrissiez par la » douleur & l'opprobre? d'un cœur, que pour que vous le remplissiez de désespoir & de rage? ..... ces yeux qu'il nous a donnés,

» sont ils pour jouir de la clarté des cieux, ou bien pour que vous
» n'en tiriez que des larmes? ces mains, qu'il a créés pour agir,
» sont-elles faites exprès pour être comprimées dans vos chaînes?
» & cette bouche qu'il destinait à le bénir, ne l'a-t-il formée que
» pour vous donner la joie barbare d'en arracher des soupirs &
» des cris? ....

Mais poursuivons, car il est bientôt temps de terminer cet ouvrage.

Si l'on permettait aux Damnés de sortir de l'Enfer, en est-il un seul, qui, une fois hors de là, ne s'appliquât tout entier à ne plus y rentrer? est-il quelqu'un au monde assez ridiculement atroce, pour trouver mauvais qu'ils ne négligeassent aucun moyen de ne plus être la proie de cette Eternité de supplices, à laquelle ils auraient échappé? non certes; les Démons seuls, se voyant dessaisis de leur proie, auraient bonne grace de s'en irriter.

Eh bien, voilà précisément ce qui arrive aux Français, ce qui est arrivé sur-tout aux Parisiens. Ils sont sortis de l'Enfer; ils ne veulent plus y retourner. Donc ils ont dû mettre tout en œuvre pour n'y plus retourner; & plus ils ont cru s'appercevoir qu'on tendait indirectement à les y faire retourner, plus ils sont excusables d'avoir redoublé d'efforts pour l'empêcher, eussent ils été dans l'erreur la mieux caractérisée. C'est justement ce qui me ramène à l'autre question que j'avais posée d'abord.

Troisième Question.

A-t-on eu des raisons de craindre le retour du Gouvernement Révolutionnaire?

Réponse.

Tout le mondre conviendra en France de ce qui suit; la Convention ne peut se dispenser de l'avouer la première:

A-t-on mis en liberté les mêmes hommes que la loi du premier Prairial avait incarcérés? oui ou non?

Les a-t-on mis en liberté, d'après un jugement? oui ou non?

Ce jugement était-il prononcé par un Tribunal compétent? oui ou non?

Quel est ce Tribunal?

A-t-il pu connaître exactement des délits qu'on leur imputait? a-t-il fait comparaître les accusateurs & les témoins? a-t-il pu renvoyer absous les hommes accusés de ces délits, sans avoir suivi les formes juridiques, usitées pour tous les citoyens? a-t-on relâché tous les incarcérés sous le nom de Terroristes? n'a-t-on pas laissé pourrir dans les prisons les prétendus Terroristes, qui n'avaient ni crédit, ni protection ? oui ou non ?

N'a-t-on pas revomi, de préférence, dans la société, ceux qui, ayant de crimes à se reprocher, ont eu des amis puissans, à la sollicitation desquels on a tout accordé ? oui ou non ?

A-t-on rapporté la loi qui les incarcerait, avant de les mettre en liberté sans jugement ? oui ou non ?

Si on ne l'a pas rapportée, en vertu de quelle autre loi a-t on dérogé à celle là ?

N'a-t-on pas ouvert les portes des prisons à des hommes condamnés par les tribunaux ? oui ou non ?

N'a-t-on pas vu ces hommes se pavaner insolemment aux Tuileries & dans la Tribune Conventionnelle ? oui ou non ?

N'a-t-on pas réarmé, aux yeux de tout Paris en allarmes, des hommes parmi lesquels se trouvaient des assassins, des provocateurs aux meurtre, des voleurs, des brigands & des ennemis déclarés de la Convention elle même, & généralement reconnus pour tels ? oui ou non ?

N'a-t-on pas entendu à la Tribune Sénatoriale, & n'a-t-on pas lu dans toutes les affiches favorables aux Comités de Gouvernement, les mêmes réflexions, les mêmes principes & les mêmes phrases, qui furent constamment la ressource favorite des partisans de la terreur, & qui, à toutes les époques désastreuses, devinrent le signal & comme les précurseurs des grandes catastrophes & de l'effusion du sang ? n'a-t-on pas proposé des décrets parfaitement analogues au système des Jacobins ? & n'en a-t-on pas adopté plusieurs ? oui ou non ?

Enfin, les arrestations, les dénonciations, les Conseils militaires, les Commissions des cinq, des dix sept, &c. n'ont elles pas été une sorte de répétition de tout ce qui s'est passé sous le règne de la Terreur ? oui ou non ?

D'après cela, quelqu'un pourra-t-il s'étonner que les Français aient craint le retour de la Terreur ? tout ne justifiait-il pas leurs allarmes ? & , s'ils ont été trompés par l'apparence, quel peuple ne l'eût pas été à leur place ?

Au moment, si, du haut d'une montagne, d'où j'observerai l'horison, j'appercois le ciel s'obscurcir dans le lointain, après une chaleur excessive & une grande sécheresse au milieu de l'été, des nuages noirs, tachés de blanc, s'amonceler sur la plaine, les oiseaux voler à fleur de terre, un grand vent s'élever tout à-coup, & de larges gouttes d'eau tomber du ciel sur le sol des vallons qui m'entourent .... je dirai sans hésiter : *il va faire de l'orage* ; & je ne serai pas grand sorcier pour le dire.

Mais, s'il vient derrière moi un groupe d'hommes furieux qui me menacent de m'égorger, si je m'avise de dire qu'il va faire de l'orage; ou, si même, sans fureur ni menaces, on vient me dire que je suis dans l'erreur, qu'il n'y a pas la moindre apparence d'orage, & qu'au contraire, c'est du beau temps qui s'apprête, à coup sûr, je rirai au nez de quiconque me parleroit ainsi, & je ne lui ferai pas la grace de lui répondre.

Les Parisiens ont donc eu de fortes raisons pour croire tout ce qu'ils ont cru; ils sont donc justifiés de leur erreur, si c'en est une, par toutes les apparences & par toutes les vraisemblances, qui peuvent frapper l'esprit humain.

Je passe maintenant aux *Décrets des 5 & 13 Fructidor*, objet sur lequel presque tout le monde a pris le change d'une maniere ou de l'autre.

Seconde cause des événemens qui ont eu lieu, les Décrets des 5 & 13 Fructidor.

Dans les grandes crises d'une Révolution orageuse & sanglante, où les Partis sont aux prises & en présence avec un acharnement qu'excite & qu'irrite encore l'habitude des secousses politiques, il est rare qu'on trouve dix personnes sur cent, qui pensent & qui s'expriment avec justesse sur les événemens & sur leurs causes, parce qu'il est extrêmement difficile de savoir au juste la vérité. Chaque Parti voit les choses dans son sens & selon ses intérêts; l'effervescence générale s'oppose essentiellement à ce qu'on envisage les objets tels qu'ils sont; & l'opiniâtreté avec laquelle chacun tient à ses idées, écarte nécessairement la justesse des opinions & même la bonne foi des opinans. Tel est le point de vue sous lequel il faut considérer les Décrets désastreux des 5 & 13 Fructidor, quant à l'impression qu'ils ont produite en France.

Je dis *Désastreux* (quoique mon opinion à cet égard puisse être erronée) parce que je regarde toujours comme désastreux en effet, ce qui est attentatoire aux droits du peuple, ce qui viole les principes, ce qui est une pomme de discorde dans un Etat, ce qui contrarie la volonté nationale, ce qui occasionne des mouvemens convulsifs & peut alimenter les haines, enfin ce qui donne lieu à des actes de résistance, que les circonstances plus ou moins favorables peuvent faire regarder comme des actes de révolte qui provoquent ensuite des lois de mort.

Or ces Décrets, que je ne puis m'empêcher, en mon ame & conscience de regarder comme très-singuliers, pour ne pas dire plus, m'ont paru, dès leur naissance, renfermer tous les inconvéniens que je viens de décrire.

1.° Ils m'ont paru *attentatoires aux droits du peuple.*

Celui des Elections est le plus sacré de tous. Pour être exercé dans toute sa plénitude, il faut que l'on soit parfaitement libre dans son choix; car qui dit *choix*, dit *liberté*, puisqu'on ne choisit plus, du moment qu'on est forcé de nommer dans tel Corps, & à un nombre déterminé. On n'est plus libre, du moment qu'on ne peut plus nommer selon ses desirs & sa conscience; &, si ma conscience (qui doit consulter, avant tout, le bien de ma patrie) me dit que, hors de l'enceinte dans laquelle on m'astreint de nommer, je puis trouver mieux que dans cette enceinte, il est évident qu'elle est contrainte, en prenant les Législateurs dans cette enceinte plutôt qu'ailleurs. Si mon desir est, comme il doit être, de répondre aux vues & à la confiance des citoyens qui m'ont chargé de leur procuration, je deviens un mandataire infidèle, si je n'y réponds pas; & je n'y réponds pas, dès que je nomme autrement qu'ils voudraient que je nommasse. Si mon desir est encore, comme il doit être, de donner ma voix à tout ce que je crois de plus vertueux & de plus éclairé en France, n'importe où je l'appercevrai, il est évident que mon desir est contrarié, dès que je donne ma voix ailleurs; & je donne ma voix ailleurs, dès que ceux, à qui je voulais la donner, ne l'obtiennent pas. (1)

Cela ne veut pas dire que je sois sûr, non plus qu'un autre, de trouver mieux ailleurs que dans la Convention; la Convention serait l'Assemblage des héros en tout genre, qui ont illustré l'univers; ce serait toujours attenter à la liberté de mon choix, que de me prescrire impérativement de choisir dans son sein. Il ne s'agit pas plutôt d'elle que de toute autre assemblée; ce serait toujours attenter à mes droits, que de m'ordonner de choisir ailleurs plutot que dans la Convention. Car ce n'est pas à d'autres qu'à celui qui choisit, en vertu de la liberté qu'il

(1) Ce n'est pas que je ne connaisse dans la Convention beaucoup d'hommes dignes de mon choix. J'en puis citer pour ma part plus de deux cents, dont j'estime les principes et la conduite; mais il ne suffit pas d'être honnête homme pour être Legislateur dans un moment comme celui-ci; je voudrais encore de grands talens et un caractere a l'epreuve des chocs d'une Revolution. Or, malheureusement, ce qui s'est passe sous nos yeux nous a rendus extrêmement defians pour l'avenir. Je ne crains pas le vice; je crains la faiblesse de la vertu. Peut-être, néanmoins, n'aurons-nous pas lieu de nous repentir de la tournure qu'ont pris les choses.

a de choisir, qu'il appartient de dire : *Là, sont les vertus ; là, sont les lumières* : que les vertus, que les lumières soient là, soient ici, soient ailleurs, toujours est-il vrai qu'on aurait tout au plus le droit de me les indiquer, mais que l'Electeur seul a le droit de les choisir où bon lui semble. Cette vérité double de force & de valeur, si ceux, parmi lesquels je suis contraint de faire mon choix, sont ceux-là mêmes qui m'y contraignent. Il fallait des circonstances aussi critiques que celles ci, pour qu'il fût besoin d'expliquer des choses aussi claires ; il n'était jamais venu à l'esprit de personne de les révoquer en doute.

Les Décrets des 5 & 13 sont donc attentatoires aux droits du peuple ; donc ils sont *Désastreux*.

2.° *Ils violent les principes.*

C'est les violer que de forcer les cœurs & de blesser la raison.

Or tout ce qui est contradictoire blesse la raison. Il est contradictoire de nommer des hommes pour choisir où bon leur semble, & de leur dire : *Vous choisirez là, & non pas ailleurs.* Il l'est bien davantage de dire : *Vous choisirez tant d'hommes*, si on n'en veut choisir que *tant* : car ce n'est plus là choisir ; puisque, si ma raison me dit qu'il n'y a pas *tant* d'hommes à choisir dans tel endroit, je puis les chercher ailleurs, pour compléter le nombre qui m'est fixé ; donc, si je ne puis les chercher ailleurs, ma raison est offensée. *Donc* ces Décrets blessent ma raison.

Ils forcent mon cœur, puisqu'ils m'exposent à faire ce qui répugne à mon cœur. Or, il répugne à mon cœur de donner à l'intrigant la place due à la loyauté ; supposons que, dans mon idée, il n'y eût pas cinq cents hommes probes dans la Convention, les Décrets des 5 & 13 ne m'obligeraient pas moins de nommer à la législature 500 hommes de la Convention. C'est donc à dire que, pour arriver au nombre déterminé, je serais obligé d'excéder le nombre des hommes probes ; en l'excédant, je nommerais donc des hommes qui ne le seraient pas.

Or, nommer des hommes sans probité à une place, qui exige la probité sur toute chose, c'est mettre les vices au rang des vertus ; mettre les vices au rang des vertus, c'est aller contre son propre cœur ; on ne va point contre son cœur, à moins qu'on n'y soit forcé ; donc ces Décrets forcent mon cœur.

N'est-ce pas comme si l'on me disait : « Tu crois qu'un tel est un ambitieux ou un tyran ; je t'ordonne de croire qu'il n'est ni l'un ni l'autre. Tu connais *un tel* pour un homme immoral ou féroce, je t'ordonne de le reconnaître pour un homme pleins de mœurs & de sensibilité ? »

Prenez bien garde que la Convention ne se trouve ici que pour servir d'un exemple quelconque, sans qu'on puisse inférer de-là que je regarde la Convention comme un assemblage d'hommes féroces ou immoraux. Je la laisse pour ce qu'elle est en effet; elle n'a pas besoin de mon suffrage, & elle est au-dessus de ma critique; mais, en la citant par supposition, je ne puis faire d'application particulière. Il s'agit d'un principe général; or, en principes généraux, il ne s'agit ni d'allusion, ni d'exception. Une chose est vraie en elle-même, ou ne l'est pas. Si elle ne l'est pas, tous les exemples qu'on prétendait en tirer, se réduisent à *zéro*; si elle l'est, toutes les interprétations & toutes les applications pour & contre sont inutiles; elle n'en sera pas moins ce qu'elle est.

Si l'on pose en principe qu'il fait jour en plein midi, il sera fort inutile & fort ridicule de partir de-là pour inculper tel aveugle qui ne voit pas qu'il fait jour, ou tel insensé qui niera qu'il fait jour. Le jour n'en est pas moins le jour; & la seule conséquence qu'on puisse tirer de cet axiôme, c'est que l'obscurité n'est pas la lumière, & la lumière, l'obscurité.

J'ai démontré, je pense, que les Décrets des 5 & 13 forcent les cœurs & blessent la raison; donc ils sont *Désastreux*.

2.° Ces Décrets *sont une pomme de discorde dans l'Etat*.

Tout ce qui peut diviser les citoyens entr'eux, armer une volonté contre une autre, entraîner des rixes & des querelles, échauffer des Partis différens en flattant l'un & choquant l'autre, est une pomme de discorde, assurément.

Or les Décrets des 5 & 13, quand même l'expérience ne justifierait pas ce que j'avance, étaient de nature à diviser les citoyens entr'eux; car il ne faut rien pour diviser les citoyens dans un temps où tous les esprits sont déjà naturellement échauffés par la lutte de l'opinion; &, s'il ne faut rien ou presque rien, un objet d'une importance majeure est bien autrement capable de diviser les hommes.

Ils armaient une volonté contre une autre, puisque les uns étaient intéressés à vouloir les Décrets, les autres, à ne les pas vouloir; & puisque ceux qui n'avaient d'autre intérêt que le bien public, en les voulant, s'opposaient nécessairement à ceux qui ne les voulaient pas, & en ne les voulant pas, s'opposaient à ceux qui les voulaient. Ainsi de quelque manière qu'ils envisageassent les choses, ils étaient sûrs de trouver des contradicteurs, pour un objet de la plus haute conséquence, & dont le but, s'il était le maintien de la tranquillité, était absolument manqué par cela même qu'il eût fallu parmi les votans une parfaite unanimité, & que la nature de ces Décrets provoquait la différence des opinions.

Ils entraînaient des rixes & des querelles ; car on ne peut douter qu'à toutes les époques mémorables d'une Révolution, les malveillans ne se glissent par tout pour souffler le feu de la guerre civile ; ils ne le soufflent jamais avec plus de succès, que lorsqu'ils ont beau jeu pour le faire ; or ces Décrets leur donnaient beau jeu, certainement.

Donc ils ont été *une pomme de discorde* ; donc ils sont *Désastreux*.

4.° *Ils contrariaient la volonté nationale.*

Que voulait la Nation Française ? elle voulait tout ce qu'elle devait, tout ce qu'elle pouvait vouloir.

Que devait-elle, que pouvait-elle vouloir? cicatriser ses plaies, guérir ses maux, réparer six années de calamités sans exemple. Comment présumait-elle pouvoir y parvenir ? en nommant des hommes qu'elle croirait capables de le faire. Or, si l'on restreignait son choix, elle n'avait plus la perspective de les nommer. Donc sa volonté était contrariée, donc ces Décrets sont *Désastreux* ; & ils le sont d'autant plus que, sous un régime représentatif, la Nation s'accoutume aux idées analogues à ce régime ; &, si la marche du Gouvernement bouleverse les idées qu'elle s'en est faites, alors c'est un malheur réel en politique & en morale.

5.° *Ils occasionnaient des mouvemens convulsifs & pouvaient alimenter les haines.*

Tout ce qui alimente les haines dans un temps de crise, est ordinairement suivi de mouvemens populaires ; & les mouvemens populaires deviennent convulsifs, à force de se répéter ; car la lassitude d'une Révolution enfante le désespoir. Or rien n'était plus capable d'alimenter les haines qu'une loi, dont le sujet & le motif flattait un parti, au préjudice de l'autre : car l'un ne cherchait qu'à profiter de ses avantages pour écraser l'autre ; &, en supposant que les deux partis eussent tort, la supériorité que les circonstances donnaient à celui-là, aggravait encore ses torts, sans aucun bien pour la Patrie ; & la défaite de celui-ci augmentait encore sa rage & son audace. Donc ces Décrets alimentaient ces haines ; donc ils sont *Désastreux*.

6.° Enfin *ils donnaient lieu à des actes de résistance, qui provoquaient ensuite des lois de mort.*

Il serait inutile de développer cette assertion, qui se prouve d'elle-même, que les évènemens n'ont que trop confirmée, &

dont personne ne doutait d'avance, sans avoir besoin d'une expérience funeste pour en convaincre tout le monde. Donc ces Décrets sont *Désastreux*.

Eh! qu'on ne me dise pas que ces funestes Décrets n'étaient qu'une simple proposition. Je l'ai dit aussi, moi, à la Tribune de ma Section; mais je l'ai dit, parce que des circonstances délicates l'exigeaient impérieusement; je l'ai dit, parce que je voyais l'orage se former, & qu'il est dans mon caractère d'appaiser toujours au lieu d'irriter; je l'ai dit, parce que le mal était fait, & que, s'il n'était plus temps de le réparer, il était temps encore d'en prévenir les suites.

En conscience & en vérité, il est impossible, à moins d'être frappé d'un esprit de vertige, de soutenir que les Décrets des 5 & 13 fructidor n'étaient qu'une *simple invitation*. Ne réveillons pas ici des souvenirs terribles, qui pénètrent encore de douleur l'ame d'un grand nombre de bons citoyens. Les moyens mis en usage pour faire accepter ces Décrets; *l'ordre* de les proclamer *sur le champ*; les Décrets de mort qu'ont provoqué les efforts qu'on a faits pour leur résister; la joie mal-adroite que l'on a a manifestée pour leur acceptation, sans attendre le vœu de *deux mille Communes*;.. En fallait-il davantage pour frapper les yeux des aveugles? mais, si l'on ajoutait encore à ces réflexions que beaucoup de Communes (car il faut être vrai une fois dans la vie) tout en acceptant en masse ce qu'on leur présentait avec la Constitution, avaient néanmoins laissé à leurs Electeurs la liberté de choisir qui bon leur semblerait, on verrait que ces mêmes Décrets, quoiqu'étant acceptés, étaient annullés ou rejettés par le fait.

Ah! Si la Convention Nationale se fût bornée, en laissant la plus entière liberté aux Assemblées Primaires, mais une liberté sans terreur & sans appareil militaire, à inviter purement & simplement les Francais par un *Considérant* ou par des réflexions additionnelles à la Constitution, à renommer le plus de membres qu'ils pourraient dans le sein de la Convention, en leur faisant entendre ce que tous les gens sensés auraient compris parfaitement.

« Qu'il importait infiniment à la tranquillité publique, à la » marche du Gouvernement, au maintien de la liberté & à la » conservation de cette même Constitution qu'ils acceptaient, » de ne pas metre en place tous hommes nouveaux & peu » exercés à l'Administration & au train des affaires; mais *qu'ils* » *étaient parfaitement les maîtres de leur choix*, &c. ». Oh! pour lors, il y a cent mille à parier contre un, que la presque totalité des Départemens auraient senti la justesse de ces considérations, & que trois cents membres, au moins, eussent été réélus & trois cents membres étaient bien suffisans; car un Corps Législatif, n'eût-il eu en entier que 300 membres, n'en vaudrait absolument que mieux, d'après l'opinion de plusieurs Députés eux-mêmes. Mais 300 membres anciens (et peut-être y en eût-il eu davantage) réunis avec 450 nouveaux, eussent certainement suffi pour les traites diplomatiques & la conservation du régime républicain. Ne me dites pas que ces 450 étant une majorité, pouvaient paralyser toutes les bonnes intentions des 300 autres. Car je répondrai:

1.° Que, dans mon hypothèse, ces 450 membres eussent été bien choisis; car par qui eussent-ils été choisis? par ceux-la mêmes qui auraient choisi librement les 300 autres; or dans quelles vues auraient-ils choisi ces 300 autres? dans celles de consolider la liberté & de faire marcher le Gouvernement. Or des hommes animés de cette intention & pénétrés de ces principes, eussent-ils nommés des gens capables de retarder & d'entraver la marche du Gouvernement, & de détruire la liberté? non, certès; car c'eût été défaire d'une main ce qu'ils auraient fait de l'autre.

2.° Qu'il faut avoir de la Convention Nationale une idée trop avantageuse pour la supposer capable de se croire seule républicaine en France; & que, si en effet le républicanisme ne se trouvait que dans son sein, à l'exclusion de tous les Départemens, la France ne pourrait plus être républicaine; or, si la France ne le pouvait plus, c'est parce qu'elle ne le voudrait plus; &, si elle ne le voulait plus, il n'y a aucune puissance au monde qui eût le droit de lutter contre sa volonté.

Je sais bien que vous m'allez dire: « Ces Décrets nous ont » paru nécessités par les circonstances *.

Bon; je vous attends ici. Ne croyez pas que je sois homme à condamner sans restriction tout ce qui ne me paraît pas plausible. Il s'en faut que je veuille inculper la Convention sans chercher les motifs qui la justifient. Un Citoyen qui aime sa Patrie, bien loin de chercher des torts au Gouvernement, lui en dérobe le plus qu'il peut; &, si j'entre ici dans tous ces détails, c'est que je crois nécessaire de réparer tous nos torts de part & d'autre; & que je ne vois pas de meilleur moyen pour les réparer, que de nous les retracer sans aigreur & sous les simples formes de la logique. Puissions nous enfin nous entendre! Puissions-nous convenir franchement qu'aucun de nous n'est exempt de fautes politiques! Et puissions-nous, en jettant les yeux sur le tableau de nos désastres & des erreurs qui les ont causés, y trouver un puissant mobile pour nous apprendre ce qu'il faut faire & ce qu'il faut éviter à l'avenir !

Je conviens si bien que les Décrets des 5 & 13, pouvaient être justifiés sous certains points de vue, que je vais moi-même les présenter sous le jour le plus favorable à la Convention elle-même. Si vous trouvez une raison plausible de ces Décrets, moi, j'en trouverai trois ou quatre, & je prouverai par là que je suis bien loin de penser sur le mal sans m'appesantir aussi sur le bien : ce n'est pas que je chante la palinodie ; ce que j'ai jugé condamnable, je le juge encore de même ; mais il y a des fautes, qui, tout graves qu'elles sont par elles-mêmes, ne laissent pas que de trouver une excuse très-légitime dans l'intention de ceux qui les commettent ; &, si leur intention est bonne, fût-elle la plus erronée du monde, elles n'en sont pas moins excusables : c'est alors que, sans blâmer la cause, il est permis de blâmer les effets.

En réfléchissant à ces Décrets, j'ai cru trouver plusieurs raisons qui les ont déterminés.

1.° La crainte de voir culbuter de fond en comble le Gouvernement Républicain, ou la Constitution nouvelle remplacée par une autre. Je me suis dit : Il est naturel à l'homme d'aimer son ouvrage ; & cette considération pourrait seule excuser toute créature sujette aux faiblesses humaines (car chacun ne peut pas jurer qu'à la place de la Convention il n'aurait pas eu le même *faible*), quand même des vues d'utilité publique ne s'y joindraient pas. Or c'est assurément dans des vues d'utilité publique, que les Législateurs ont pu dire :

« Depuis long-temps nous luttons contre tous les orages ; tous les partis nous en ont voulu l'un après l'autre ; de toutes parts on a blâmé nos opérations ; on a même douté hautement de la droiture de nos intentions pour réparer ce qu'elles ont eu de vicieux. Les hommes, naturellement inconstans & mobiles, les Français sur-tout, plus versatiles & plus avides de nouveautés que les autres peuples, peuvent desirer un nouvel ordre de choses, sans en sentir les funestes conséquences ; pour prévenir ce mal, il faut conserver le plus que nous pourrons de membres actuels ».

Ce raisonnement a son bon côté ; je ne le nie pas ... fort bien ; mais 500 Membres ! ...

2.° L'épuration du Corps Législatif, tant réclamée depuis plusieurs mois, & jugée si nécessaire par la majorité des Français. Il est plus que probable qu'une grande partie du Sénat, convaincue de l'importance de cette épuration, aura saisi la proposition des Décrets des 5 & 13, comme un moyen de faire cette épuration. Mais avait-il le droit de la faire lui-même, après l'expiration de ses pouvoirs ? Et ses pouvoirs n'expiraient-ils pas, après la Constitution faite ? Or n'était-ce pas la faire lui-même, cette épuration, que de se constituer en Corps électoral, pour suppléer au *déficit* des Elections Populaires ? C'était donc une erreur ; &, à cet égard, la Convention manquait son but. Il y avait des moyens plus sûrs & moins dangereux ; cependant il serait injuste d'en faire un crime à la Convention, si elle a eu cette intention.

2.° La crainte d'être traités par le nouveau Corps Législatif comme celui-ci a traité l'ancien. Je dis *celui-ci*, non pas que toute la Convention ait pris une part active au Gouvernement Révolutionnaire, mais 1.° parce que les fautes d'un Gouvernement Représentatif sont toujours attribuées par le peuple & souvent par la postérité à la Représentation en masse ; comme celles d'un Comité, quoique le résultat d'un petit nombre de ses membres, s'attribuent toujours au Comité en masse. Sous les Rois, on s'en prenait au Monarque de tout ce qui arrivait de malheureux à la France ; & sous les Représentans, on s'en prend au Sénat de tous les fleaux qui nous ont désolés. 2.° Parce qu'en effet, il serait bien délicat de traiter la question de savoir si un Corps Gouvernant n'est pas toujours responsable solidairement des fautes du Gouvernement ; en effet, il faudrait examiner si l'on serait bien fondé à dire : « Ou c'est la minorité d'entre vous, » qui a fait le mal ; ou c'est la majorité.

» Si c'est la majorité, c'est donc le Corps en entier ; car, si » les Décrets qui sont le résultat du vœu de la majorité, sont » considérés comme Loi de l'Etat, parce qu'ils sont censés ren- » dus par le Corps en entier & qu'ils expriment, dit on, la vo- » lonté générale, pourquoi le mal que feraient ces Décrets ren- » dus par la majorité, ne serait-il pas considéré comme l'ouvrage » du Corps en entier ?

» Si c'est la minorité, c'est donc alors la majorité qui l'a souf- » fert. Si la majorité l'a souffert, il en résulte deux choses, l'une :

» Ou cette majorité a pu l'empêcher, & elle ne l'a pas vou- » lu, ou elle l'a voulu & elle ne l'a pas pu. Je suis, pour moi, » de ce second avis. Mais, si elle l'a pu, sans le vouloir, elle » est complice de fait & d'intention ; si elle l'a voulu sans le » pouvoir, elle est donc trop faible pour résister à une minorité » factieuse. Si elle est trop faible pour lui résister, qui nous ré- » pondra qu'elle lui résistera désormais ? & sur quelle garantie espé- » rerons-nous que, s'il s'élève encore une minorité du même » genre, la majorité l'emportera ?

J'ai donc quelque raison de dire *celui-ci*, en parlant du traitement qu'on a fait aux anciens Corps législatifs. Mais la Convention, il faut l'avouer, avait raison aussi, en redoutant les réactions ou les représailles de la part du Sénat qui lui aurait succédé. Il ne faut même qu'avoir effleuré l'histoire des Révolutions, & avoir la plus légère connaissance du cœur humain, pour sentir toute la probabilité de cette réaction & de ces représailles. Or on ne peut nier qu'elles eussent été un nouveau fléau pour la France, car elles éterniseraient les crises & les convulsions politiques; & nous en avons assez, dieu merci! ... Si c'eût été un fléau pour la France, le Sénat, chargé du salut de la France, a donc fait sagement de chercher à le prévenir; il a cru probablement en trouver les moyens par ses décrets des 5 & 13. S'il s'est trompé, son but, à cet égard, peut certainement justifier son erreur. Mais, encore une fois, 500 Membres! ...

4.° L'espoir & le desir de réparer de grands maux; & c'est ici que je me plais à prêter à la presque totalité de la Convention Nationale des motifs assurément très-honorables, qui sont vraiment ceux d'une partie des Députés de ma connaissance, & que j'aime à supposer à tous les autres, parce qu'ils eussent été les miens, & parce qu'à leur place, j'aurais précisément eu la même pensée.

Je ne veux pas ici séparer la Convention en deux classes, celle des méchans & celle des bons; je ne veux pas supposer que les méchans n'ont vu dans les Décrets des 5 & 13 qu'un moyen d'échapper à l'animadversion des lois & de se maintenir dans leur fortune ou dans leur pouvoir; on s'est trop occupé de personalités; on s'est trop permis des reproches inutiles; ce n'est pas aux hommes que je m'attache, mais aux choses; & je dis:

« Voilà la Convention; c'est le Gouvernement. Telles & telles » choses se sont passées en France pendant sa durée; que ce soit » Pierre, que ce soit Paul qui les ait occasionnées; peu importe. » Le fait est que les Gouvernés ont été excessivement malheureux, » & que c'était la Convention qui gouvernait de droit. Or, à » qui appartient-il de réparer tous ces malheurs, mieux qu'à la » Convention? qui peut mieux guérir le mal, que celui qui le » connaît bien? & qui le connaît mieux que celui qui l'a causé? » qui aura le courage de sonder la profondeur de la plaie, si » ce n'est celui qui l'a faite? si on attribue faussement à la Con- » vention tous nos maux, elle est personnellement intéressée à » faire taire la calomnie, en les réparant, & à ne pas laisser » croire qu'elle est incapable de faire le bien; si les reproches » qu'on lui fait, sont fondés, elle a encore plus d'intérêt à ne pas

» laisser à d'autres le soin d'effacer cet affront. Il est certain que
» quiconque a de l'honneur & des sentimens, voudra se charger
» lui-même de l'expiation de ses fautes..... Il est certain encore
» que celui qui, par erreur ou autrement, a rendu sa Patrie
» malheureuse, prouvera qu'il aime la Patrie, en ne laissant pas
» échapper l'occasion de la rendre heureuse.

Voilà, du moins, comme j'envisage les choses : & cette opinion cadre parfaitement avec mon esprit & mon cœur ; elle est même, selon moi, si conforme à la loyauté Française & a toutes les vraisemblances politiques & morales, que, sous ce point de vue, j'applaudirais presque aux Décrets des 5 & 13 Fructidor, malgré les 500! je sens bien qu'alors il faut mettre de côté les grands principes & les droits du peuple, pour céder a l'empire des événemens & des circonstances : mais enfin, si j'étais Député, & que je me visse sur le point de renoncer à mes fonctions au moment précis, où mon pays semblerait toucher au bonheur, après une série épouvantable de catastrophes de tout genre, je m'écrierais avec douleur :

« Quoi! tout le temps que j'ai paru à la tête des affaires, ma
» Patrie a gémi & pleuré! Quoi! j'ai eu la faiblesse ou la fatalité
» de partager les crimes des tyrans, ou je n'ai pas eu la force ou
» le bonheur de les empêcher! &, parce que le temps est venu
» de remettre l'ordre, de faire régner les lois & de venger l'humanité,
» le temps serait venu pour moi de rentrer dans la classe
» obscure des citoyens isolés! d'autres hommes, sans avoir couru
» mes dangers, recueilleront les bénédictions du peuple ; c'est
» l'excès du mal qui s'est fait pendant le cours de mes fonctions,
» qui nécessite précisément mon exclusion! je n'ai eu que les
» épines sans roses ; & d'autres auront les roses sans épines!
» Ah! ciel! cette réflexion est bien faite pour me désespérer!

D'après ces combats d'honneur entre mon cœur & les principes, j'aurais pris pour égide contre ma nullité politique, les Décrets des 5 & 13 ; &, à leur défaut, j'aurais tout tenté, pour rester en place jusqu'à ce qu'il vînt une époque, où la somme du bonheur pût faire oublier celle du malheur.

Vous voyez que, toute prévention à part, ces Décrets trop célèbres offrent encore des aspects avantageux à la Convention.

Mais ils n'en sont pas moins impolitiques en eux-mêmes ; &, sans parler des malheurs récens dont ils ont fourni l'occasion, l'acharnement qu'on met encore, au moment où j'écris ceci, à poursuivre tous ceux qui ne les ont pas approuvés, me confirmerait davantage dans l'opinion que j'en avais conçue dès l'origine. Français! Législateurs! souvenez-vous en bien! il viendra une

une époque chez nous, où l'on verra ces Décrets d'un autre œil, où les Gouvernans eux-mêmes en jugeront tout différemment qu'aujourd'hui, & où, si j'existe encore, j'entendrai dire autour de moi : *Le Cousin Jacques a bien prophétisé! il ne s'est pas trompé dans ses calculs..*. Enfin ce qui est aujourd'hui glorieux, dira-t-on, était déshonorant il y a quelque mois. Ainsi, Messieurs les Parisiens, vous pouvez attendre en silence le moment où l'on vous rendra justice! ...... car l'imposture & l'erreur ont leur terme, ainsi que la tyrannie & l'intrigue (1).

Le mal est fait, me dites-vous; il est inutile de revenir là dessus. Les Décrets ont eu lieu; au moment même où ils excitaient le plus de débats, le sort des armes a décidé en leur faveur... Soit; je ne prétends pas non plus changer la face des affaires. Mais nous avons éprouvé un choc terrible; il a coûté la vie à un grand nombre de citoyens. Un évènement de cette nature laisse nécessairement de profondes impressions. On se demandera long-temps de quel côté sont les coupables, parce qu'on ne saura que trop de quel côté sont les victimes. On voudra connaître les causes de cette catastrophe, parce que l'humanité toute entière est intéressée à en éviter de semblables à l'avenir; or, le moyen de prévenir une maladie; c'est d'en connaître la cause Car ce n'est qu'en connaissant les causes, qu'on peut empêcher les effets. Or, si l'on n'en connaît pas encore les causes, il est non-seulement permis, mais louable, de chercher à les pénétrer; & l'on ne peut chercher à les pénétrer, sans les discuter.

D'ailleurs, comme l'a très-bien observé un journaliste (l'*Ami des lois du 6 Brumaire* aujourd'hui soir, « la Convention Nationale n'existant plus pour ses contemporains, son existence commence pour la Postérité, & la Postérité peut la juger dès-à présent; voilà l'histoire qui va s'ouvrir pour elle.

---

(1) Je tiens d'un ami digne de foi, qu'un Député, causant avec lui quelques jours avant le 13 Vendémiaire, comme il lui disait que les *Décrets des 5 et 13 Fructidor étaient réellement attentatoires aux droits du Peuple*, lui répondit : *Je le sais bien; mais les circonstances l'ont exigé. --- Croyez-vous*, lui répliqua l'autre, *qu'ils seront acceptés? --- Bon*, dit le Législateur! *nous les ferons accepter à coups de canon*. Ce Député est pourtant connu pour un fort galant homme; il a lutté contre le despotisme Montagnard, dont il a été la victime pendant plusieurs mois; il a toujours passé pour un homme doux et humain... Mais tel etait le vertige dont la plupart, même les plus sages et les plus vertueux, etaient frappés, qu'ils parurent presque tous changer de caractère et de principes, à cette époque trop mémorable. On a vu, parmi eux, des hommes d'un très-grand merite, jusqu'alors totalement prononcés contre les

Il est extrêmement important pour la chose publique, dans l'état actuel où elle se trouve, qu'on justifie les Parisiens de toutes les accusations dirigées contre eux, par tous les moyens que la simple exposition des faits, jointe à la logique du sens commun, peut suggérer à quiconque voudra prendre leur défense. Car il est affreux d'être sans cesse sous le joug de la calomnie, sans jamais pouvoir s'en délivrer, faute d'oser parler.

On va dire probablement que, parmi les motifs que j'ai allégués pour excuser les *Décrets des* [illegible] *&* 1[illegible] *Fructidor*, j'ai omis le plus essentiel : on va dire que je n'ai point parlé des *Royalistes qui cherchaient à se relever*, & que c'est là la véritable & peut être la seule cause de toutes les mesures que la Convention a prises & du grand appareil de forces, qu'elle a déployé.

C'est précisément ce que je me suis réservé de traiter. Voyons

---

mesures de rigueur, ne parler que de sang et de carnage, jetter feu et flammes contre les pauvres Parisiens, sans lesquels la Convention n'aurait plus existé au premier Prairial, et menacer hautement le Peuple du pillage et de l'assassinat. Tant on avait bien réussi, par les intrigues les plus adroites et les rapports les plus insidieux sans doute, à leur faire accroire tout ce qui n'était pas !.... Il semblait que ce fût une permission de Dieu même, qui voulait apparemment combler la mesure des châtimens, auxquels il a voué les Français. J'ai causé, moi aussi, avec plusieurs Députés; ils n'étaient plus reconnaissables; et je fus tellement étonné de cette phrénésie, que je commençai à craindre pour leur bon sens. Je soupçonnai alors quelque plan perfide de la part des anarchistes, et je ne doutai pas un moment qu'on n'eût employé toutes les ressources du génie le plus astucieux pour entraîner le Sénat hors des limites de la justice et de la raison, en l'induisant en erreur sur des prétextes très-plausibles en apparence. Je pourrais citer une vingtaine de particularités à l'appui de mon opinion. Mais qu'est-il besoin d'éclaircissemens à cet égard? Tout Paris n'a-t il pas su que l'on avait dit dans la Tribune Sénatoriale que, *si telle Section présentait une pétition, on y répondrait à coups de fusil?* D'après cela, les choses s'expliquaient d'elles-mêmes; pouvait-on se méprendre sur les intentions des véritables *Meneurs*, puisque *Meneur y a?.....*

De telles phrases, justifiées par les évènemens, sont sans réplique... Mais ce qui vient d'arriver au général Menou, jette encore une grande clarté sur les causes secrètes de ces mêmes évènemens. Il vient d'être, aujourd'hui même, acquitté par le Conseil Militaire, avec l'assentiment unanime des juges, au milieu des applaudissemens universels. On se rappelle néanmoins que, peu de jours auparavant, ce même homme, reconnu innocent par-tout Paris qui a pris part à sa justification, fut traité *du plus coupable et du plus infâme de tous les conspirateurs* en plein Sénat. Il faut de deux choses l'une, ou que les Juges et le Public se trompent furieusement sur son compte, ou que ceux qui ont marqué à la tribune tant de haine contre lui, et *qui disaient tenir tous les fils de la conspiration*, dont ils le faisaient le chef, se soient laissés furieusement dominer par la passion, ou influencer par un parti.

donc, enfin, à quoi peut se réduire, en dernière analyse, tout ce tapage que l'on a fait depuis dix mois contre les *Royalistes*. Soyons justes & impartiaux, s'il est possible; & n'accordons pas plus à un parti qu'à l'autre.

Cette transition me fournit l'occasion de parler aussi des *Terroristes*, des *Fanatiques* & des *Patriotes de* 17... Car voi à les mots magiques, que l'on a fait retentir à nos oreilles le jour, la nuit, le matin, le soir, sans restriction, sans relâche & sans fin. O prestige des *mots*! jusqu'à quand décideras-tu de notre sort? si les Français pouvaient devenir muets pendant quinze jours seulement, la France serait peut-être heureuse! ...

Patriotes de 89.

Le hasard voulut en 1789 que le public vînt chez moi, lors de la prise de la Bastille, m'entraînât, malgré moi, à l'Hôtel-de-Ville, & me forçât d'écrire l'Histoire de ce Siége mémorable par ses résultats. J'ai rendu compte de cette anecdote dans plusieurs de mes ouvrages, & notamment dans mon *Courrier des Planètes*, en 1789, & dans ma *Constitution de la Lune*, en 1793. Le seul véritable *Précis de la prise de la Bastille*, qui fut crié & vendu dans Paris, & tiré à 56,000 exemplaires, au profit de plusieurs *nouveaux parvenus* de ce temps-là, était de moi; je le fis au milieu de la Cour de l'Hôtel-de-Ville, où l'on m'avait traîné par le collet, en me menaçant *de la lanterne*, si je me refusais à le faire. Les Bourgeois de Paris & les Gardes-Françaises, en très grand nombre, remplissaient la cour, & j'écrivais sous leur dictée, en ayant soin de m'arrêter après chaque phrase, pour demander *si c'étoit bien cela*, ou autre chose; & ce n'était que d'après l'avis de la majorité que chaque phrase était conservée. MM. *Bailly*, *la Fayette* & de *la Salle* approuvèrent mon travail & le sanctionnèrent avant qu'on l'imprimât.

Cette première aventure me valut le *Brevet de Secrétaire de la compagnie des Volontaires de la Bastille*, avec le petit ruban tricolore portant une bastille renversée, &c. Le même hasard amena ensuite chez moi plus *de dix-sept cents Vainqueurs de la Bastille*, qui prétendaient tous l'avoir prise. La chose en vint au point, qu'il fallut, pendant un temps, un certificat signé de moi, pour avoir droit aux priviléges ou émolumens que la Ville accordait alors aux *Vainqueurs de la Bastille*. On apportait chez moi jusqu'à des hommes perclus, qui avaient été frappés au Siége de la Bastille. Depuis huit heures du matin, jusqu'à dix heures du soir, mon cabinet ne désemplissait pas d'hommes qui voulaient être honorablement consignés dans *l'Histoire de France pendant trois mois*, que je faisais alors, & que je donnai au public quelque temps après. On m'apporta en triomphe deux *boulets de 48 livres de balle* trouvés dans les *Murs de la Bastille*, & une vieille cuirasse, *pesant 32 livres*, comme un monument du siège de la Bastille. En 1793, j'ai donné tout cela à ma Section pour en faire ce qu'elle jugerait à propos.... Bref, parmi les nombreux *personnages de Révolution*, dont cette *Bastille* me procura la connaissance, il y avait des hommes de toute espèce, & sur-tout j'y remarquai beaucoup de menteurs & d'intrigans, qui ne voulaient profiter de cette *Bastille* que pour sortir de leur nullité & pour jouer un rôle dans Paris. Parmi ces hommes, j'en pourrais citer, qui sont devenus Généraux d'armée, d'autres, qui ont fait un personnage très marquant parmi les Jacobins, à toutes les grandes époques revolutionnaires, & qui s'appellent maintenant, à ma connaissance, *les Patriotes de 1789*.

Je pourrais en nommer aussi, qui se sont montrés comme de grands scélérats & qui ont eu l'art de captiver la confiance du Gouvernement, contre lequel ils n'ont cessé de conspirer. Comme toute désignation particulière ne servirait qu'à aigrir les esprits, je ne nommerai point ceux qui n'ont pas mon estime; mais je nommerai avec grand plaisir, par exemple, le célèbre *Pierre Hulin*, dont je fus long-temps à portée d'observer le caractère égal, le courage réfléchi & le cœur franc, loyal & sensible. Ce fut lui, qui eut le plus de part à la prise de la Bastille, quoiqu'en puissent dire des hommes qui ne savent que *sacrer & jurer*, & qui ne veulent pas absolument qu'il y ait au monde des gens de mérite, excepté eux. (1)

Cette histoire de la *Bastille* m'a fait connaître de grands monstres; je n'ai point eu personnellement à m'en plaindre. Mes manières honnêtes & la patience avec laquelle j'écoutais tout le monde, m'ont sans doute attiré la bienveillance des uns & des autres. Mais je les laissais parler à tort & à travers; & je comparais, sans rien dire, les uns avec les autres; je rapprochais en silence tous ces rapports incohérens, & la vérité jaillissait de ce choc d'idées & de faits absolument disparates.

---

(1) *Hulin* est adjudant de l'Armée d'Italie. Il a épousé la fille de M. de *Machy*, de l'Academie de peinture, dont il a fait la connaissance dans les prisons, sous Robespierre. C'est un excellent homme, selon moi, que ces Hulin; il joint à la bravoure l'humanité la plus tendre et la plus active.

La fameuse époque *des 5 & 6 octobre* me valut encore quelques centaines de visites; semblable à cette *Devineresse* dont parle Lafontaine, il me fallut absolument recevoir une foule de dépositions; & je me vis bientôt possesseur de vingt-trois *Mémoires* circonstanciés sur les causes & les détails de ces évènemens. J'ai profité de ces cadeaux vraiment précieux pour l'histoire, dans les premiers volumes de mes *Mémoires*; je dois observer, à cette occasion, que ces *Mémoires* ne sauraient paraître à présent, malgré l'annonce qui en a été faite dans quelques Journaux. Il n'est pas besoin de longues reflexions pour faire sentir à ceux, qui les attendent, qu'il est absolument impossible, de toute manière, de les publier, & même de les livrer à l'impression, avant une époque plus calme & plus rassurante. D'ailleurs, on ne peut nier que, si certains hommes, qui y jouent un grand rôle, n'existent plus, il y en a d'autres qui existent & qui sont encore investis d'un crédit assez grand, qu'on serait surpris de ne pas voir figurer dans ces *Mémoires*. Il en est de même de certains évènemens, dont on ne peut en aucune façon parler à présent, sans risquer de mentir à ses concitoyens & à la postérité, ou sans s'exposer à des haines dangereuses.

Ce n'est pas que j'aie mis plus de fiel ou plus de personnalités dans ces *Mémoires*, que dans tous mes autres ouvrages. On connaît le caractère de modération & de paix qui me distingue toujours; & je n'y ai pas renoncé dans mes *Mémoires*. Mais il n'est pas temps de dire toute la vérité: j'abhorre le mensonge & les menteurs; & je dis avec chagrin que, dans tout ce qui parait sur la Révolution, je ne vois presque que des mensonges, soit que la crainte s'empare des écrivains, soit qu'un intérêt particulier les domine, soit que l'esprit de parti leur fasse la loi. Or, j'aime mieux me taire que de mentir; car ne rien dire n'est pas mentir.

Croirait-on, par exemple, que cette même *Prise de la Bastille*, sur laquelle personne en France ne peut être mieux instruit que moi, il serait impolitique & dangereux de publier au juste comment elle s'est faite & par qui, quelles en ont été les mobiles & les principaux instrumens? Aussi n'ai-je publié dans le temps que ce qu'il fallait publier. Je ne pouvais en dire plus, & je ne devais pas en dire moins. C'est le méchanisme le plus apparent que j'ai montré, mais non pas les ressorts les plus cachés. Oui, il est impossible qu'on sache encore aujourd'hui pourquoi & comment on a pris la Bastille; &, loin de me savoir mauvais gré de ma circonspection, il faut m'en féliciter;

parce que tout écrivain, qui adoucit, au lieu d'irriter, qui concilie, au lieu de diviser, a des droits à la reconnaissance de ses contemporains.

Croirait-on que personne en France n'a connu Robespierre comme je crois l'avoir connu, pas même sa sœur, qui vivait avec lui? Et moi cependant, je ne le voyais pas! Je lui écrivais quelquefois, toujours pour la chose publique ou pour obliger mes concitoyens, jamais pour moi.

Eh bien, je prétends que le temps n'est pas encore venu de dire ce qu'était Robespierre; &, quand son portrait fidèle paraîtra, on se souviendra peut-être de ce que j'ai dit aujourd'hui, & l'on conviendra que j'avais raison de le dire.

Mais pourquoi prétends-je mieux savoir ce qui s'est passé, que ceux-là même qui en ont été les principaux acteurs?

1.° Parce que, dans une action générale, l'effervescence amène un désordre quelconque, qui s'oppose à ce qu'on sache d'un côté ce qui se passe de l'autre.

2.° Parce qu'à la *prise de la Bastille*, par exemple, tandis qu'un peloton de citoyens armés agissait du côté de la Rue Saint-Antoine, il lui était impossible de savoir ce que faisait un autre peloton du côté de l'Arsenal; & c'est ce qui arrive dans toutes les crises révolutionnaires, où la chaleur de l'action empêche les citoyens non-seulement de savoir ce qui se fait à côté d'eux, mais même de savoir ce qu'ils font eux-mêmes, & pourquoi ils le font.

3.° Parce qu'enfin, celui qui n'appartient à aucun Parti, qui n'est lié avec aucun Chef, qui observe froidement le *pour* & le *contre*, dans le silence du cabinet, est infiniment plus à portée de saisir la vérité, que toute autre personne.

Mes *Mémoires* ne sont pas chez moi; je crois avoir dit dans ce *Testament* qu'ils étaient disséminés chez différentes personnes, parce que, s'il s'en perd un volume d'un côté, on ne perdra pas tout. Il y en a une partie en province, & une partie à Paris; &, si je meurs avant que l'ouvrage puisse paraître, on trouvera chez ma veuve & mes deux orphelines la note des personnes, qui en sont dépositaires, avec leur *adresse*, soit à Paris, soit dans les départemens, & la note de la partie des *Mémoires*, que j'ai remis entre leurs mains.

Quant aux sommes qui m'ont été envoyées pour souscrire, en tout ou en partie, à ces *Mémoires*, j'avertis mes futurs lecteurs, qui sont mes créanciers, que je les ai fidèlement reçues. Mais que le prix des denrées & de toutes les marchandises augmentant d'heure en heure, ce qui valait il y a quatre mois

150 liv. en assignats, ne vaudrait plus aujourd'hui, pour l'impression de mes *Mémoires*, que 30 ou 40 liv. tout au plus; que cependant, comme il n'est pas juste que ceux qui ont cru acheter telle chose en tel temps, la paient le triple ou le quadruple de ce qu'elle leur eût coûté, parce que les circonstances ont retardé la livraison, je les inscrirai les premiers pour la livraison des mêmes volumes que je devais leur fournir à l'époque où ils ont cru les avoir; quelque prix que me coûte alors l'impression, je supporterai la perte.

S'ils aiment mieux ravoir leurs assignats, je les leur remettrai francs de port.

Je dois néanmoins leur observer qu'ils n'auraient eu, pour ce prix, que ce que je comptais leur fournir alors; car je ne pouvais pas leur proposer pour 150 livres, ce que j'aurais su devoir me coûter 3 ou 400 livres d'impression seulement, sans parler du travail excessif d'un père de famille n'ayant d'autre patrimoine que ses veilles. Or, par le fait, il s'est trouvé que mes *Mémoires* sont devenus plus volumineux, du double; & ils exigeront encore peut-être un Supplément: donc, si mes nouveaux souscripteurs tenaient opiniâtrement à ces *Mémoires*, il faudrait qu'ils suppléassent à ce qui manque du prix qu'exigera leur totalité.

Mais je dois leur observer aussi, par l'occasion de ce *Testament* (qu'ils recevront des premiers) que le seul ouvrage qui va paraître de moi, celui auquel je tiens le plus par goût & dont j'espère le plus de succès, vu le soin particulier que j'en ai pris, c'est le recueil de mes *Contes*, à-peu-près dans le genre des *Mille & une Nuits*. Ils auront pour titre: *les Veillées Parisiennes*, &c. C'est le fruit d'une imagination en proie à tous les charmes des souvenirs & des mensonges agréables. On y trouvera probablement aussi de grandes vérités.... Il ne m'appartient pas ici de vanter *ma progéniture*; mon éloge serait celui d'un père très-suspect; mais je m'arrête à quelques considérations, auxquelles on peut attacher un prix.

C'est qu'étant caché dans cette fatale armoire, qui m'a servi d'abri contre la tyrannie pendant plusieurs mois, je recevais la visite de quelques amis, auxquels je lisois chaque jour ce que j'avais fait de mes *Contes*. Il était minuit; je leur disais: *Allez-vous en; il ne faut pas qu'on vous voie sortir trop tard de cette maison.* Ils s'obstinaient à rester; *nous allons partir*, disaient-ils; *mais lisez-nous encore auparavant ce qu'est devenue la dame cachée sous le gros arbre.* — Je leur lisais; & je leur répétais: *Allez-vous en.* — *Oh! tout-à-l'heure; voyons encore ce qui est arrivé à ce monsieur,*

monſieur, qui s'enfuyait par la cheminée..... Et, de fil en aiguille, il fallait leur lire tout ce que j'avais fait. J'obſervais bien s'ils s'endormaient; mais ils avaient les yeux très-ouverts; & le lendemain, ils ne manquaient pas de revenir le ſoir, pour entendre la ſuite de ces *Contes*, qui ne les laſſaient jamais. Cela m'a ſemblé d'un bon augure, & le plaiſir que je prenais moi-même à ce travail, m'a paru l'avant-coureur d'un certain ſuccès. Les affaires publiques ſont venues ſe diſputer mon temps; mais un penchant irréſiſtible me ramène toujours à ces *Contes*, infiniment plus piquans, ſelon moi, que mes Lunes, mes Planettes, & tout ce qui eſt ſorti de ma plume. Auſſi, dès que j'ai vu jour à rentrer dans cette carrière ſemée de roſes, j'y ſuis rentré bien vîte; &, fuſſé-je un des premiers Fonctionnaires Publics, je conſacrerais toujours les momens de loiſir que j'aurais, à cette occupation riante; car je ſuis à même d'obſerver depuis quelques mois, par ma propre expérience, (quand pluſieurs exemples de Légiſlateurs & autres Magiſtrats ne le juſtifieraient pas) que les Fonctions Publiques, pour un obſervateur, ſont une facilité de plus pour obſerver; & que l'amour des lettres & des arts, loin de nuire à ſes devoirs, met dans leur exercice beaucoup plus d'aménité.

Ces *Contes* paraîtront toutes les Décades; ils ſeront diviſés par jolis petits volumes in 18, beau caractère, bien liſible, avec une eſtampe à chaque volume. Ceux de mes derniers Abonnés, qui voudront changer l'objet de leur ſouſcription, les recevront à la place des *Mémoires* qu'ils attendaient, & ſeront libres de ſouſcrire pour ces *Mémoires* en temps & lieu.

Ces *Contes* ont plus de moralité que mes Lunes; la politique y joue auſſi un rôle; mais les alluſions y ſont tellement préparées & combinées, qu'on les ſaiſira ſans s'en douter; c'eſt préciſément en cela, ſelon moi, que conſiſte le grand art de ces ſortes d'ouvrages. On a beau dire & beau faire; la politique & la morale toutes ſeules ne plaiſent pas long-temps à la majorité des eſprits. On ne peut pas toujours penſer à la révolution; il y a même beaucoup de monde qui évite comme la peſte tout ce qui y a trait. On eſt ſi las de ſecouſſes & de convulſions, qu'il eſt bien permis de chercher des diſtractions agréables... L'eſprit des hommes de tout état & de tout âge ſe repoſe avec volupté ſur des objets doux & rians; on ſe délecte à ſuivre des aventures ſingulières & curieuſes.... L'imagination toujours active, transforme en réalité ce qui n'eſt qu'un vain ſonge; tous les hommes, à cet égard, ſont de grands enfans; &, plus la poſition générale de la ſociété est critique & affligeante, plus il est nécessaire de lui offrir des palliatifs. Lafontaine a bien senti cette grande vérité, en disant :

« L'homme est de glace aux vérités;
» Il est de feu pour les mensonges ».

Mais je reviens aux *Patriotes de 89*.

Il n'est pas douteux que, parmi ces milliers de personnes qui vinrent me trouver en 1789, pour être mentionnés avec honneur dans l'histoire des évènemens qui eurent lieu *cette même année*, on ne remarquât beaucoup de *Patriotes de 89*; car, si ceux-là ne l'étaient pas, sont-ce les citoyens, qui étaient restés bien tranquilles chez eux, sans prendre part aux évènemens de la Révolution, qui eussent passé pour les *Patriotes de 89*? alors, les dix-neuf vingtièmes des Français seraient des *Patriotes de 89*; supposition qui entraînerait des conséquences tout-à-fait contraires au systême qu'on préconise aujourd'hui.

Or, je vous assure, moi qui ai bien observé tout ce monde là, qu'une grande partie d'entre eux ne songeait nullement aux intérêts de la Patrie, mais beaucoup aux leurs propres. Sont-ce ceux-là, dont vous vous réclamez aujourd'hui, comme des *Patriotes de 89*?

J'en ai vu plusieurs, qui me montraient avec délices & ostentation leur pantalons teints du sang des infortunés *Foulon* & *Bertier*; un de ces *Patriotes*, entr'autres, garçon boulanger, qu'on dit être devenu Officier Supérieur sous le Triumvirat fameux, me racontait avec une atroce ingénuité, tout ce qu'il avait fait d'exécrable; il me montrait son bonnet taché du crâne d'une de ses victimes, & me disait : *Voilà de la cervelle d'aristocrate; je ne donnerais pas ce bonnet pour de l'or.*

On a remarqué, parmi ces mêmes hommes, beaucoup de *massacreurs du 2 Septembre*; & tous voulaient être exclusivement les *Patriotes de 1789*.

La plupart d'entre eux ont composé, en grande partie, la Commune rebelle de Paris, l'Armée Revolutionnaire, la Gendarmerie du premier Prairial, le Club des Cordeliers, les Jacobins du 9 Thermidor.

Eh bien! qu'est-ce que cela prouve, me direz-vous? il peut y avoir eu d'honnêtes gens dans toutes ces associations dont vous parlez. — D'accord; je n'examine pas de quelle sortes d'hommes elles étaient composées. Je dis qu'abstraction faite de ce qu'on doit en penser, cela prouve beaucoup. Car ce sont précisément toutes ces associations, que vous avez proscrites comme conspiratrices, & ce ſont là les hommes dont vous vous réclamez aujourd'hui ! (1)

Non, dites-vous encore, ce ne ſont pas ceux-là que nous appellons *Patriotes de 89*. Nous ne regardons pas comme Patriotes les aſſaſſins, les brigands, les voleurs & les égoïſtes.

Prenez-y garde, voilà une réduction conſidérable ſur la maſſe de vos *Patriotes de 89* ? Mais qu'appelez-vous donc Patriotes de 89 ? y a-t-il vraiment des *Patriotes* de telle année, plutôt que de telle autre ? quelle platte imbécillité ! un *Patriote* véritable n'eſt il pas *Patriote* par principes ? l'homme qui agit par principes, n'a-t-il pas un caractère fait ? & celui qui a un caractère fait, change-t-il d'une année à l'autre ? un vrai *Patriote* ne l'eſt il pas demain comme aujourd'hui ? ne le ſera-t il pas l'année prochaine, comme l'année précédente ? ah ! dites plutôt que vous faites vos *Patriotes* comme vous les voulez, & que, ſuivant vos intérêts perſonnels, qui ſubordonnent tout à vos caprices, vous faites tantôt l'appel des *Patriotes de 89*, tantôt celui des *Patriotes du premier Prairial*, tantôt celui des *Patriotes du 31 Mai*, tantôt celui des *Patriotes du 9 Thermidor*, tantôt celui des *Patriotes du 10 Août*. C'eſt une vraie comédie que ce honteux charlataniſme (2), & chaque époque de patriotiſme eſt une bêtiſe & un lieu de bêtiſe aux yeux de l'obſervateur ſage & judicieux. Vos *Patriotes* paſſent ſur

---

(1) Le nomme *Mercier*, qui me coëffe depuis dix ans, et qui me coëffait alors par consequent, etait alle par curiosite au Siege de la Bastille. Il fut emporte par la foule jusqu'au pied des murs de la forteresse, et reçut une balle dans son chapeau, pour prix de sa demarche. Je lui demandai s'il pretendait avoir part aux récompenses des *Vainqueurs de la Bastille*. --- « Non, » Monsieur, non, me repondit-il. Il n'y a pas de quoi ; la curiosité n'est » pas de la bravoure. J'aurais honte de pretendre à des honneurs que je n'ai » pas mérites : car je vois traiter comme des *Vainqueurs*, des gens qui etaient » à mes côtés, et qui n'ont rien fait que boire le vin qu'ils avaient volé ».

Je cite avec plaisir ce brave homme, auquel je lègue, dans ce *Testament*, une somme quelconque sur le benefice de mes ouvrages, a la disposition de mes *heritières légitimes*, si je ne vis pas assez pour la lui donner moi-même. Jamais son zèle pour moi ne s'est dementi ; il m'a suivi par-tout, au milieu des orages qui m'ont accable ; son amitie discrete et desinteressee a brave, pour m'obliger, tous les dangers et tous les obstacles. Jamais il n'a voulu consentir à m'abandonner un seul moment, meme au sein de la detresse où me plongeait l'acharnement des hommes qui, pour me ruiner plus complètement, cabalaient contre les *pièces* qui me faisaient vivre.... O douce amitié ! on te connaît peut-être mieux dans la classe des simples Artisans, que parmi les Grands !

(2) Il sera curieux un jour de faire le rapprochement de ce qui s'est dit à la Convention a *telle* époque, et de ce qui s'est dit à *telle* autre epoque. On sera peut-être surpris d'avoir entendu reprocher aux Parisiens, à l'époque

la scène politique, à peu-près comme ces *Ombres Chinoises* qu'on voit successivement traverser le théâtre, & que le baladin, qui les fait mouvoir, tire de son magasin l'une après l'autre, suivant qu'il croit, pour ses intérêts, amuser ou séduire plus ou moins les spectateurs.

A proprement parler, les *Patriotes de 89* sont ceux qui aimaient la Révolution de 89; s'ils l'aimaient, ils en aimaient donc les principes & le but. Quels étaient ces principes & ce but? une Constitution Monarchique. Ces *Patriotes* là sont donc des partisans de la Monarchie: ce sont donc des Royalistes; or, vous faites un appel aux Royalistes, tout en sévissant contre les Royalistes. Ce sont précisément les amis de la Constitution Monarchique dont vous vous étayez pour consolider, dites-vous, la Constitution Républicaine! quelle contradiction! quelle misère & quelle pitié!

Les Terroristes.

Qu'a-t-on voulu dire encore par ce mot de *Terroriste*? autre sottise; ne valait-il pas mieux dire *Assassin* ou *Voleur*? cela s'entend, du moins. Au lieu qu'en n'expliquant jamais ce qu'on veut dire, que par des mots vagues & qui prêtent à l'arbitraire, on confond toujours toutes les idées, & on parcourt avec une rapidité infinie tous les points du cercle dangereux des *extrêmes*.

Je ne connais, moi, aucune autre Terreur que le Gouvernement Révolutionnaire, tel que je l'ai discuté plus haut; par conséquent, je ne conçois aucune autre espèce de *Terroristes* que les agens du Gouvernement Révolutionnaire. Ceux qui se sont contentés d'en être les partisans secrets, sans rien faire en sa faveur & sans manifester une opinion sanguinaire, peuvent être des scélérats aux yeux de Dieu; mais ils ne sont que des citoyens aux yeux des hommes; & comme on n'a pas plus le droit de scruter la conscience des uns, que celle des autres; de même qu'il est absurde de condamner un homme comme *Royaliste*, en supposant qu'il a des opinions ou des sentimens secrètement favorables au *Royalisme*, il l'est aussi de sévir contre celui qu'on suppose,

du 13 *Vendémiaire*, d'avoir été *les provocateurs et auteurs de l'infâme journée du 31 Mai*; et que ce reproche ait été fait par le même parti, qui, à l'époque du 9 *Thermidor*, exaltaient jusqu'aux cieux la *glorieuse journée du 31 Mai*. C'est ainsi que l'on compte sans son hôte, parce qu'on ne suit que la passion du moment, et qu'on ne songe pas qu'il est au monde des observateurs qui comptent sur leurs doigts les contradictions et les sottises.

même avec quelque vraisemblance, conserver dans son ame des principes favorables au *Terrorisme*.

On connaît assez par-tout les véritables *Terroristes*; ils ne se sont point cachés; ils ont tous affiché avec trop d'impudence leurs affreux systêmes de brigandage, pour qu'on puisse hésiter à les signaler d'un coup d'œil, & j'ai toujours regardé comme une ruse, & une ruse très-bien ourdie de la part des véritables Terroristes, l'acharnement avec lequel on a poursuivi, sous le prétexte du Terrorisme, une infinité d'hommes estimables, connus même *par leur modération*; puisque j'en citerais, à qui l'on a fait presque fait le procès sous Robespierre, en qualité de *Modérés*.

En effet, il n'y a pas de meilleure tactique que celle qui étend sur l'innocent une dénomination réservée au coupable. Car c'est à la faveur de l'injustice qu'on exerce sur l'un, que l'autre échappe à la justice. Plus une mesure est générale & vague, plus elle enveloppe de victimes dans la proscription; & plus il y a de victimes à frapper, plus il est dangereux & difficile de sévir. C'est ainsi que nombre d'hommes profondément pervers ont cru échapper & ont échappé en effet à la punition qu'ils auraient infailliblement subie, s'ils n'eussent pas eu l'esprit d'associer à leur cause celle d'une infinité d'hommes de mérite, que, malgré toute la folie du tems, on n'aurait pas eu l'impudeur de condamner après le 9 Thermidor.

Il est une remarque à faire, non moins essentielle, c'est que les sept huitièmes de ceux qui ont le plus crié contre les *Terroristes*, étaient eux-mêmes ou avaient été les plus grands Terroristes de la France. Ces hommes qu'on entend sans cesse blâmer la conduite & les principes des autres, ressemblent assez à ce Renard, qui ayant perdu sa queue, conseillait à tous les Renards de se défaire de la leur.

On voit, par les principes que j'expose & que j'ai toujours professés, que je n'accorde pas plus à un Parti qu'à un autre. Tous les Partis me sont en horreur; ils donnent toujours dans quelque extrême, & je déteste les extrêmes. Les bons citoyens sont les seul Parti que j'estime sous toutes les sortes de Gouvernement & dans quelqu'opinion que ce soit; ou plutôt ce n'est pas là ce que j'appele un Parti; c'est là véritablement la Nation; tout le reste sont des factieux.

« La modération est le trésor du sage, dit Voltaire; quant à moi, j'ai toujours regardé les *Modérés* comme *les seuls Patriotes véritables*. Il m'est trop aisé de le prouver, pour que j'ose offenser la raison de mes lecteurs, en essayant de démontrer une chose aussi claire; comme je n'écris ni pour les *sophistes* ni pour les *ré-*

volutionnaires, ni pour les *foux*, je ne les comprends point parmi mes suffrages; & il n'y a que ces trois classes d'hommes, qui puissent douter du principe que j'ai avancé; car, si l'on m'objecte que les *hommes neûtres*, les *indifférens*, les *égoïstes* sont les hommes les plus dangereux en Révolution, parce qu'il faut se prononcer pour une opinion, & y tenir; je répondrai qu'il ne s'agit nullement ici des *hommes neûtres*, des *égoïstes* & des *indifférens*, mais des MODÉRÉS. Si une Loi condamnait à une amende les Négocians d'un pays, & qu'un homme vînt m'exprimer ses inquiétudes à cet égard, je lui dirais : *Etes-vous Négociant?* s'il me répondait : *je suis Avocat*; je dirais : *Voilà un grand sot ou un extravagant!* on lui parle *commerce*; il vient parler *barreau*. Certes, ce n'est pas ma faute, si les Français ont eu la bonhomie de se laisser enjoler par les ignares, qui leur ont fait accroire que la *vertu* était le *vice*, le *jour*, la *nuit*, & l'*egoïsme*, la *modération*; je n'ai pas l'honneur d'avoir participé à la rédaction du nouveau Dictionnaire Français, où l'on a dénaturé tous les mots; si j'y étais entré pour quelque chose, il se pourrait faire que j'appellasse *blanc*, ce qui est *rouge*, & *noir* ce qui est *jaune*. Mais quand je parle d'un *Modéré*, je parle de ce dont parlaient les Grecs il y a deux mille ans, les Romains il y a dix-sept siècles, & tous les Peuples de l'univers, qui ont analysé les vertus & les vices. Il n'y a pas au monde une vertu plus sublime, plus admirable & plus civique que la *Modération*. Tout homme qui n'est pas *Modéré*, n'est pas complettement *Patriote*, quelques bonnes que soient ses intentions; car le *Patriotisme* en politique est comme la *foi en religion. La foi sans les œuvres*, dit l'Apôtre, *est une foi morte*; il faut qu'elle soit active & qu'elle devienne par là profitable. De même, un Patriotisme de pure opinion n'est utile à rien, il faut que son activité tourne au profit de la chose publique; car un homme inutile à son pays n'est un Patriote qu'en idée ou en spéculation. Or, tout homme dont le patriotisme passe les bornes, n'est pas utile à son pays; il s'en faut bien, puisqu'il est toujours nuisible de passer les bornes, & que nuire n'est pas être utile. Donc le *Patriote*, qui n'est pas *Modéré*, n'est pas un vrai Patriote. Donc les *Modérés* sont les *Patriotes* véritables, & je n'en reconnaîtrai jamais d'autres. Que dire maintenant de ceux, qui ont transformé la modération en crime de lèze-nation? qu'il n'y a point dans les annales de la folie, d'extravagance pareille à celle-là, & je dirai vrai.

Il est plus que temps d'abjurer ce vocabulaire impertinent, qui a bouleversé toutes les têtes; il faut revenir aux notions exactes, si l'on veut enfin un Gouvernement quelconque; & le premier travail du Corps Législatif qui va s'installer, doit être de rendre aux mots leur signification, de permettre enfin qu'une *maison* soit une *maison*, qu'on nomme le *Bon Dieu* par son nom, & qu'on se lave du deshonneur d'avoir tout sacrifié à des mots vuides de sens. Il faut sur-tout mettre la *Modération* à la tete du Dictionnaire Répu'l'cain.

Autrement, il est impossible que nous ne retombions pas sous peu dans un cahos plus affreux que celui d'où nous sortons. Messieurs les *Exaltés !* je vous le dis hautement; & je ne crains pas un démenti; vous n'avez qu'un parti à prendre, pour que tout ne soit pas perdu sans ressource; c'est de vous faire une gloire d'être *Moderés !* Il n'y a sous le ciel qu'un moyen de sauver la chose publique, c'est de cesser au plutôt de n'avoir pas le sens commun.

On s'est étonné souvent de ce que je voyais des *Aristocrates*, & de ce que je voyais aussi des *Jacobins*. Les imbéciles ont dit: *Cet homme-là n'a pas de caractère.* Mais ils n'ont pas dit qu'avec les uns & les autres je gardais toujours mes principes & ma même façon de penser; ils n'ont pas dit que jamais je n'avais dévié d'une ligne, de la sphère d'opinion dans laquelle mes réflexions, mes habitudes & mon naturel m'avaient circonscrit. Ils ne savent pas & ils ne sentent pas que le vrai citoyen & l'homme sensé ne s'attachent pas aux individus pour juger, mais aux choses. Eh ! que m'importe, à moi, que tel homme que j'estime, ait dit *ceci* ou *cela* dans telle ou telle circonstance ? Si je l'estime, c'est que j'ai des raisons pour l'estimer: tout ce qu'on me dira contre lui, ne servira qu'à me le rendre plus cher & plus précieux; croit on que les mille & un contes que l'on s'est plû à faire sur *tel* ou *tel* député, par exemple, aient ébranlé le moins du monde l'opinion que j'en ai conçue ? Comme je n'asseois mon opinion que *pour cause*, je ne serai pas assez bête pour sacrifier au préjugé ou à l'empire de la calomnie, l'estime & la vénération que m'inspirent des talens ou des vertus, dont je me suis assuré. Il y a plus; & voici, ce me semble, en quoi consistent le bon sens & la droiture; c'est que la plupart de ceux, avec qui je suis lié par goût & par sentiment, ne partagent pas mes opinions. Je n'idolâtre rien tant que la liberté; voilà pourquoi j'exècre l'arbitraire; or la liberté d'opinion est, à mon sens, la première de toutes; &, comme je ne veux pas qu'on me recherche pour les miennes, je ne serai pas assez mal-adroit & assez injuste pour rechercher un autre sur les siennes. Très souvent on diffère sur les moyens, sans différer sur le but; deux hommes probes & intègres ne peuvent être d'un sentiment contraire sur le fond; ils ne peuvent se diviser que sur la forme. Leurs cœurs sont unis, sans qu'il soit nécessaire que leurs esprits s'accordent. J'en ai vu mille exemples ; il n'y a que l'égoïsme absurde qui prétende n'estimer les gens qu'à condition qu'ils penseront comme nous. La tolérance politique n'a pas moins de prix à mes yeux que la tolérance religieuse ; &, comme j'ai vu quelques personnes, étonnées de ma croyance en fait de Catholicisme, ne pas se contenter de vouloir l'attaquer, mais me faire presque un crime de la conserver & vouloir me forcer à l'abjurer ; j'ai trouvé cela d'autant plus ridicule, que moi, je ne blâme ni ne condamne la croyance de personne. Je puis censurer, en général, l'impiété, l'athéisme & le *philosophisme*, parce que je regarde ces extravagances comme l'origine des malheurs de mon pays ; mais je me garderai bien de dire : *un tel est un scélérat, parce qu'il ne croit pas à Jésus-Christ* ; encore moins de prétendre le forcer d'y croire. Chacun est maître à cet égard ; & c'est en cela que consiste le véritable esprit de ce même Christianisme, auquel je tiens si fortement. La Tolérance, mes amis ! il n'y a que cela en religion comme en politique ; &, si le *fanatique* est blâmable, justement parce qu'il est *intolérant* ; celui qui traite l'homme religieux de *fanatique*, est lui-même un *fanatique* dans un autre genre, parce qu'il a l'intolérance politique, mille fois plus dangereuse & plus sanguinaire, selon moi, que l'intolérance religieuse, quelque sanguinaire & quelque dangereuse que soit cette dernière.

Observez, d'ailleurs, que l'homme qui sait tolérer la différence des opinions, en est plus estimable & plus sensé en cela, qu'il sapera ou ridiculisera les vices & les travers en général, mais qu'il ne se permettra pas de personnalités, à moins que la critique d'un individu n'intéresse la sûreté publique ou celle d'un honnête homme.

Observez encore qu'un homme, qui ne juge pas des autres sur une opinion, mais sur leur cœur & leur conduite, est d'autant moins suspect dans le jugement qu'il en portera, qu'il n'a, en le jugeant, aucun intérêt d'amour propre. En effet, si moi, *Cousin Jacques*, qui suis connu par-tout pour un *archi-modéré*, qui ai parlé long-temps contre le *jacobinisme*, & qui fais encore aujourd'hui profession ouverte d'abhorrer jusqu'à la mort les principes qu'on a manifestés en France depuis trois ans, je déclare hautement que tel Jacobin, qui a manifesté ces principes, est foncièrement un brave homme ; c'est qu'en effet il faut qu'il soit un brave homme dans toute la force du terme, puisque ses vertus sont assez marquantes, ont assez d'ascendant sur moi, pour me forcer à l'estimer ou à l'aimer, malgré ses opinions Un *Aristocrate* n'a pas grand mérite à faire cas d'un autre *Aristocrate*; mais son éloge me sera suspect, parce que je dirai : *il flatte son Parti* : mais, si cet *Aristocrate* fait l'éloge d'un *Jacobin*, je serai bien plus tenté d'y ajouter foi. O si tous les Français pouvaient ainsi s'estimer, abstraction faite de l'opinion ! ils se rapprocheraient bien davantage ; & ils finiraient bientôt par s'entendre.

Ecoutez donc, messieurs les *Jacobins*, ce que je vais vous dire de quelques hommes, que vous chérissez vous mêmes comme *des vôtres;* & vous verrez alors si j'approuve, ou non, cette sévérité exclusive avec laquelle on se juge en France, & s'il faut, ou non, me ranger dans la classe de ces hommes qui s'exaspèrent eux-mêmes en exaspérant les autres, & qui rendent des haines irréconciliables, à force de les alimenter.

Voici quelques *Terroristes* prétendus, que je mets sur la scène ; voyons quel jugement j'en ai porté.

Si les *Chouans* m'appellent *Jacobin*; & si les *Jacobins* m'appellent *Chouan*, c'est précisément parce que je ne suis ni *Chouan*, ni *Jacobin*; & je ne suis ni l'un, ni l'autre, parce que tous les deux sont également opposés à l'esprit de sagesse & de douceur, que constituent à la fois la Religion bien entendue & le Patriotisme bien conçu.

Mon opinion sur CARNOT.

Oh ! pour le coup, vont dire les Thermidoriens, (puisqu'il faut encore, pour le moment, user des mots à la mode) on ne s'attendait guères à voir figurer Carnot dans les ouvrages du du *Cousin Jacques*. Eh ! pourquoi n'y figurerait il pas ? — C'est donc en mal ? — Non ; c'est en bien ; car ceux dont j'ai du mal à dire, je n'en dis rien, ou je ne les nomme pas ; ou, si je les nomme, je n'attaque jamais leur probité, ni leurs mœurs. — Eh ! quel bien pouvez-vous dire de Carnot ? — Vous l'allez voir. — Mais quel est votre but ? — Mon but est de vous faire voir que c'est une sottise d'appeler *Terroristes* tous ceux qui ne plaisent pas aux Aristocrates ; & , si vous en convenez, il faudra bien que vous conveniez aussi que c'est une autre sottise d'appeler *Royalistes* tous ceux qui ne plaisent pas aux Jacobins.

— Mais, enfin, Carnot! ..... Carnot, qui était membre de l'ancien Comité de Salut Public ! Carnot, qui a signé tous les arrêts de mort que la tyrannie Triumvirale disséminait sur l'innocence ! Carnot, dont Fréron a fait une peinture si défavorable dans un des numéros de son Orateur du Peuple!..... comment peut-on ne pas le regarder comme un Terroriste? — Voulez-vous bien me dire, Monsieur, ce que c'est tout au juste qu'un Terroriste? c'est un homme attaché par goût au Gouvernement Révolutionnaire; n'est-ce pas? Or, je proteste que Carnot, bien loin d'y être attaché, ne s'est servi de son crédit que pour le combattre; je prouverai que, pendant tout le temps qu'il fut au Comité, il ne se lassa point d'être en opposition avec Robespierre, qu'il traita souvent de *despote & d'usurpateur*; qu'il ne se lassa point de résister aux principes affreux qu'on y mettait en avant; qu'il ne se lassa point de reprocher à Hanriot sa bêtise & sa cruauté; qu'il ne se lassa point de crier à ses collègues qu'il *était temps de fermer les Jacobins & de dissoudre la Commune, si l'on voulait épargner à la France un déluge de sang & de larmes .....* — Il était membre du Comité de Salut Public, dit-on, & c'est un crime.

Rien n'est si commode pour ceux qui veulent perdre quelqu'un, que des chefs d'accusation de cette nature; mais le *bout d'oreille* finit par percer.

C'était donc un crime d'être de ce Comité? ce Comité était donc mal composé? il avait donc de grands torts à se reprocher? — Eh! pourquoi la Convention lui laissait-elle le Gouvernement? pourquoi l'avait elle décrété? pourquoi se levait-elle avec enthousiasme, chaque fois qu'il était question de la prorogation de ses pouvoirs? pourquoi ratifiait-elle toutes ses mesures? pourquoi déclarait-elle qu'il avait sa confiance? pourquoi sanctionnait elle tout ce qu'il avait fait?..... On sent bien où nous menerait cette nouvelle discussion; il importe donc qu'on se taise, si l'on n'a rien à reprocher aux autres qu'on ne puisse se reprocher à soi-même. Assurément je suis loin, comme on peut bien le croire, d'être le partisan de ce Comité; mais il y a loin du caractère & des opérations de ceux qui le *Menaient*, au caractère & aux opérations de quelques-uns de ses membres, qui s'y occupaient d'objets absolument étrangers au *Régime Révolutionnaire*. Chacun n'avait-il pas sa partie? quelle était celle de Carnot? la guerre; & qu'on observe que de toutes les parties du Gouvernement, c'est la seule qui ait réussi. Carnot, sans cesse occupé d'objets militaires, travaillait constamment 18 heures par jour; lui seul faisait la correspondance avec les Généraux & les Représentans près des armées; que de plans heureux, où son Génie organisa la victoire! (1) si c'est un bonheur pour la France d'avoir vaincu partout ses enne-

(1) Voici un fait que peu de personnes savent encore, c'est que le Roi d'Angleterre et son ministre Pitt redoutaient les talens et l'activité de Carnot;

mis extérieurs, les Francais doivent à Carnot plus qu'ils ne pensent; & avec un peu de bonne foi & d'impartialité, on conviendra que si l'essor de nos conquêtes a paru se rallentir; c'est depuis qu'il a quitté ses fonctions. Je n'ai pas encore douté un moment que nous n'eussions aujourd'hui avec l'Europe la paix la plus honorable, si Carnot fût resté en place; mais les passions des hommes en ont décidé autrement!

Carnot avait pour principe de rendre aux agriculteurs & aux pères de famille infirmes ou âgés, négocians ou autres, les aînés de leurs enfans; & alors, nous étions toujours victorieux! depuis qu'il n'est plus là, les réquisitions les plus justes n'ont pu s'obtenir. J'atteste tous nos meilleurs Généraux sur ce que je dis ici de Carnot. Il n'y a pas un militaire impartial, qui ne confirme la vérité de mes assertions. Je parle en homme qui aime sa Patrie, & qui desire ardemment la paix, parce que la paix seule peut asseoir un Gouvernement quelconque sur une base solide, & que toutes les Constitutions du monde, sans la paix, ne nous préserveront pas des orages.

Carnot a signé des *Arrêtés* sanguinaires! Hélas! oui; je le sais; mais tout en le plaignant de cette malheureuse erreur, j'examine la position fatale où il se trouvait alors. Il y avait au Comité de Salut Public 500 objets majeurs à signer chaque jour: il fallait les signer de confiance; car, s'il eût fallu les lire tous, un jour n'eût pas suffi pour la vingtième partie de ce qu'il fallait qu'il signât; & il eût fallu encore qu'il renonçât à son travail particulier; ce qui aurait entraîné, par une stagnation générale, le brisement total de la machine politique; & nous n'en serions pas plus heureux, assurément!

Il a signé; cela est vrai; mais, quand Collot, Barrère & Billaud lui présentaient leur travail, & qu'il le signait de confiance, il n'avait pas plus de part à l'odieux de leurs opérations, que Billaud, Barrère & Collot n'en avaient à la gloire de Carnot, quand celui-ci leur présentait, à son tour, son travail à signer. Qui ne sait que la signature de *tant* de *Membres* est une simple formalité prescrite par la loi, qui n'ôte & n'ajoute rien au mérite ou à

---

bien plus que les efforts des autres membres du Comité pour leur résister; c'est qu'ils savaient qu'un homme tel que lui était un ennemi beaucoup plus à craindre, que toutes les mesures révolutionnaires qui finissent par une désorganisation totale; et c'est cette désorganisation qu'ils voulaient. Plus d'une fois Georges et Pitt s'ouvrirent là-dessus assez publiquement et avec assez de franchise pour qu'aucun de ceux qui les approchaient, ne pût douter de l'estime qu'ils faisaient de ses talens.

l'infamie du personnage qui donne son ouvrage à signer ? Qui ne sait que cette mesure, qu'on blâme pour l'ancien Comité, n'a cessé d'être en usage dans ceux qui lui ont succédé, & dans tous les Comités de la Convention, où chacun est responsable de sa partie ? Que pouvait faire Carnot ? lui, qui se trouvait sans cesse aux prises avec les tyrans qu'on lui avait associés ? mais jugeons du petit au grand.

Me voici, moi, Vice-Président de mon Comité Civil au moment où je parle. Chacun de mes collègues est chargé d'un travail spécial. A chaque instant, on m'apporte des papiers à signer ; s'il fallait que je les examinasse, ce qui occupe une heure de mon temps, en prendrait douze ; & la besogne dont nous sommes chargés est telle, que huit heures par jour suffisent à peine pour signer tout, parce que les Comités Civils, à Paris, réunissent aux fonctions municipales une partie des fonctions civiles & même judiciaires ; la Police nous est dévolue en grande partie ; le Militaire même est de notre ressort ; & si l'Autorité constituée d'une Section est surchargée de tant d'objets pénibles, que doit-on penser d'une Autorité, qui embrassait la totalité de l'Empire ?

Une chose qu'il faut considérer ; c'est que Carnot était désigné pour victime ; & que Robespierre (j'en suis sûr & très sûr) n'attendait que la fin de la guerre, époque à laquelle il espérait gouverner seul, pour sacrifier Carnot & quelques uns de ses collègues du même Comité. Mais combien de fois celui-ci, en plein Comité, a-t-il dit à Robespierre : *Vous êtes un tyran, vos mesures sont désastreuses ; votre régime révolutionnaire n'a pas le sens commun*... Mais on avait besoin des lumières & des talens de Carnot ; il fallait patienter & le laisser dire.

Je sais bien que Carnot n'est pas plus exempt que beaucoup d'autres de ses collègues, de ces fautes mémorables, qu'enfanta trop long-temps le vertige dont tous les Gouvernans furent attaqués. La fièvre révolutionnaire a causé tous nos malheurs ; un premier tort en a occasionné mille autres ; mais, au moins, sachons distinguer l'homme probe, qui a pu s'égarer, d'avec le scélérat qui a profité de l'exaltation générale pour servir ses propres intérêts en sacrifiant son pays. Je dirai même plus : Carnot a rendu plus de services, étant au Comité de Salut Public, que s'il n'y eût pas été : car, si l'on n'a pas fait encore bien plus de mal qu'on en a fait, on ne le doit qu'à la minorité de braves gens, que le hasard avait placés dans les Comités. Si ces Comités n'eussent été composés que de monstres pareils à ceux qui en formaient la majorité, les plus grandes infamies eussent passé sans réclamation, & le crime eût toujours été le résultat de l'unanimité. Un homme loyal suffit souvent pour en imposer à douze coquins; s'il ne leur en impose pas, il les gêne, il les contraint par sa présence, sur-tout quand il a le courage de les improuver, & quand ils savent qu'il tient de la loi la même portion de pouvoir que chacun d'eux.

Etant, à ma Section, nommé rapporteur de la Commission des Douze, je fis voir clairement à mes collègues que *tel & tel*, qui avaient été membres du Comité Révolutionnaire, méritaient des égards & des éloges, précisément parce qu'ils en avaient été; j'eus à examiner l'affaire de deux membres, entr'autres, que je ne connaissais pas. En parcourant les papiers qui les concernaient, je vis très-clairement que, bien loin d'avoir partagé les crimes affreux de leurs collègues, ils avaient, au contraire, empêché bien des malheurs, cicatrisé bien des plaies, essuyé bien des larmes, soit en prévenant secrètement les familles honnêtes qu'on se disposait à frapper, soit en palliant de leur mieux les prétendus crimes qu'on imputait à plusieurs innocens. S'ils n'eussent pas été membres du Comité, & qu'à leur place on eût mis des monstres pareils aux autres, assurément nous aurions dans notre arrondissement trente pères de famille de plus à regretter. Sont-ce là des services? Sans doute; & des services importans. Il a fallu du courage pour les rendre; &, au lieu de punir ces hommes-là comme Terroristes, je prétends, moi, qu'il faut les honorer comme des sauveurs bienfaisans & des anges tutélaires.

On ne me fera jamais croire qu'un homme naturellement doux, excessivement laborieux, doué de talens cultivés par une brillante éducation, ami des beaux arts & des lettres, aimable en société, portant une physionomie gaie, franche & ouverte, bon fils, bon frère, bon mari & bon père, soit un *Terroriste* & un *homme de sang*: par conséquent Carnot, qui réunit toutes ces qualités, n'est pas un *Terroriste*. J'ai vu avec peine, mais sans surprise (parce que rien ne m'étonne dans une Révolution comme celle-ci, où les passions prennent toujours la place de la vérité) que plusieurs Députés à qui je parlais de Carnot, me coupaient brusquement la parole, en me disant: *Tout Carnot est un coquin.*

Cela est bientôt dit; mais toutes les fois qu'il fallait en venir à la preuve, on ne me répondait rien; & notez que ces Députés étaient les hommes les plus entêtés, les plus opiniâtres & les plus ridicules dans leurs systêmes: &, tout en taxant les autres de Terrorisme, ils ne parlaient que de massacrer tous ceux qui *n'accepteraient pas les deux tiers*! O! pauvre humanité! ....

Je n'avais vu Carnot qu'à Arras, en 1786, où nous fûmes reçus ensemble de l'Académie, par Robespierre, qui en était alors Directeur. Il était Officier du Génie. Sa gaieté me plut infiniment; il fit pour moi une chanson charmante, où la délicatesse le disputait à l'élégance du style. Depuis lors, je le perdis de vue.

Pendant tout le cours de la Révolution, je ne vis point Carnot: il suffisait qu'il y jouât un rôle, pour que je ne cherchasse point à me rapprocher de lui (1).

Ce ne fut qu'après le 9 Thermidor (2) que le hazard nous fit

---

(1) Non, je n'aimais point à me rapprocher des hommes en place, parce qu'ils devaient naturellement tenir à la Révolution; et, comme la Révolution, depuis trois ou quatre ans, m'a fait horreur, il n'était pas naturel que je cherchasse à me lier avec ceux qui la conduisaient ou qui l'aimaient. Cependant je ne les haïssais pas, parce que je ne hais que le crime, et que le crime n'est pas l'homme qui, par erreur ou par vertige, semble le favoriser!.....

(2) Le jour de la belle *Fête à l'Eternel*, mascarade honteuse et farce sacrilège, qui doit nous couvrir tous de honte et d'humiliation, je dis à un Député, en voyant l'*aimable* Robespierre à la tête du Sénat qu'il faisait servir de décoration à ses pantomimes: *Tu vois bien Robespierre? je lui donne encore six semaines à vivre.....* J'avais fait le serment, quoique j'eusse obtenu ma liberté, *de ne pas coucher chez moi, tant que Robespierre serait vivant.* J'ai tenu ma parole très-exactement..... Pendant neuf mois encore, après mon *Mandat de Liberté*, je ne couchai pas chez moi, et je n'y rentrai pas pour dîner. Du 9 au 10 Thermidor, je passai la nuit avec mon bataillon dans le Carrousel; et je ne rentrai pas encore chez moi, parce que je n'étais pas sûr que Robespierre *irait voir ses aïeux.* Mais le 10 Thermidor, au soir, après l'avoir vu expier ses crimes, je rentrai chez moi, et je couchai dans mon lit.

Il avait dit à un membre de la Convention, qui lui parlait des ouvrages vraiment patriotiques qu'on jouait de moi tout récemment sur les Théâtres de l'Opéra, de la rue Favart et de la rue Feydeau: « *Je ne suis pas étonné* » *qu'il fasse de jolis opéras; le Cygne ne chante jamais mieux qu'à la veille de sa* » *mort* ».

Il avait projetté de me faire prendre à l'improviste, parce que, disait-il, *j'étais un homme de bonne foi et sans méfiance*; (de bonne foi, oui; mais sans méfiance, non): et son projet était de faire conduire désormais ses victimes, de leur table où elles seraient à dîner, au Tribunal, et du Tribunal à la Place de la Révolution; de sorte que l'homme qui aurait été bien tranquille à 3 heures après midi, au sein de sa famille, aurait expiré sur l'échafaud à 4 heures. C'est ce qui arriva au malheureux Martin, Notaire.

Le 13 Vendémiaire dernier, j'ai juré de ne pas coucher chez moi jusqu'à ce qu'il y ait un Gouvernement; et, tant que je verrai de l'arbitraire, je n'y coucherai pas. Et, si je voyais au Directoire Exécutif certains hommes que je ne veux pas nommer, j'attendrais, pour coucher chez moi, qu'ils rencontrer chez un ami commun (1). Nous nous reconnumes; il était encore au Comité. Je l'importunai plusieurs fois depuis, pour obtenir des Réquisitions motivées & d'autres faveurs du Gouvernement (non pas pour moi qui n'ai jamais rien voulu & qui ne veux rien encore; il le sait bien! mais pour de malheureuses familles qui me sollicitaient), je dois dire qu'il ne m'a jamais rien refusé; je dois dire qu'il a mis à me servir un zèle & une ardeur, que je n'ai jamais rencontrés nulle part, même dans ceux de ses collègues, qui m'avaient témoigné le plus d'amitié (2); je

---

fussent démasqués; et, s'ils ne l'étaient pas, je fuirais dans une terre étrangère. ... Où iriez-vous, me dira-t-on? --- Chez les Cannibales; j'y serais encore plus en sûreté..... Ou aux Enfers; j'y serais plus tranquille et moins tourmenté.

(1) Cet ami commun, dont je parle, est aujourd'hui officier supérieur du génie dans une de nos armées. Il fut autrefois un de mes souscripteurs les plus affidés. En 1792, il m'envoya de Brest une *Notice* signée des lettres initiales de son nom; et cette Notice était une diatribe contre les Jacobins; j'étais alors absent; mon imprimeur la reçut et la publia dans mon ouvrage, à mon insu. Le manuscrit fut remis chez moi, et confondu dans mes papiers. Quand je revins à Paris, en 1793, ce même ami s'y trouvait, occupant une place importante au Bureau de la guerre. Il était l'objet de la haine de Vincent, qui cherchait tous les moyens de le perdre. Enfin, le ministre de la justice (Goyer) reçut une dénonciation contre mon ami; cette dénonciation fut envoyée aussi à Vincent, qui en fut ravi de joie. Cela ne roulait que sur *la diatribe virulente publiée par un tel, à telle époque, dans le Journal abominable de l'infâme Cousin Jacques....* Le but visible de cette dénonciation était de faire destituer mon pauvre ami, militaire distingué, excellent ingénieur, homme du plus grand mérite à tous égards. Comme je vis que la chose allait devenir sérieuse, et qu'il ne s'agissait de rien moins que de mettre le scellé sur mes papiers pour trouver la pièce originale de mon ami, dont l'écriture serait reconnue, je me dis à moi-même: *si je suis arrêté, je courrai moins de risques que lui, parce que je ne suis pas en place; s'il est arrêté, il sera destitué; et, si on le destitue, il sera guillotiné....* Ces réflexions me décidèrent à m'aller dénoncer moi-même, après avoir brûlé la pièce originale; et je déclarai à M. Vincent que *j'étais seul l'auteur de cette pièce, qu'il n'y en avait pas d'autre que moi, et que c'était moi seul qu'il fallait punir.* M. Vincent eut la *grandeur d'ame* de me dénoncer là-dessus au *Comité de Sûreté Générale*, qui lança sur-le-champ un *mandat d'arrêt* contre moi; tel fut le motif du *second acte* des persécutions que j'éprouvai. Mais je sauvai un homme précieux, qui ferait de l'or pour moi, s'il le pouvait; et j'en ai été récompensé; le ciel m'a béni; et me voilà. Calomniateurs! connaissez-moi enfin!...

(2) *Ex operibus eorum cognoscetis eos.* Je me défie des grandes démonstrations d'amitié, et des offres de services, qui se bornent aux paroles. Nombre de gens à la Convention promettaient plus qu'on ne leur demandait, et ils tenaient toujours moins; car ils n'accordaient rien. .. Cependant je dois avouer qu'au 13 Vendémiaire, plusieurs d'entr'eux joignirent l'action à la parole, en faisant des informations et des démarches auprès du Comité de Sûreté Générale.

dois dire que lors même qu'il était le plus occupé d'affaires publiques & importantes, il a tout quitté pour ne pas faire attendre les personnes qui le demandaient ; je dois dire que, la nuit comme le jour, il a sacrifié son repos & son temps pour satisfaire les malheureux qui réclamaient ses services ; je dois dire que toutes les personnes que je lui ai adressées, militaires ou autres, aristocrates ou non, ont été enchantées de la réception gracieuse qu'il leur a faite ; je dois dire qu'avec un extérieur froid & sans prétention, avec des dehors peu démonstratifs, il ne respire que pour soulager l'humanité, pour venger l'opprimé, pour tarir des larmes & pour adoucir des chagrins. Il parle peu, mais il agit ; jamais il n'éclate en protestations d'amitié, mais, toujours égal & uniforme, il oblige sans avoir l'air d'y songer, & il n'y attache jamais aucun prix. Il n'envoie pas d'*Ordonnance* pour instruire ses amis du succès de ses démarches ; il vient lui-même ; & rarement sa visite est infructueuse pour celui qui la reçoit. Le moindre égard, la moindre marque de sensibilité qu'on lui donne, le pénètre jusqu'aux larmes ; mais les remercîmens le gênent. *Carnot* est le seul, parmi plusieurs Députés que j'avais instruits de mes terreurs au 13 Vendémiaire & sur le zèle desquels je devais compter, le seul, dis-je, qui, à la minute même où il apprit que je me cachais, quitta tout sur-le-champ, vint chez moi s'informer où j'étais, &, sûr de mon innocence, voulut absolument qu'on lui découvrît ma retraite ; il y vint avec l'empressement de l'ami le plus tendre, passa deux heures avec moi, employa tout pour me rassurer, m'offrit sa bourse & versa dans mon ame ce baume précieux de la consolation, qui ne peut être savouré que par les ames pénétrées des impressions qu'éprouvait alors la mienne !

Ce qui augmente à mes yeux le mérite de Carnot, c'est qu'en agissant de la sorte, il sait très-bien que mes opinions diffèrent des siennes ; mais nous parlons peu de politique & de révolution. Il connaît mes *principes*, & ils sont d'accord avec les siens ; mais il n'ignore pas qu'en matière révolutionnaire, je ne suis pas tout-à-fait de son *avis* ... Il m'estime, sans doute, dira-t-on apparemment ; Eh bien, s'il m'estime, c'est qu'il a des raisons pour m'estimer ; c'est tout ce que je puis dire.

Pardonne, ô respectable & généreux ami ! Pardonne à *ton brave Cousin* de s'être un peu étendu sur tout ce qui te concerne ! Je sais que tu désapprouveras cet article ; mais le motif, qui le dicte, est mon excuse. Mon cœur, si profondément & depuis si long-temps ulcéré, avait besoin de goûter les charmes d'une amitié pure & désintéressée ; & c'est les goûter bien vivement que de parler de toi ! Mes larmes coulent en abondance, en terminant cette

cette apologie, parce que les bons procédés m'affectent bien plus que les mauvais; & malheur aux cœurs froids qui ne savent pas apprécier les pleurs de la reconnaissance !

Voilà donc le *Terroriste* Carnot, que j'ai caractérisé non par des reflexions, mais par des faits; il vous est permis maintenant à vous qui ne l'aimez pas, à vous aussi, Fréron, qui l'avez couvert d'invectives dans votre journal (1), de le regarder comme un *homme de sang*; mais jettez un regard aussi sur vous mêmes; & soyez juges! *Sine ejiciam trabem de oculo tuo* !.....

Mais Carnot n'est pas le seul qui, ne partageant pas mes opinions, m'ait donné des preuves de tolérance parmi les législateurs que je connais. J'insiste avec plaisir sur cette précieuse Tolérance, parce que rien n'est plus utile à l'humanité que ces sortes d'exemples. J'ai un frère à la Convention, qui doit trouver dans ce testament le tribut d'estime & d'amitié, que la nature & son bon cœur me commandent de lui payer.

Mon opinion sur Beffroy (1).

Séparé de ma famille dès ma tendre enfance, j'ai été rarement à portée de voir mes parens, &, pour n'être pas tout-à-fait privé de famille, je me suis fait le plus de cousins que j'ai pu. Le frere, dont je parle était militaire comme tous mes autres parens. Nous sommes nés sans fortune; mais quelques

---

(1) En 1792, le nommé *Clement*, Directeur du Théâtre Lyrique (où j'avais donné *Nicodême dans la Lune*, paya *Camille Desmoulins* pour publier contre moi les mensonges les plus atroces et les plus absurdes. L'Auteur de *l'Orateur du Peuple*, copia litteralement ces mensonges, et il ajoutait : *Voyez ce qu'en dit Camille Desmoulins; et vous connaîtrez, Peuple, par quel moyen on vous trahit !....* Ce seul trait m'apprit ce qu'etait *Fréron*. Je ne connais pas de calomniateur plus impudent, si c'est lui qui a fait ses journaux.

(2) Louis-Etienne Beffroy, l'aîné de mes frères, Député de l'Aisne, aujourd'hui membre du *Conseil des Cinq Cents*. Sa conduite en Mission lui a valu l'attachement et la reconnaissance de cette classe d'hommes estimables, qu'on a ridiculisés sous le nom d'*honnêtes gens*, et qui seront tôt ou tard, quoiqu'on fasse, la classe régulatrice de la société; parce que les Revolutions, comme dit Montesquieu, ressemblent à un vase de liqueur qui fermente : la lie et l'écume ont le dessus : en passant, elles entraînent avec elles de la liqueur; mais enfin, la lie disparaît, et toute la liqueur ne disparaît pas; il en reste, et ce qui reste est pur. Ainsi, cette même classe d'*honnêtes gens* que le crime proscrit encore aujourd'hui, prévaudra nécessairement tôt ou tard. - - L. E. Beffroy a été renommé, non pas par son département (*personne n'est Prophête en son pays*) mais par trois autres : l'Ain, le Var et les Alpes Maritimes.

talens, beaucoup d'amour du travail & une bonne éducation, y suppléerent. En 1789, mon frère, long-temps vexé par d'insolens hobereaux, qui nous regardaient du haut de leur grandeur parce que nous étions pauvres, embrassa chaudement le parti de la Révolution. Je vis que toute ma famille, riches & pauvres, en fit autant. Je demeurai seul avec une manière de voir différente ; on peut en juger par mes *Ouvrages*, où je consignais alors mes opinions ; l'enthousiasme & la corruption des Français me faisaient peur ; j'adorais la liberté, mais je ne la voyais pas dans tout ce qui se préparait. J'étais l'ennemi né de toute effusion de sang ; & j'entendais dire par-tout qu'elle était nécessaire !..... bref, je ne fus pas de l'avis de ma famille. On a beau s'aimer ; dans la chaleur naissante des chocs politiques, la diversité de langage & de sentiment amène toujours un peu de froideur. Mes parens crurent long-temps que j'*allais* à la cour, que j'étais payé par la liste civile, que j'étais l'homme du Parti Monarchique. Je n'étais pourtant que l'homme de ma conscience, je n'allais nulle part que dans mes petites sociétés accoutumées, & je n'étais payé par personne. Ce que disaient de moi les journaux Jacobites, les Pièces que je faisais jouer alors, & la façon dont je m'exprimais dans mes autres Ouvrages, leur donnait lieu de soupçonner tout cela ; parce qu'il est peu d'hommes de lettres, il faut en convenir, qui consente à sacrifier son repos & sa fortune (1), au seul plaisir de dire ce qu'il croit devoir dire.

Quand mon frère fut nommé à la Convention, nous étions un peu en froid ; au fait, il me regardait comme un *Aristocrate fieffé* ; & moi, je le regardais comme un *Révolutionnaire enragé*. Cependant, telle est l'idée que j'ai toujours conçue de lui, que si j'eusse eu besoin de ses services & de sa bourse, j'aurais été sûr de les obtenir, quelque division qu'il existât entre nous.

J'étais alors proscrit & errant ; le *Vertueux* Camille Desmoulins, (2) avait mis *ma tête à prix* au beau milieu d'un groupe dans

---

(1) En 1791, un Secrétaire des Jacobins me proposa de gagner *beaucoup d'argent*, si je voulais me faire Jacobin et faire un Journal dans le sens de ce Parti là ; il m'offrit même les avances, et une forte somme *en sus*. Je refusai net : il m'est impossible de nombrer les traits de méchanceté qu'il m'a faits depuis ; il a été, en partie, l'auteur de mes chagrins et de ma ruine.

(2) Je disais un jour à ce pauvre *Hérault de Sechelles*, qui avait la plus tendre amitié pour moi, quoique nos opinions encore ne s'accordassent pas : *Vous voyez bien ce* VERTUEUX *Camille ! eh bien, si vous voulez, je vous*

le jardin des Tuileries ; & jamais existence ne fut empoisonnée par plus de chagrins & de larmes, que celle que je traînai jusqu'au mois de Mai 1792, époque où je revins à Paris.

Mon frère, long-temps avant cette époque, au moment même où mon imagination frappée me le représentait *comme perdu dans l'opinion des honnêtes gens*, avait appris ma situation ; il savait alors que j'étais étranger à toute faction ; il n'eut pas de soin plus pressant que celui de me faire passer des secours. Ma femme & mes enfans, en mon absence, trouvèrent en lui, tout l'hiver, un consolateur & un appui. Il travailla efficacement à assurer mon retour, & ne cessa de me combler des marques de sa tendresse.

Mais quand vint le Gouvernement Révolutionnaire après le 31 *Mai*, mon frère me voyant dans les liens d'un mandat d'arrêt, ne se donna aucun relâche, que je n'eusse obtenu ma liberté. Il n'ignorait pas combien de victimes périssaient alors chaque jour; il connais-

---

ferai parler à un caporal de la Section des Gravilliers, qui vous dira qu'il a été, lui troisième, entraîné par des scélérats, chercher les ordres de Camille pour les massacres du 2 Septembre, et que Camille s'est montré et les a donnés!...

Quand je vous dis que tout est mensonge, et que l'on ne rend justice à personne! Eh! comment pouvait on croire à la moralité, à la sensibilité d'un homme qui s'était appelé sans pudeur : *Procureur-Général de la Lanterne?*..... (Voyez la longue note de ma constitution de la Lune sur l'*origine* du nom de *Capet*; c'est Camille que j'ai dépeint. *Camille* avait aussi étudié avec nous au *Collège de Louis-le-Grand*... Je ne le croyais pas méchant alors!... Il me venait voir avant la Révolution; il me flagornait aujourd'hui, et me satyrisait demain. Il m'empruntait de l'argent, et me déchirait à belles dents, si je ne pouvais pas lui en prêter. J'ai plusieurs lettres de Camille, où il me fait beaucoup de complimens flatteurs; elles sont en prose et en vers. Il avait du talent, beaucoup d'esprit, peut-être un bon cœur; mais une très-mauvaise tête..... Le succès de mes *Lunes* lui faisait une peine infinie. En calomniant, il ne croyait que médire. Mais, avec cette phrénésie, on sacrifierait un monde d'innocents; et, s'il est vrai que, sans avoir un mauvais cœur, on soit, *par le fait*, aussi méchant et aussi barbare que l'a été Camille, alors je reviens à ma thèse, et je dis que l'on peut-être un *Terroriste* très-dangereux, sans avoir un mauvais cœur. Je ne crois pourtant pas qu'il fût coupable de ce dont on l'accusa pour le faire périr; je ne pus retenir mes larmes, en le voyant passer pour aller au supplice. Il fallait le condamner à la nullité politique; mais il ne fallait pas l'égorger!...... N'égorgeons plus personne, si nous pouvons!...... Il est assez singulier que, malgré mon obstination à fuir les hommes en place, ils m'aient, pour ainsi dire, forcé d'être en correspondance avec eux. Je n'ai jamais vu ni Marat, ni Pétion... Cependant Marat m'écrivit en 1791, pour m'engager à faire usage de ma gaîté comme d'une arme terrible contre les Aristocrates, et à dire du mal de *la Fayette* et *Bailly*..... Je ne lui répondis pas. Quant à Pétion, je lui répondis; et il m'écrivit plusieurs fois. J'aimais ses lettres, parce qu'elles étaient pleines d'esprit et d'aménité. Chaumette m'écrivait aussi, etc.

ſait aſſez le caractère des tyrans d'alors, pour n'augurer rien de bon de ma deſtinée ; il ſavait que les démarches même qu'on faiſait pour les proſcrits, compromettaient la ſûreté de leurs défenſeurs. Il était lui-même voué à l'anathème ; on avait réſolu de l'arrêter auſſi. Eh bien ; pendant plus de trois mois, il ſacrifia ſon ſommeil aux démarches qu'il fit en ma faveur. Le point du jour, en hiver, le trouvait encore au Comité de Sûreté Générale, où il avait paſſé la nuit. Lettres, courſes, paroles, dépenſes, il n'épargna rien ; il ne penſait qu'à moi ; il ne rêvait que moi. Toute autre affaire lui ſemblait étrangère, même ſes plus chers intérêts.. ..... Voilà l'hommage, trop légitime, que je lui rends ; & perſonne ne peut me blâmer ; il n'y a là ni flatterie, ni prétention. Nous ne penſons pas de même, mais nous nous aimions, & je le chéris encore plus tendrement que jamais.

Certes, ſi des circonſtances qu'on ne peut prévoir, expoſaient un ſi brave homme à des dangers, je ſerais le plus barbare & le plus lâche de tous les ingrats, ſi je ne m'expoſais pas moi-même pour le ſauver. Les hommes, qui gouverneraient alors, auraient-ils le droit de trouver mauvais que je bravaſſe pour lui les coups meurtriers, & que je m'écriaſſe, comme Nanine, avec l'expreſſion d'un cœur déchiré :

« Ah ! la nature a mon premier hommage ».

Je pourrais y ajouter la *reconnaiſſance*.

O vous, Français exaſpérés, qui n'avez point porté vos regards ſur tous les détails de notre ſanglante révolution ! vous ne lirez pas ceux-ci ſans vous dire : « Tous les ſentimens honnêtes ne ſont pas » encore enterrés ! le flambeau de la nature & de l'amitié luit encore » ſur la France ! il eſt doux de pouvoir compter encore ſur le » cœur, au milieu des agitations & des égaremens de l'eſprit !.....

Je pourrais citer beaucoup d'autres hommes qui me ſont chers, quoique leurs opinions diffèrent des miennes. Eh quoi ! faut-il s'entretuer, parce qu'on ne voit pas les choſes du même œil ?

Mon opinion ſur Grégoire.

En voilà encore un, qu'on n'appelera pas *Ariſtocrate*, j'eſpère. Eh bien, la douceur de ſon caractère, la candeur de ſon ame, ſon eſprit, ſes talens, ſa conſtante amitié pour moi me l'ont rendu ſi cher, que je ne le vois jamais ſans éprouver un frémiſſement de cœur, qu'excite naturellement l'approche d'un homme qu'on révère & qu'on eſtime. Cependant nous ne penſons pas de même ſur bien des points.

Je pourrais dire, à-peu-près, la même chose, de beaucoup de Députés, tels que Pons de *Verdun*, Garnier & David de *l'Aube*, André Dumont, Robert Lindet, Merlin de *Douay* & de *Thionville*, Goupilleau de *Fontenay*, le Breton, &c., &c., &c. Cependant il est bien vrai que tous ces hommes là ont une façon de voir les choses, que je n'ai pas. C'est qu'apparemment leurs *lunettes* ne sont pas les miennes ! je rends justice à leurs talens, à leur esprit, à leur vertu : je les aime de tout mon cœur; mais je ne pense pas comme eux. Quand je dis que je *ne pense pas comme eux*, ce n'est pas que je regarde comme *vertu* ce qu'ils regardent comme *vice*; en principes généraux, tous les braves gens s'accordent & s'entendent. Ils ne peuvent différer que sur les *applications*; & entre l'homme public & l'homme privé, il y a cette distinction, que l'un ne peut pas envisager les évènemens politiques du même œil que l'autre, parce que leur position est différente, & que les circonstances ne sont pas les mêmes pour tous les deux.

Je suis très sûr, par exemple, que ces hommes-là, que j'ai nommés, & beaucoup d'autres, que je n'ai pas nommés, jetteront cet ouvrage de dépit, & le livreront peut-être aux flammes, parce qu'il est impossible qu'il s'accorde avec leur opinion. Ils sont très-contens des derniers évènemens; ou du moins, s'ils en déplorent le mode, ils en approuvent le résultat; ils regardent les *Décrets des* 5 & 13 comme une mesure sage, nécessitée par les circonstances; & moi, j'aurai jusqu'à mon dernier soupir, le cœur profondément ulcéré, & l'esprit grièvement offensé des Décrets en question & des suites affreuses qu'ils ont eues.

Ils croient, à cet égard, tout ce que je ne crois pas; & ils ne croient pas un mot de tout ce que j'ai dit là dessus, le temps est un grand maître; il nous apprendra la vérité à tous.

Si je voulais multiplier les preuves qui constatent que l'on peut s'estimer & s'aimer, sans être du même avis, je citerais les démarches que j'ai faites pour *Lays*, acteur de l'Opéra (1), auquel j'ai toujours rendu la justice qu'il méritait, malgré

---

(1) J'établirai néanmoins cette différence entre ces deux Artistes, que Lays m'a toujours paru avoir plus de caractère que Valliere; celui-ci n'est pas méchant; rien n'est si facile que de le faire pleurer; il a le cœur excellent, mais une faiblesse et une versatilité qui l'exposent à passer pour l'homme des circonstances. Valliere n'a pas oublié sans doute que, trinquant avec Juliet, dans le rôle du Curé, au second acte du *Club des bonnes Gens*, le 6 Janvier 1792, fête de l'Epiphanie ou *jour des Rois*, il vint à l'esprit de Juliet de dire : *à la santé des Rois!* quoiqu'il n'en fût pas plus question dans la pièce, que de *Jean de Vert*. ---- Le public saisit l'*à propos*, qui

les erreurs qu'on lui a reprochées. J'ai vu clairement ce qu'il était ; & j'ai su apprécier la valeur des invectives dont on l'accablait.

Vallière, de la Rue Feydeau, est à-peu-près dans le même cas ; & cent autres encore.

C'est donc une haute sottise de croire qu'il faille bannir un homme de la société, parce qu'il a plu à quelqu'énergumène, qui ne discerne pas l'exaltation de l'esprit d'avec la perversité du cœur, de l'appeler *Terroriste*. Je voue une éternelle exécration à tous ceux qui ont mis en activité le *Gouvernement Révolutionnaire*, & à ceux qui l'ont secondé de leurs efforts. Mais c'est justement pour cela, qu'il ne faut pas confondre avec eux, tout ce qui présente même le plus léger soupçon d'innocence ou d'excuse.

Les Fanatiques.

Voici encore un autre genre de proscription : la haine contre la religion a été jusqu'à un tel excès de folie, que l'histoire des frénésies du monde entier n'offre pas d'exemple d'un pareil acharnement.....

Eh bien, j'avais prévu tout cela, lors même qu'il y avait le moins d'apparence que tout cela eût lieu ; & en voici la preuve :

Certes, au commencement de l'année 1792, où les églises

---

fut très-applaudi ; ce dont j'eus lieu d'être fort étonné, car du 6 Janvier au 20 Juin, il n'y avait plus que cinq mois et demi. Vallière remit l'à-propos de Juliet, en disant : *à la santé du Roi, donc, du Roi ! de notre bon Roi !* ce qui fut encore plus applaudi. Jusques-là, il n'y avait pas grand mal, selon moi ; mais j'étais absolument étranger à ces petites additions, puisqu'il n'y a pas un mot de tout cela dans la scène, et que je n'y ai pas même pensé !... Mais, quand je vis que deux mois après, ce même Vallière, qui mettait du Royalisme dans une pièce qui n'en parlait pas, foula aux pieds le rôle du Curé, en jurant *sur son honneur* qu'il ne *le jouerait de sa vie ;* quand j'entendis ce même Vallière me traiter d'*Aristocrate* et de *Royaliste*, pour avoir fait un ouvrage, dont il tenait une partie de sa réputation et de son sort ; je jurai, à mon tour, *que jamais il ne rejouerait le rôle*..... Cependant, à la dernière époque du succès de cette pièce, je fus le premier à l'encourager ; j'en parlai favorablement dans plusieurs Journaux et dans la nouvelle préface de l'ouvrage ; je distribuai tous mes billets pour lui seul ; et je m'attirai des reproches sanglans d'une grande partie du Parterre.... Voilà l'exacte vérité. On peut juger entre Vallière et moi. Mais Lays ne m'a jamais paru varier un moment ; j'aime beaucoup Lays ; si c'est un *faible*, ses talens, son esprit et sa conduite avec moi en sont l'excuse.

subsistaient encore, où les cloches lugubres avertissaient encore les vivans du trépas de leurs semblables, où les cérémonies du culte avaient encore leur plein & entier exercice, où les fonctionnaires Religieux étaient encore fonctionnaires civils, où la foi publique & la garantie des lois assuraient encore aux Prêtres Catholiques un traitement, qui devait être considéré comme une dette sacrée....., assurément, on ne songeait guères, du moins en général, à la destruction prochaine & entière de tout espèce de culte; ce fut alors que j'imprimai ce qui suit:

RELIGION auguste et sainte!
Seul espoir de l'infortuné!
Je vois, sans exhaler ma plainte!
Ton sanctuaire abandonné......
Du juste tu faisais les charmes;
Du pauvre tu séchais les larmes;
Tu m'ouvrais les portes du ciel!....
Mais je te perds! je me console,
Puisqu'il me reste pour boussole
Brissot, Gorsas et Manuel!....

QUE votre tombe révérée,
O Saints du céleste séjour!
Avec mépris soit transférée
Aux lieux où s'abat le vautour!.....
Ravaillac! que ton ombre impie
S'exhale, *au nom de la Patrie*,
Du sol impur de Montfaucon!
De Henri brisons la statue;
Et qu'à ta cendre on prostitue
Tous les honneurs du Panthéon!

Ailleurs, je disais:

ET, si la fortune ne change,
Dans ce renversement étrange,
Sur l'autel nous allons bientôt
Voir proposer à notre hommage
L'atroce et dégoûtante image
Des monstres nés pour l'échafaud.

Ailleurs:

ET, si la foudre suspendue
Ne perce pas encore la nue;
C'est que, ramassant tous ses traits,
La foudre étonnée, incertaine,
N'eût jamais dans l'espèce humaine
A punir de pareils forfaits!.....

Et ailleurs, enfin :

INVOQUEZ le secours céleste !
Priez, infortunés mortels,
Quand une doctrine funeste
A renversé tous vos Autels !
Confondez vos voix gémissantes ;
Étendez vos mains suppliantes !....
Mais où ? comment ? de quel côté ?....
Un seul Dieu vous restait encore ;
Il n'est plus là pour qu'on l'implore.
Dieu, ciel, on vous a tout ôté !....

Ainsi, je faisais la peinture de tout ce qui devait arriver ; & cette espèce de prophétie s'est accomplie de point en point, & au-delà.

O vous ! qui vous êtes étudiés à bannir de ces heureux climats toute idée de religion & de moralité, quel fruit pouviez vous espérer de ces cathéchismes de brigandage qui semblaient n'être inventés que pour faire de nos enfans une génération de blasphémateurs ?...... Avez-vous cru que les élémens de l'athéisme fussent long-temps les maximes favorites des Français ? avez-vous cru que cet édifice d'impiété pût subsister long temps sur une base aussi fragile que honteuse ? Tous ces malheureux Lévites, que vous avez frappés de mort, n'étaient-ils pas des hommes ? n'étaient ils pas des citoyens ? n'exerçaient-ils pas des fonctions révérées chez tous les peuples & dans tous les siècles ? n'existaient-ils pas sous la garantie solemnelle du droit des gens ? Vous pouviez sans doute abolir cette Corporation avec ses privilèges ; vous le deviez peut-être .... mais leur ôter leur pain ! mais les plonger dans les cachots ! mais les hacher par morceaux ! mais les noyer, les massacrer !....... est-il un *fanatisme* au monde aussi monstrueux que celui-là ? & vous parlez de *fanatisme* ! Quoi ! reconnaître un Dieu & l'adorer, c'est être fanatique !...... quel delire !......

L'hommage le plus pur & le plus sublime qu'ils aient pu rendre à la Religion, ces prêtres infortunés, c'est le courage avec lequel ils ont supporté leur malheur & vos cruautés. Où l'auraient-ils puisé, ce courage, si les chagrins & les douleurs, dont on les a navrés, excèdent infiniment la somme des chagrins & des douleurs, qu'il est donné à la nature humaine de pouvoir endurer ?

Quel stupide acharnement contre le culte ! quels sophismes grossiers & mal-adroits, que ceux par lesquels on prétend encore ne punir que les ennemis du peuple, en sévissant toujours contre le sacerdoce!

Les *Prêtres* conspirent, dites vous! eh bien, s'ils conspirent, punissez-les comme tous les conspirateurs : il n'y a plus de prêtres en politique. Il n'y a, comme on vous l'a dit cent fois en pure perte, que de bons & de mauvais citoyens, que des innocens & des coupables, que des observateurs & des violateurs de la loi. En s'entêtant sans cesse à imputer à une classe d'hommes toute entière, les crimes qu'on reproche aux individus, il est impossible qu'on n'expose pas l'innocent à subir la peine du coupable. Or, si un seul innocent est la victime d'une mesure provoquée par dix mille coupables, dont il a le malheur de partager la profession; c'est une horreur, & le Gouvernement Révolutionnaire est encore en activité.

Et moi, je vous dis que tous ces Décrets de mort sont la peste de la République; je vous dis que le *Fanatisme* est un mot; je vous dis que, quand ce *Fanatisme* existerait & agirait contre l'intérêt de toute la France, le moyen de l'arrêter dans ses progrès, ne serait certainement pas des mesures subversives de toute justice & propres à révolter tous les esprits, comme à aigrir tous les cœurs. Je vous dis que, plus vous userez de rigueur, plus vous vous éloignerez du but auquel vous voulez parvenir : je vous dis que toute persécution est un aliment pour le *Fanatisme*, au lieu d'en éteindre le flambeau. Je vous dis qu'à force d'outrer la sévérité, on finit par se rendre odieux, même à ceux sur lesquels on ne frappe pas : que quiconque est odieux, n'a plus la confiance; que qui perd la confiance, perd aussi le respect; & que tout Gouvernement qui n'est pas respecté, est perdu. Je vous dis que les poursuites contre *telle classe* d'hommes, sont *un réchauffé* de l'ancien régime que vous dites avoir aboli; car cela suppose qu'il existe encore des *castes* séparées. & elles existent en effet par votre faute, puisque vous les persécutez. Je vous dis que vexer ou punir des hommes en masse est un attentat au bon sens & à la justice, qui crie vengeance au ciel & à la terre; qu'il est plus que temps, ou même qu'il n'est peut être plus temps de chercher à réparer les maux qu'a produit l'intolérance du gouvernement; qu'on ne contraint pas les consciences; que les échafauds & les prisons ne font que des martyrs, que la dénomination de *Fanatique* donnée à tort & à travers, rend *Fanatique* celui qui ne pensait pas à l'être; que toute la puissance humaine s'évanouit devant l'opinion; que cette opinion est un Volcan, dont l'explosion serait d'autant plus terrible, qu'on voudrait la comprimer; que si l'on n'accorde pas enfin à tous les cultes ; & par conſéquent au Catholique comme aux autres, non-ſeulement la liberté la plus illimitée, la plus entière & la plus franche, mais même la protection la plus ouverte & la plus décidée, ce seul point de contact dans l'adminiſtration politique ſera la cauſe des plus grandes cataſtrophes & renverſera de fond en comble l'édifice de la Conſtitution Nouvelle. Je vous dis enfin, que le temps des actes révolutionnaires eſt paſſé ; qu'il eſt chimérique de penſer à le faire revenir, ſous quelque dehors que ce ſoit, qu'il ne vous eſt plus poſſible de vous maintenir que par la juſtice, la raiſon, & ſur-tout l'HUMANITÉ ; que ceux qui ſe flattent encore ſecrètement de faire revivre l'arbitraire en république, tel qu'on l'a vu juſqu'ici, ſe flattent inutilement ; ils ſeront ſatisfaits pour un moment, mais ce moment les perdra sans retour (1). Il faut ſacrifier vos idées de révolution ; il faut quitter vos vieilles habitudes ; il faut rajeunir en vous le vieil homme & renouveler ſes anciennes routines ; il faut renoncer abſolument à ce penchant malheureux pour les dénonciations, les arreſtations, les commiſſions, &c. qui eſt l'opprobre de la nature & la honte éternelle des Francais. Enfin, il faut revenir tout bonnement & tout ſimplement au ſens commun, et avouer que deux & deux font quatre, qu'il y a un Dieu, qu'un prêtre eſt un homme, &c. ſans qu'il ſoit permis à un ſot ou à un malotru de dire à celui qui manifeſtera ces opinions ſi ſimples : *Tu es un conſpirateur !*

Si un prêtre prêche l'infraction aux lois, puniſſez l'infrac-

---

(1) On faisait courir aujourd'hui, dans Paris, le bruit qu'il y avait au Conseil des Cinq cents un parti qui, voulant composer le Directoire Exécutif de Jacobins et de Terroristes, mais n'ayant que l'initiative de cette nomination, aurait l'adresse de former une liste de noms obscurs, parmi lesquels se trouveraient, comme par hasard, sept ou huit noms connus. J'ai peine à croire que ce bruit soit fondé ; mais je crois très-fermement que, si le Directoire Exécutif, dont on s'occupe aujourd'hui, 8 Brumaire, était composé de Jacobins, c'est-à-dire, de Terroristes bien prononcés, ou de Patriotes Exclusifs, la France serait perdue ; parce qu'alors vous verriez toutes les places de l'Etat occupées par des *Patriotes de* 89, tels que ceux qui composaient les Comités Révolutionnaires, ect. S'il n'est formé que d'hommes diamétralement opposés aux Jacobins, la France est encore perdue ; parce qu'alors les vengeances et les passions peupleront tous les bureaux. S'il est formé des uns et des autres, la France est encore perdue, parce que la division s'y mettra, et que l'exécution des loix, d'où dépend le rétablissement de l'ordre, exige la plus parfaite union dans le Directoire qui en sera chargé. Mais, s'il est formé d'hommes étrangers à tous les Partis, également ennemis des deux extrêmes, la France est sauvée ; et je le souhaite de toute mon ame.

teur, mais laissez là le prêtre. S'il provoque au meurtre, punissez l'assassin, mais laissez là le prêtre. Il ne vous est pas plus permis, à vous gouvernans, de le tuer au nom du salut public, qui vous le défend, qu'à lui prêtre de tuer qui que ce soit au nom de l'évangile, qui le lui défend aussi... Songez que tous les décrets, tous les canons, toutes les bayonnettes, tous les arsenaux de l'Europe, toutes les Constitutions, & tous les Directoires Exécutifs du monde, n'empêcheront jamais les hommes d'adorer leur Dieu; & de l'adorer à leur manière!

O Lanjuinais! Que les reproches dont on t'accable te rendent estimable à mes yeux! (1) Avec quel délicieux plaisir l'Ami de la Patrie & l'homme de bien te paient maintenant le tribut de vénération qui t'est dû! Tu passes pour *Dévot*, parce tu n'es que *Pieux*! Tes principes invariables sont supérieurs à toutes les petitesses de la fausse philosophie, qui n'est pas capable d'approuver ni de sentir tout ce qui est au-dessus de sa portée!.... Ta récompense, sans-doute, est dans le calme de ta conscience; la paix du cœur te dédommage de toutes les attaques de l'erreur & de la prévention. Poursuis ta carrière épineuse, mais glorieuse! & prouves du moins à la postérité, si tes contemporains ne peuvent encore atteindre à ces conceptions sublimes, qu'il n'est point de republicanisme comparable à celui de l'Evangile, & que la soumission aux lois & la pratique de toutes les vertus sociales, sont le résultat naturel des maximes du Christianisme!.... La vertu par excellence du Patriote & du Chrétien; c'est de savoir braver pour sa patrie & sa religion, tous les soupçons injurieux & toutes les dénominations ridicules. Quant à moi, si j'avais tes vertus, comme j'ai tes opinions, si j'étais assez courageux pour joindre la pratique que je n'ai pas, à la Théorie que je crois avoir, peu m'importeraient les idées grotesques & les inventions bisarres dont je serais l'objet. Je m'attends bien, par exemple, à toutes les diatribes que va m'attirer ce *Testament*; je m'attends bien

(1) Parmi les Journaux qui s'amusent aux dépens des opinions religieuses de Lanjuinais, il en est de si degoûtans, qu'il est impossible d'en soutenir la lecture; mais il en est aussi quelques-uns, dont les erreurs m'avaient d'abord tellement ulcére le cœur, que je ne voulais pas même en appercevoir le titre; mais dont les principes, sur-tout depuis quelque temps, m'ont reconcilie tout-à-fait avec leurs auteurs. Tel est *le Bonhomme Richard*, par exemple. J'ignore de quelle plume il sort. Mais je suis trop juste pour improuver les réflexions sages, judicieuses, pacifiques et vraiment républicaines que j'y ai remarquées. Je conseille à mes lecteurs de se procurer les *Numéros* 89, 90, jusqu'à 105 et 106; et de faire attention à l'article *Variétés*, qui leur plaira.

qu'on attribuera mes motifs à l'orgueil de faire encore parler de moi ; en un mot, je m'attends à tout, excepté à la justice & à la vérité. Je sais que tous ceux qui me connoissent le moins, vont être ceux-là précisément, qui voudront lire au fond de mon âme, & qui prétendront savoir mieux que moi ce que j'ai voulu dire & faire. Mais il y a plus de vanité à craindre de passer pour vain, qu'à s'embarrasser peu de ce qu'on dira ; s'inquiéter d'être critiqué pour son amour-propre, est un nouveau raffinement de l'amour propre lui-même ; & la philosophie la plus vraie est celle de l'homme qui se soucie peu de passer pour philosophe.

Les Royalistes.

Jamais on n'a tant parlé de *Royalistes*, que depuis quelques mois. N'y a-t-il pas dans le nombre de ceux qui déclament contre le *Royalisme*, quelques *Cartouches qui crient au voleur*, afin qu'on prenne le change sur leur conduite ?

Tout acharnement à répéter sans cesse les mêmes choses, à poursuivre sans cesse tous les individus sous le même prétexte, me paraît suspect à moi ; & nous avons eu déjà tant d'occasions de suspecter, l'évènement a si souvent justifié nos soupçons, qu'en conscience il n'y a pas moyen de nous en faire un crime !

Voyons donc enfin si nous pourrons de bonne foi nous entendre sur les Royalistes. D'abord, où sont ces Royalistes ? doit-il y en avoir en France ? est il possible de les détruire ? par quel moyen y réussirait-on ? quelles sont leurs ressources ? quel mal peuvent-ils faire ? tous les Royalistes peuvent-ils être considérés comme Ennemis de l'Etat ? sont-ils tous également coupables ? n'y a-t-il rien qui les justifie aux yeux de l'homme judicieux & sensé.

Voilà les questions qui se présentent ; & il s'agit de les discuter en peu de mots.

1°. Où sont les Royalistes ?

Sont-ils réunis dans tel endroit ? dans telle Commune ? dans tel Département ? ou bien sont-ils disséminés dans tous les lieux ? dans toutes les Communes ? dans tous les Départemens ?... consistent-ils dans telle classe de la Société ? dans telle profession ? dans les Armées ? dans les Autorités ? ou n'existent-ils que partiellement dans chaque classe ? dans chaque profession ? dans chaque Armée ? dans chaque Autorité ?

S'ils sont dans telle Commune ou dans tel Endroit déterminé, rien de plus facile que de les y cerner ; & , si on les y cerne, rien de plus facile que de les réduire ; & , si on les réduit, rien de plus facile que de les déporter ou de les forcer au silence &

à la nullité. S'il est facile de les forcer à la nullité, je ne vois pas pourquoi l'on concevrait tant d'allarmes à ce sujet; car rien n'atteste plus qu'on s'en allarme, que de faire tant de préparatifs & de crier si fort nuit & jour, au Sénat, dans les Journaux & partout, en n'a ant à la bouche que le mot *royalistes*.

S'ils sont disséminés dans tous les Départemens, il s'agit de savoir s'ils y ont des ressources, s'ils y occupent les places, s'ils y possèdent l'argent, s'ils sont secondés par des troupes, s'ils ont la majorité des citoyens pour eux: car alors ils seraient les plus forts; & s'ils sont les plus forts, c'est la faute du Gouvernement qui les a laissé se fortifier; ou bien, c'est que l'opinion générale est pour eux; si l'opinion générale est pour eux, il n'y a donc en France que très-peu de Républicains; s'il n'y a que très-peu de Républicains, la République est donc le vœu de la minorité; or, en principe incontestable, il faut absolument que la minorité cède à la majorité. Si le Sénat lui seul veut la République, l'argument devient encore plus pressant. Je ne vois donc pas pourquoi l'on ferait tant d'étalage & tant de bruit pour les Royalistes; car, dans ces deux cas, la sagesse, la justice & la raison conseillent le parti qu'il faut prendre: & ce parti n'entraîne aucune effusion de sang, ni aucune mesure vexatoire.

S'ils consistent dans telle Classe de la Société, dans telle profession, dans les Armées, dans telle Autorité, &c. rien n'est plus aisé que de s'en assurer encore; &, dès lors qu'on sait qu'ils sont *là* ou *là*, on peut les réduire à l'impuissance de nuire en les disséminant, en les destituant, en les incorporant; car je suppose toujours avec raison qu'ils forment le plus petit nombre en France.

S'ils n'existent que partiellement dans chaque Classe, dans chaque Profession, dans chaque Armée, dans chaque Autorité, ils sont nécessairement surveillés par les Républicains qui se trouvent à côté d'eux; ils doivent être contenus & reprimés par eux. Il est impossible qu'ils se remuent sans être apperçus; aucun espoir de succès ne saurait les flatter. Il est d'autant plus facile d'empêcher leurs manœuvres, qu'à chaque pas un Royaliste se trouverait gêné par dix Républicains, qui aurait le plus grand intérêt à mettre obstacle à ses projets. C'est comme un faisceau, que vous ne pouvez rompre, quand il est encore en faisceau, mais que vous rompez aisément, dès que les parties en sont séparées.

2°. Doit-il y en avoir en France?

L'Histoire nous prouve qu'il y a eu des Royalistes depuis l'origine des Sociétés civilisées, dans tous les pays du monde, & même dans les Républiques les plus étrangères à toute idée de Monarchie. Il suffirait que la Royauté fût soupçonné un gouvernement pratiquable, pour qu'il y eût des Royalistes. Il suffirait même que les opinions fussent partagées en général. Mais plus l'idée de la Royauté entre dans l'ordre des choses connues, plus elle doit avoir de partisans ; or, quelle idée peut entrer dans l'ordre des choses connues, plus que celle d'un Gouvernement, qui a été, depuis l'origine du Monde, celui du quatre-vingt-dix-neuf centième des États du globe ? ce raisonnement acquiert bien une autre force, dans un pays, qui fut pendant quatorze cent ans soumis à la Royauté, chez un Peuple qui, dès sa naissance, a voulu des Rois, qui, même à l'époque de sa plus grande Révolution, a maintenu la Royauté, en jurant de la maintenir, & qui s'est constitué en République, pour ainsi dire, à l'improviste & à son insçu, maîtrisé par des circonstances qu'il n'avait pu prévoir, ni deviner. Or, la France est précisément dans ce cas ; donc, il doit y avoir des Royalistes en France ; & s'étonner qu'il y en ait encore dans cinq cents ans, ce ferait faire preuve d'ignorance & d'ineptie. Or, s'alarmer d'en voir à l'époque où nous sommes, c'est s'étonner qu'il en ait ; car on ne s'alarme pas de ce à quoi l'on s'attend ; & on ne s'étonne pas d'une chose, quand on s'y attend.

3°. Est-il possible de les détruire ?

Tout est physiquement possible en Révolution ; mais il y a beaucoup de choses moralement impossibles.

Si vous entendez par *détruire*, anéantir la totalité des hommes qui desirent la *Royauté*, c'est une chose moralement impossible. Au lieu que physiquement vous le pouvez, en excitant la guerre civile & en jonchant le sol de la France de cadavres & d'ossemens. Encore faudrait-il que vous fussiez bien sûrs des forces physiques que vous employeriez pour le faire ; & puis il faudrait connaître autrement que par des soupçons, ce qui se passe dans le cœur des hommes. Mais de pareilles mesures ameneraient infailliblement la dissolution de l'Empire Français ; donc la chose est moralement impossible.

Si vous entendez par *détruire*, ôter à un Parti tout moyen de prévaloir sur vous, alors il est physiquement & moralement possible, il est facile même de les détruire. Mais ne vous y trompez pas ; je vais vous prouver tout à l'heure qu'il n'y a pas deux moyens d'y parvenir ; il n'y en a qu'un, & c'est un bon Gouvernement.

4°. Par quel moyen y réussirait-on ?

Deux moyens généraux, qui contrastent ensemble ont été

jusqu'ici entre vos mains. La force & la douceur ; mais Lafontaine vous dit :

« Plus fait douceur que violence ».

Quant à la force, on l'a employée, on n'a même employé qu'elle depuis la Révolution ; & quant à la douceur, on n'y a pas même songé ; voilà une triste vérité, qu'on ne niera pas avec un peu de bonne foi.

Quand on a deux moyens à sa disposition, & qu'on a fait usage de l'un sans succès, il est instant & sage de recourir à l'autre.

Or, la Force a-t-elle eu quelque succès ? non, certes; pas le moindre. Car qu'a-t-elle produit jusqu'ici ? les plus grands malheurs ; & la somme des calamités s'est augmentée en raison de la violence qu'on employait .... Tout cela n'a constamment servi qu'à organiser le brigandage, l'athéisme, la famine & l'assassinat. Il faut donc maintenant avoir recours à l'autre moyen, la douceur. Ce moyen sera-t-il infructueux ? il ne le serait que parce qu'il ne serait plus temps de s'en servir. Or, je crois qu'il est encore temps de s'en servir ; donc j'espere qu'il aura du succès. Une liberté complette & de penser & d'écrire rangera tous les Ecrivains honnêtes & sensés du côté du Gouvernement ; l'assurance d'être en paix dans son domicile & de ne plus avoir de secousse révolutionnaire, suffira pour faire taire les Royalistes les plus déterminés à parler ; & les hommes les plus attachés à la Royauté finiront par embrasser de bonne foi le parti Républicain, dès qu'ils verront qu'on peut croire en Dieu publiquement, l'honorer à sa manière, aller & venir librement ; voir des amis, causer sans gêne & sans contrainte, coucher dans son lit, jouir de son bien, user de ses facultés, sans risquer d'être dénoncé & traité comme *suspect*. En un mot, s'il y a une véritable garantie contre le meurtre & le vol, si le Gouvernement cesse de protéger les calomniateurs, il n'y a pas à douter que le nombre des Royalistes ne diminue de jour en jour. Qu'on soit humain, seulement, mais humain tout de bon ; & je réponds du reste.

5°. Quelles sont leurs ressources ?

Il n'y a pour soutenir un Parti dans les Révolutions, que les ressources physiques & morales. Les premières sont l'argent, les soldats, les munitions; les secondes sont l'estime publique, la confiance & l'opinion.

Où sont, comme je l'ai fait entendre plus haut, les trésors, les troupes & les munitions de nos Royalistes? où est l'opinion qui les protége ? &, si elle est dans Paris, quel ascendant a-t elle sur la majorité des citoyens ? aucun. L'espoir d'être mieux sous un Roi & de réparer de grands maux, pourrait seul déterminer l'opinion en leur faveur : or, tout le Peuple est persuadé qu'un Roi nous amènerait de nouveaux désastres, loin de réparer les anciens. Donc l'opinion du Peuple, en très-grande partie, n'est pas pour un Roi ; donc les Royalistes n'ont pas cette ressource là pour eux.

6°. Quel mal peuvent-ils faire ?

Pour qu'ils fissent du mal, il faudrait qu'ils eussent les moyens d'en faire, ce qu'ils n'ont pas, & la volonté d'en faire, ce que je ne crois pas qu'ils aient. Car, si vous parlez de ces hommes, qui intriguent réellement & se donnent du mouvement pour réussir dans leur projet de rétablir le trône ; assurément ces hommes là ne sauraient être long tems cachés ; ils sont au rang de conspirateurs contre le Gouvernement actuel, du moment qu'ils travaillent à le renverser pour lui en substituer un autre ; s'ils sont au rang des conspirateurs, dès que leurs manœuvres sont connues & prouvées, il y a des lois contre les conspirateurs ; exécutez ces lois, sans chercher des mesures extraordinaires. Dans tous les Gouvernemens bien organisés, si on n'a pas sans cesse à la bouche les *voleurs*, les *assassins*, les *banqueroutiers* ; on sait qu'il en exista toujours ; on sait qu'il y a un Code pénal contre eux, & des Magistrats pour le mettre en vigueur. On s'en rapporte aux Magistrats & aux lois, sans faire tant d'étalage & sans jetter l'allarme partout. La punition des Ennemis de l'État entre dans la marche ordinaire de l'Administration, sans qu'il aille provoquer contre eux une sévérité étrangère au cercle habituel des occupations judiciaires. D'ailleurs, les Royalistes dont je parle, sont en nombre infiniment petit. Cela est certain ; l'intérêt personnel est le mobile des hommes en général ; or, les Royalistes ont un intérêt personnel à rester tranquilles, sur-tout s'ils voient le Gouvernement s'occuper d'assurer leur repos & leur liberté. Donc, la majorité des Royalistes n'est nullement à craindre, si le Gouvernement s'occupe du bonheur des familles : s'il ne s'en occupe pas, tous les citoyens, Royalistes ou non, qui veulent enfin le bonheur, sont alors également intéressés à devenir les ennemis du Gouvernement. Donc, les Royalistes en dernière analyse, ne peuvent faire aucun mal : & je suis bien convaincu que, s'il arrive encore des catastrophes, ce ne seront pas les Royalistes qui en seront la cause ; mais ceux là mêmes, qui crient le plus fort contre les Royalistes.

7°. Tous

7.° Tous les Royalistes peuvent-ils être considérés comme les Ennemis de l'Etat ? Sont-ils tous également coupables ? N'y a-t-il rien qui les justifie aux yeux de l'homme judicieux & sensé ?

La Réponse à ces trois questions qui n'en sont à-peu-près qu'une, est si simple, si facile & si claire, que la plupart de mes lecteurs l'ont déjà faite pour moi.

Qu'appellez-vous Royaliste ?

Est-ce celui qui regrette l'ancien régime ? Mais, à l'exception d'une poignée d'anarchistes, intéressés à la prolongation du Gouvernement Révolutionnaire, tous les Français regrettent l'ancien régime. Il serait inutile de se dissimuler plus long-temps cette vérité, fondée sur la nature & la raison.

Il est, en effet, très-naturel & très raisonnable, de comparer la situation où l'on était, avec celle où l'on est. Il n'y a pas un seul honnête homme en France qui ne fasse cette comparaison à chaque instant du jour, & qui ne la fasse par un mouvement irrésistible, quand même il ne voudrait pas la faire. Avant la Révolution, il y avait des abus, & de grands abus; on a fait la Révolution pour corriger ces abus ; aujourd'hui les abus de tous genres se sont multipliés à l'infini. La somme des maux qui nous accablent est telle, que rien de ce qui vexait les hommes sous l'ancien régime, n'est comparable à notre position actuelle. Tous les genres de privation, de chagrins & de calamité nous désolent; nous ne pouvons faire un pas, sans marcher sur des ruines ou des cadavres ; nous ne pouvons jetter un regard autour de nous, sans appercevoir du sang ou des larmes. Assurément, cette situation n'est pas consolante : & forcer des hommes de la préférer à l'ancienne, ce serait leur dire :

« Nous vous ordonnons de préférer l'iniquité aux sentimens
» religieux, le crime à la vertu, le brigandage à l'honneur, le
» mensonge à la bonne foi, la dévastation & le pillage au repos &
» au maintien des propriétés, la misère & la famine à l'abondance
» & aux jouissances physiques, tout ce qui désole à tout ce qui
» console, tout ce qui est absurde, outré, extravagant, vexatoire,
» tyrannique & meurtrier, à tout ce qui est juste, raisonnable,
» conséquent, doux, humain, propice à l'innocence & favora-
» ble à votre conservation.

Ce qui serait révoltant, & plus inutile encore.

Mais pour regretter l'ancien régime, est-on Royaliste ? non. Offrez une manière d'exister, compatible avec les inclinations de l'homme & le naturel du Français on sera peu curieux de savoir si la Royauté s'en mêle ou non. Ce n'est pas telle ou telle forme déterminée de Gouvernement qu'on desire, c'est le bonheur. S'il est possible en République, il faut que la République nous le donne; nous voulons respirer tranquillement, peu nous importe sous quelles lois; ce n'est pas là du Royalisme; c'est de la raison & rien de plus. Car, si en 1789, nous eussions abjuré le Gouvernement Républicain pour embrasser la Royauté, & que nous eussions été aussi malheureux que nous l'avons été depuis, nous serions aujourd'hui Républicains par goût, & l'on ne pourrait pas nous en faire un crime. La Royauté nous paraîtrait odieuse, jusqu'à ce qu'elle nous eût rendu le repos & l'aisance que nous avions sous notre ancien régime Républicain. Nous regretterions amérement ce régime avec tous ses vices, & ce ne serait pas là être plutôt Républicain que Royaliste; ce serait vouloir être heureux, & voilà tout.

Qu'appellez-vous encore Royaliste? Est-ce l'homme instruit, l'observateur réfléchi, qui, jugeant de son siécle par les siécles précédens, & voyant les factions se succéder sans relâche, dirait en lui-même: « Si le régime actuel engendre les factions;
» s'il est de son essence de les engendrer; si nous marchons sans
» cesse de secousse en secousse; si les partis, qui se succedent & se
» détruisent réciproquement, trouvent dans ce regime un ali-
» ment éternel à leurs fureurs; alors il vaut mieux être sous un
» Chef, qu'être en République, parce qu'un Chef est le seul
» moyen de comprimer tous les factieux; parce que les factieux
» déchirent le sein de la Patrie, & parce que le peuple ne sau-
» rait être heureux dans une Patrie toujours en proie à des enfans
» parricides qui la déchirent.

Mais, un homme qui raisonnerait ainsi, mériterait une couronne civique, au lieu de mériter des persécutions, parce qu'il n'aurait pour mobile que l'amour de la patrie, & que l'amour de la patrie est ce qui constitue le bon citoyen.

Mais, si cet homme ajoute: « La volonté générale veut une
» République; que ce régime me paraisse avantageux ou non, c'est
» à moi de m'y soumettre; je dois obéir aux lois, quelque désas-
» treuses qu'elles me paraissent... Cet homme là, bien loin d'être un ennemi de l'Etat, en est l'ami le plus généreux, parce qu'en desirant ardemment le bonheur public, il sacrifie avec respect ses idées particulières aux vues de la majorité.

Le philosophe, l'artiste, l'homme de lettres sont naturellement plus enclins au régime Républicain qu'à tout autre; & cela n'a rien d'étonnant; ils aiment leur liberté; ils sentent leur dignité; ils sont incapables de fléchir le genou devant l'idole; le métier de courtisan leur est étranger; ils sont gauches & mal-adroits dans les Cours; les mépris & les airs insolens les humilient plus que un autre : ils ne ſauraient aduler; il faut qu'ils ſoient eux-mêmes, & l'adulateur eſt un caméléon, qui ne reſſemble jamais à lui-même. Je n'ai garde de parler ici de ces prétendus philoſophes, qui ne *philoſophaient* que pour avoir des penſions & pour être toujours chez les Grands; de ces Littérateurs vils & bas, qui vendaient leur opinion au caprice d'un protecteur; de ces journaliſtes vénaux, qui flattaient & flattent encore le Parti dominant, ſans avoir une façon de penſer, un ſeul ſentiment, un ſeul principe *à eux appartenant*. Ces hommes-là déshonorent le caractère d'artiſte & d'homme de lettres, ſous tous les régimes poſſibles; ils ſont Républicains pour de l'argent; pour de l'argent ils ſeront Royaliſtes, au beſoin; ce ne ſont pas là des hommes, & je ne prends mes modèles que parmi les hommes.

> « *Le Singe est né pour être imitateur,*
> » *Mais l'homme doit agir d'après son cœur* ». !
>
> VOLTAIRE.

Si vous entendez par *Royaliſtes*, ceux qui par des motif d'intérêt & d'ambition, non ſeulement ſoupirent après la Royauté, mais ſoupirent après une Royauté particulière, qui ne veulent pas ſeulement un Roi, mais tel homme qui ſoit *leur* Roi, à eux particulièrement; qui ne ſe bornent pas ſeulement à le deſirer, mais qui s'agitent en tous ſens pour l'avoir; qui, ſachant bien qu'ils ne peuvent l'avoir qu'en corrompant l'opinion, en occaſionnant un bouleverſement dans l'Etat, provoquent le meurtre, entretiennent des correſpondances, et proſcrivent leurs victimes; ... Oh! certainement, voilà des Ennemis de l'Etat; ce ſont ceux-là qu'il faut ſurveiller; ce ſont ceux-là qui conſpirent dans une République; mais encore faut il s'aſſurer de la vérité des faits; & comment s'en aſſurer, ſi ceux qui ont la ſurveillance, conſpirent eux-mêmes d'une autre manière? S'ils ſont eux-mêmes jaloux de mener & d'égarer le peuple? Si leurs paſſions les aveuglent au point de leur repréſenter leur intérêt particulier comme l'intérêt général? Vous voyez bien qu'il eſt très-difficile de s'aſſurer de la vérité, qu'il faut par conſéquent une grande circonſpection dans une affaire ſi délicate (1) & qu'en dernière ana-

(1) *Chénier* a réparé beaucoup d'erreurs à mes yeux, quand il a sagement distingué les *Royalistes qui gardaient leurs sentimens pour eux*, d'avec ceux *qui les manifestaient;* voilà, du moins, une sûreté contre l'arbitraire. Mais comment aurait-on sévi contre ceux qui gardaient leur opinion dans le secret de leur ame?.....

lyse *l'Histoire du Royalisme* est beaucoup moins effroyable qu'on le croit.

L'esprit de Parti.

Cessez donc, Français, de vous créer des fantômes ! cessez de vous entre-déchirer ! n'ajoutez point aux justes sujets d'allarmes qui sollicitent vos regards & vos soins, des alarmes chimériques, capables seulement de vous nuire, sans jamais vous procurer aucun avantage.

Songez que les précautions que l'on prend pour écarter des dangers chimériques, sont quelquefois une suggestion perfide de l'ennemi commun, pour faire négliger les dangers véritables ! Songez sur-tout, vous que l'ascendant des circonstances a placés au Corps Législatif ! songez qu'il faut absolument changer de plan, de système & de conduite ! songez que ce qui fit tous nos malheurs, ce fut le Vertige Révolutionnaire, qu'une tête frappée de ce vertige n'est capable d'aucune conception solide, & qu'avec le cœur le plus droit, les intentions les plus pures, l'esprit le plus orné, les qualités les plus rares, on ne peut servir sa Patrie avec une tête frappée de ce malheureux vertige. Songez qu'il n'est plus possible d'en conserver la trace, sans compromettre le salut de la France entière ; songez qu'il faut renoncer tout-à-fait aux idées qui tendraient même le plus indirectement à toute espèce de *Mouvement Révolutionnaire* ; & que ce mot là seul, si vous y tenez encore, peut inonder le sol Français d'un nouveau déluge de calamités, que rien ensuite ne pourra réparer !

Songez que l'*Esprit de Parti* est l'hydre redoutable que vous devez abattre ; & que, s'il survit encore à l'époque de votre nouvelle organisation, c'en est fait de vous tous ; c'en est fait de nous tous ; c'en est fait de la France, à jamais !....

Observez ce que disait, long-temps avant notre Révolution, un Auteur estimé de toute l'Europe, un Philosophe qui cachait sous les fleurs de la gaîté les fruits de la raison la plus saine, & qui, sans renoncer au style familier de la conversation, pourrait servir de modèle à tous ceux qui manient les rênes des Empires.

« Les Partis, dit-il, ruinent toute sorte de bonne correspon-
» dance entre les voisins : ils animent les *honnêtes gens* les uns
» contre les autres ; .... ils séparent un Peuple en deux Corps,
» les rendent plus opposés l'un à l'autre, que s'ils formaient,
» au pied de la lettre, deux Nations différentes. L'influence en
» est fatale pour les mœurs & les opinions de *tous les hommes* ;

» ils renversent les idées de la vertu, & *détruisent même le sens* » *commun.*

» Un violent Esprit de Parti, lorsqu'il éclate dans toute sa » force, produit les guerres civiles & le carnage. Et, *lors même qu'il est retenu dans ses plus grandes bornes*, il ne se fait aucun scru- » pule des mensonges, des médisances, des calomnies, ni des » injustices; en un mot, il remplit une Nation de fiel & de » rancune, & il étouffe jusqu'aux sentimens de la bonté, de la » compassion & de l'humanité.....

« Il n'y a rien de si spécieux que *le zèle de la cause publi-* » *que*, ni qui soit plus propre à nourrir dans le cœur des per- » sonnes vertueuses, certaines passions que leur intérêt parti- » culier n'y aurait jamais excitées.

» Cet Esprit de Parti a de même une influence très-maligne » sur l'Entendement. Nous voyons souvent qu'une misérable *feuille volante* ou une *brochure insipide* est élevée jusqu'aux nues » par ceux qui sont dans les principes de l'Auteur, & qu'une » *excellente pièce* est quelquefois ravalée jusqu'à terre par ceux » qui sont d'un Parti opposé à celui de l'écrivain. Tout homme » animé de cet Esprit, est presque incapable de discerner les » fautes ou les beautés réelles..... un écrit chargé de *grosses* » *injures* & de *fades railleries* passe pour une *bonne satyre*, & » l'on traite d'*éloquent* & de *bien tourné*, un *amas confus* des » idées qui règnent dans un certain Parti.

» Il y a une espèce de sophisme, qui est mis en usage » *des deux côtés*, & qui se réduit à prendre pour *une* » *vérité incontestable*, tout ce qu'on a jamais rapporté de scan- » daleux à l'égard d'une personne, & à bâtir là-dessus des spé- » culations aussi mal fondées. Des calomnies, dont on n'a » jamais donné aucune preuve, ou qu'on a souvent réfutées, » font la ressource ordinaire de ces *infâmes Barbouilleurs*, » sur lesquelles ils *procèdent* comme sur des *axiômes* que tout » le monde admet, quoiqu'ils sachent très-bien dans le fond » de leur ame qu'elles sont fausses, ou pour le moins très- » douteuses.... ..... Tous les Gouvernemens ont de cer- » tains périodes, où cet esprit d'inhumanité prévaut....... » Il y a de certains Esprits *ambitieux*, *turbulens* & *rusés*, qui » causent toutes ces factions, & qui, sous le beau prétexte du » bien public, entraînent dans leur Parti un grand nombre de » personnes bien intentionnées. Combien d'honnêtes gens ne » voit-on pas, qui nourrissent des pensées peu charitables & » inhumaines, par un zèle mal entendu en faveur de l'État!

» Quelles *cruautés* & quelles *avanies* n'exercent-ils pas contre » ceux d'un Parti opposé, qu'ils honoreraient de leur confiance » & de leur estime, si, au lieu de les envisager sous l'idée qu'on » leur en donne, ils les connaissaient *tels qu'ils sont en eux-mêmes* ! C'est ainsi que des hommes de la plus grande probité » embrassent des erreurs criminelles & de honteux préjugés, & » qu'ils deviennent méchans par le plus noble de tous les principes, je veux dire l'amour de la Patrie ! Je ne saurais m'empêcher de rapporter ici le proverbe Espagnol, qui dit : *Que nous serions tous d'accord, s'il n'y avait ni fous, ni fripons dans le monde* (1)

» Pour moi, je souhaiterais de bon cœur que tous les honnêtes gens se voulussent liguer ensemble, pour se maintenir » contre les efforts de ceux qu'ils regardent comme leurs Ennemis Capitaux, *de quelque parti qu'ils se joignent*. . . . . S'il y » avait un tel Corps de bonnes Troupes Réglées (ce ne serait pas » un bataillon de Terroristes), on ne verrait jamais les plus » scélérats de tous les hommes élevés à de Grands Emplois, » *parce qu'ils sont utiles à un Parti*, ni les plus illustres, Négligés, *parce qu'ils sont au-dessus de toutes ces indignes pratiques qui les rattachent au gré d'un faction*. . . . . Nous mettrions » à couvert l'innocence opprimée. . . . . En un mot, nous ne » traiterions plus nos concitoyens de *Whighs* ou de *Toris* ; mais » l'*homme de mérite* serait notre ami, & le *perfide* notre » ennemi (2).

On ne peut rien ajouter à ce tableau ; c'est celui de notre position depuis six ans.

Je me borne donc, avant de *clorre* ce *Testament*, à faire toucher au doigt et à l'œil de mes lecteurs, les inconséquences & les folies, qui caractérisent les Français depuis l'origine de leur Révolution. Une petite Scène supposée va suffire :

Un Député.

Je crois, mes chers collègues, qu'il est urgent d'abjurer ici tout esprit de parti.

---

(1) J'ajouterai : *ni sots !* la sottise et l'ignorance ont causé à mon pays depuis six ans des maux incalculables.

(2) *Spectateur Anglais*, *vingt-cinquième Discours*. Il y a quatre-vingts ans que cet ouvrage existe.

UN AUTRE DÉPUTÉ *furieux.*

Tu es un conspirateur ! ....

LE PREMIER DÉPUTÉ *avec sang froid.*

On ne conspire pas, pour proposer des paroles de paix....

L'AUTRE DÉPUTÉ *rouge de colère.*

Tu es un scélérat !

LE PREMIER DÉPUTÉ, *sans se déconcerter.*

Soyons justes, & n'envisageons les choses que pour ce qu'elles sont.

L'AUTRE DÉPUTÉ, *étouffant de rage.*

Tu es un infâme Royaliste !

LE PREMIER DÉPUTÉ.

Nous voulons tous la République ; mais nous ne sommes pas tous d'accord sur les moyens de la consolider...

L'AUTRE DÉPUTÉ.

Tu es un lâche coquin.

LE PREMIER DÉPUTÉ.

Il n'y a pas l'ombre de coquinerie à chérir sa patrie....

L'AUTRE DÉPUTÉ.

Tu es un Chouan !

LE PREMIER DÉPUTÉ, *poursuivant avec calme.*

A soutenir avec dignité que la vertu seule fait les bons citoyens ..

L'AUTRE DÉPUTÉ.

Tu es un *Meneur !*

LE PREMIER DÉPUTÉ *poursuivant.*

A croire que *deux & deux font quatre....*

L'AUTRE DÉPUTÉ.

Ça n'est pas vrai....

LE PREMIER DÉPUTÉ *continuant.*

Que qui de quatorze ôte six, reste huit...

L'AUTRE DÉPUTÉ.

Tu en as menti !

LE PREMIER DÉPUTÉ.

Quoi donc ? les simples calculs de la raison deviennent ici des titres aux invectives les plus grossières ?...

L'AUTRE DÉPUTÉ.

Tu calomnies le peuple !

Ainsi du reste ; on murmure, il est vrai, dans le sénat ; on rappelle à l'ordre le diseur d'injures ; on le censure même ; & il n'est pas réélu (1) ; mais cet homme peut fort bien être un excellent homme foncièrement ; mais il est *attaqué d'un mal épileptique révolutionnaire ;* & voilà ce que fait l'Esprit de Parti !

Pourquoi j'ai fait mon Testament ?

On a déjà critiqué d'avance, m'assure-t-on, l'ouvrage que je donne au public ; & il n'y en avait pas encore la moitié de fait,

(1) Un fameux Montagnard, qui n'est pas renommé, disait l'autre jour à qui voulait l'entendre : *je ne suis plus rien ; tout est perdu. La Montagne seule pouvait sauver la France.*

ni un tiers d'imprimé. Deux ou trois Journaux, dit-on, en ont dit force sottises, qui ne m'affectent pas du tout; je serais un grand sot, si j'eusse entrepris cette besogne, sans m'attendre à *mille et une* calomnies, à *mille et une* persécutions. Quelqu'invective dont je suis l'objet, on ne m'en dira jamais autant que j'en attends. — Eh! qu'importe, après tout, à l'homme qu'ont accablé toute sa vie des torrens d'invectives, de sottises et d'impostures, quelques impostures, quelques sottises, quelques invectives de plus? Eh! mon dieu! Je vous pardonne d'avance tout ce que pourra vous dicter l'Esprit de Parti. Hélas! j'en connais toute la malignité; & le temps seul est un remède à ce mal. Ainsi, bon courage, messieurs les factieux!

Vous me demanderez pourquoi j'appelle cet ouvrage mon *Testament*; vous me demanderez si j'ai envie de mourir; vous me demanderez comment on peut faire son *Testament*, quand on est jeune encore, bien portant, père de famille et qu'on n'est menacé par personne; vous me demanderez enfin si quelque chose me presse pour faire ce *Testament*, & si quelqu'un m'a demandé cet ouvrage.

Voici mes réponses;

J'appelle cet ouvrage mon *Testament*, parce que ce sont les *Adieux Politiques* que je fais au public; je renonce à ce genre d'écrits: &, cet ouvrage étant le dernier de cette nature, je puis, à bon droit, l'appeler *mon Testament*. Je l'appelle encore ainsi, parce que je vais mourir, civilement parlant. Mes fonctions Electorales sont sur le point d'expirer, puisque nous n'avons plus à nommer que le Département et les Tribunaux; les Comités Civils n'ont pas long tems à durer, puisque douze Municipalités doivent les remplacer; oh! mon intention est de rentrer dans mon obscurité politique, avec autant de plaisir, que j'ai senti de regret en la quittant. Donc je vais mourir à toutes les fonctions publiques. Je puis donc faire mon *Testament*, à cet égard... et puis, qui vous dit, messieurs, que je ne serai pas la victime de mon zèle? Qui vous assure que cet ouvrage même, quelque pur que soit le motif qui l'a dicté, ne me coûtera pas la vie? Quel honnête homme, dans une Révolution comme la nôtre, est assuré de vivre encore demain? Quel hommes de lettres, ayant au public des comptes à rendre sur ses sentimens, sa conduite et ses ouvrages, n'a pas eu la précaution de faire son *Testament*? Pour moi, je vous jure que je ne réponds jamais autre chose à tous ceux qui me disent: « *bonjour; comment vous portez-vous?* Si non ces courtes paroles: *assez bien*, PROVISOIREMENT. Car tout est *provisoire* comme le temps.

Certes, je n'ai pas encore envie de mourir ; mais on a beau n'en avoir pas envie, on n'en meurt pas moins. Celui qui achève une carrière de quatre-vingt-dix ans, n'a pas encore envie de mourir. Il demande à la Mort un Délai de deux ou trois ans. C'est parce que je n'ai pas envie de mourir, que j'ai fait mon *Testament* ; c'est au contraire parce que j'ai envie de commencer à vivre, *deo juvante* ; car ce n'est pas vivre que d'exister comme j'existe depuis six ans ; c'est mourir à petit feu ; c'est traîner dans une longue agonie un reste de vie, incommode et douloureux. O que je vais être heureux, si, débarrassé des soins épineux qui m'ont obsédé jusqu'ici, je puis enfin, rentré dans la carrière paisible et riante des lettres et des arts, oublier tous les chagrins qui ont obscurci mes jours, et livrer encore mon imagination aux charmes des Muses & au doux plaisir de converser avec les Graces ! Si, loin de ce Paris, que je chérissais tant autrefois, et dont le seul aspect ne retrace à mes yeux effrayés que des spectres sanglans, je puis encore errer dans les routes perdues de quelque forêt ombrageuse, que la hache de Bellone n'a point dégradée, & tracer le soir, en rentrant dans ma chaumière, tracer, dis-je, sur un papier complaisant les idées & les folies, gaies ou tristes, morales ou amusantes, qui voyageront ensuite par le monde, & qui transmettront mon cœur & mon esprit à mes nombreux *Cousins* !

Hoc erat in votis, modus agri non ita magnus (1).

Il y a long-temps, citoyens calomniateurs, que je me propose de publier une *Profession de foi politique*, en réponse aux 99999999999 calomnies, dont on m'a généreusement gratifié depuis que j'ai posé *la première pierre* de l'édifice de ma réputation Lunaire. J'ai cinq ou six cassettes pleines de libelles (imprimés & manuscrits) contre ma petite personne. La plupart sont anonymes ; mais le public, qui peut-être a eu le courage d'en lire une partie, n'en a pas moins pu croire que je disais tout ce que je n'ai pas dit, que je pensais tout ce que je ne pense pas, & que j'étais tout ce que je ne suis pas. Eh bien, ce *Testament* est une espèce de démenti solemnel (puisqu'il est public) de tout ce qui a paru sur mon compte, de faux, d'absurde & d'injuste ; &, avant d'entrer dans la nouvelle carrière que je vais parcourir, il me paraît convenable de me faire con-

(1) Horace.

naître, au moins une fois dans ma vie, tel que je suis & j'ai toujours été ; on prend souvent de fausses impressions sur les gens de lettres : &, comme ils jouent nécessairement un rôle quelconque dans les Révolutions, il ne faut pas qu'ils se taisent toujours sur les atrocités qu'on vomit contr'eux ; il ne faut pas qu'ils se laissent toujours insulter gratuitement, lorsque les circonstances sont telles que leur silence ou leur pusillanimité compromettrait l'existence et la sûreté de leur famille et la leur propre. Or, si je n'ai pas précisément raconté ici tout ce qui m'est personnel, j'ai du moins exposé des principes, d'après lesquels les hommes francs & judicieux me jugeront pertinemment : & ce sont ces hommes là seulement que je me soucie de détromper ; car les préventions de tous les autres hommes me touchent peu ; je suis là dessus, je l'avoue, de la plus belle indifférence ; & je ne me donnerai certainement pas la peine de les dissiper.

Qui me demande mes opinions ? Qui m'a prié de faire cet ouvrage ? Qui a pu s'attendre à cette folie ?...,

— Et vous, qui parlez ! qui vous demande votre jugement ? Qui vous a prié de faire votre Journal ? Qui, d'abord ! s'attendait à vos sottises ? Avez-vous une mission privilégiée pour écrire ? Etes-vous porteur d'une *patente* littéraire, que je n'aie pas ? Qui vous a constitué mon juge ? Etes-vous Tribunal compétent pour interposer vos arrêts entre le public et moi ? Qu'a-t-on besoin de vos diatribes ? Les achète qui veut, me direz-vous. — Et les miennes aussi, vous répondrai-je. Comme il n'y a point de décret du Conseil des Cinq Cents qui ordonne ni qui défende de me lire ; me lira qui voudra. Liberté entière à cet égard. Par conséquent, si le hasard ou ma bonne étoile veut que mon *Livre* soit du goût d'une certaine classe de gens, qui partagent mes sentimens, personne n'a le droit d'y trouver à redire ; entendez-vous ?

Qui m'a prié de faire cet ouvrage ?.... Mais ! Qui m'avait prié de faire mes *Lunes* & mes *Planètes* ? Qui m'avait prié de faire ma *Constitution de la Lune* ? Qui m'avait prié de faire *Nicodème*, l'*Histoire Universelle* & le *Club des bonnes gens* ? Toutes ces productions ont eu du succès, sans qu'on m'en priât ; & celle-ci peut en avoir aussi sans qu'on m'en ait prié.... Qui a prié les Français de faire un *Treize-Vendémiaire*, journée qui a paralysé mon imagination & glacé tous mes sens d'horreur & d'épouvante ? Sans cette fatale journée, je n'eusse pas encore songé à faire ce *Testament* ; il n'y aurait pas eu grande perte, direz-vous. — Cela se peut ; mais serait-ce une grande perte, quand vos Journaux ne paraîtraient pas non plus ?

— Vous voyez donc bien qu'il faut laiſſer chaque auteur ſuivre ſon goût & ſa carrière, & ne pas lui chercher querelle de ce qu'il adopte tel genre qui lui rit, plutôt que tel autre qui lui répugne. Je ne chicane pas vos lecteurs, moi, ſur l'intérêt qu'ils prennent à vos écrits ; ne chicanez donc pas les miens sur l'amitié qu'ils ont pour moi ; & laiſſez-moi léguer, avant de finir, une certaine quantité *de mes fonds* à mes concitoyens.

Mes Legs.

Celui qui, n'ayant ni patrimoine, ni rentes, ni emploi, n'a que le travail journalier de ſes mains, comme Adam après ſon péché, pour faire exiſter une famille & lui ; celui qui peut, à l'aide d'une réputation acquiſe au prix de vingt années de veilles, de diſgraces, de privations & de ſacrifices, ſe faire un ſort à la fois utile & agréable & réparer les torts de la fortune ; celui qui, pouvant tirer un grand parti de toutes les portions de ſon temps pour ſes propres intérêts, a conſtamment ſacrifié ſept ou huit heures par jour à s'oublier lui-même pour obliger les autres ; (1) celui qui a tout

(1) Je le dirai donc une fois en ma vie, parce que c'est ici le cas ou jamais, et qu'il est à-la-fois d'un sot ou d'un lâche d'être toujours méconnu et mal jugé des hommes, quand on peut, d'un seul mot, les instruire de la vérité. Je n'ai employé mon temps, depuis la Révolution, qu'à servir des citoyens de toutes les classes ; et je n'en ai recueilli, la plupart du temps, que des calomnies et des injustices. En une seule année, le *résumé* de mon travail m'a offert *cinq mille lettres* écrites par moi, trois cents *mémoires*, *mille* courses, au moins, pour obliger tous ceux qui recouraient à mon zèle. Une foule de personnes inconnues s'adressaient à moi, parce que des personnes connues leur disaient ce que j'avais fait pour elles. Les Comités de Gouvernement, les Commissions et les Agences étaient lasses de mes lettres et de mes recommandations ; ne sachant refuser personne, j'ai souvent écrit pour les autres à des hommes qui m'en voulaient, et dont je devais m'éloigner par goût et par principe ; au point qu'un membre de l'ancien Comité de Sûreté Générale dit un jour avec humeur, devant ses collègues : *eh bien, f......, il n'y a qu'à l'arrêter, ce b...... là ; on n'entend parler que de lui ; nous serons quittes de ses importunités.* Sous la plus grande Terreur, étant moi-même sous les liens d'un *mandat d'arrêt*, j'écrivais aux tyrans pour obtenir ou des places ou des mises en liberté pour les autres..... Et, chose étrange ! j'ai rarement été refusé !..... A ces occupations journalières, qui, prenant les sept-huitièmes de mon temps, m'ont empêché de travailler à faire exister ma famille, j'ai joint tantôt l'emploi gratuit et très-fatiguant de *Commissaire aux Cartes de sûreté*, tantôt celui de *Commissaire-distributeur des secours accordés aux veuves et aux enfans des défenseurs de la Patrie*, ce qui, outre la responsabilité, entraînait une reddition de comptes, une tenue de registres et soixante visites à-la-fois..... Eh bien, pour toutes ces peines, on m'a invectivé, calomnié, vexé ! Cependant j'ai trouvé des cœurs reconnaissans, je le dis

refusé constamment pour ne pas résister au vœu de sa conscience. Celui-là ne peut pas avoir des *legs* considérables à faire dans son *Testament*. Le peu que j'ai d'effets & de mobilier (car ce sont-là tous mes apanages) est bien à moi ; je l'ai acquis trop légitimement pour qu'on puisse me le contester. Mais il m'appartiendrait plus légitimement encore si j'avais pu payer les dettes que plusieurs années de persécution & d'inertie m'ont forcé de contracter, & si de perfides amis n'avaient abusé de ma sotte crédulité pour accélérer ma ruine.

Je n'ai pas oublié que *cent louis en or* étaient ma seule épargne, fruit de la vente de mes pièces de Théâtres imprimées, que je les gardais précieusement pour les besoins imprévus de ma petite famille ; mais qu'un de mes *amis* me pressa tellement de les lui prêter, que je cédai à ses instances ; il m'assurait *qu'il était bien instruit que les assignats seraient bientôt au pair* ; il donna mes *cent pièces d'or* à un inconnu qui *émigra* ; & il me les rendit en *assignats* ! ..... Je n'ai pas oublié que ce que j'avais prêté en *argent* en 1789, m'a été remboursé en *assignats*, sans intérêts, en 1795. Je n'ai pas oublié que des personnes, qui avaient ma confiance depuis cinq ans & plus, profitèrent du temps où j'étais en fuite, pour soustraire mon linge, mes livres & mes papiers ; de sorte qu'à mon retour, je ne retrouvai qu'en partie mes *quittances d'impositions* & les titres dont j'avais le plus grand besoin. Je n'ai pas oublié qu'en revenant à Paris en 1793, j'avais caché dans la terre 954 *livres en écus de six francs & de trois livres*, dans le séjour que j'avais habité ; qu'on me rendit en 1795 la même somme de 954 liv. *en assignats* ..... La Terreur en fut la cause ; on porta mon argent au *District*, & le *District* rendit du papier. Ainsi, grace à la Terreur, me voilà tout aussi pauvre que je l'étais avant d'entrer dans cette carrière des lettres, où j'ai eu vingt fois occasion de faire une fortune brillante, sans jamais y songer. (1)

---

avec volupté ; et j'en ai trouvé plus parmi les pauvres gens et les simples artisans, que parmi les personnes d'une classe supérieure..... J'ai eu le loisir d'observer ainsi le Peuple tout à mon aise ; et j'ai reconnu trop clairement que le Peuple est naturellement bon, ce qui ajoute à la somme des crimes des agitateurs qui l'égarent !..... Et, n'eusse-je retiré de mes longs travaux que des *observations*, ce serait assez pour moi.

(1) Quand on saura que mes *Lunes*, mes *Planettes* et mes *Pièces de Théâtre*, tout compte fait, ont rapporté plus de *quatre millions*, et que je n'en ai pas retiré *vingt mille francs* dans tout le cours de ma vie ; on aura la réponse à toutes les calomnies que des Journalistes payés par des Directeurs de spectacle ont eu l'art d'accréditer contre moi, en y mêlant des histoires de

De sorte que je serais maintenant réduit à une honorable mendicité, sans mon courage, mon *Frère* & des amis. On se console aisément de toutes ces pertes, quand on jette les yeux sur des milliers d'infortunés, qui ont encore moins mérité leur malheur. Et on se dit avec la gaieté de Lafontaine :

« *Je suis Gros Jean comme devant* ».

Il m'est dû beaucoup d'argent, que je n'aurai jamais, parce que

---

révolution, qui n'avaient pas le sens commun. Le plus méprisable des hommes, si bien connu pour tel qu'il suffisait de le nommer pour qu'on crût *au voleur*, voyant que je ne voulais pas lui faire présent de la suite de *Nicodème*, aux mêmes conditions que celles qui lui avaient procuré *Nicodème dans la lune*, paya les libellistes du temps, pour me dénoncer au public comme le plus *rapace* et le plus *intéressé* des auteurs. Ils me traitèrent aussi de *Monarchien, de Feuillant, d'infâme scélérat, de Contre-révolutionnaire, etc.* Je les attaquai au criminel, mais sans succès ; chacun nia qu'il fût l'auteur de ces mensonges. On s'étonnera peut-être de voir tant de noirceur dans la carrière dramatique et littéraire. Que dirait-on, si l'on savait que l'auteur d'un *Almanach des Filles*, qui fit mourir de chagrin une jeune personne estimable au Palais-Royal, vint me trouver chez moi, et me menaça de *mettre son Almanach sur mon compte, si je ne voulais pas renoncer à la société d'une dame qu'il aimait*, et qui ne voulait pas le voir. Il tint sa parole ; et *Ducrai Duménil*, son ami (car il est l'ami de tout le monde, selon les circonstances). eut la bassesse d'imprimer dans ses *petites Affiches*, en Janvier 1792, une lettre abominable contre moi, où je passais, en effet, pour l'auteur de cet *Almanach*, que je ne connaissais même pas. Il y joignit des détails infâmans ; et j'ai encore dans les mains les preuves de sa calomnie. Il est un Dieu pour les honnêtes gens ; car, cette même année, cet imposteur périt malheureusement et l'amant de la malheureuse fille qui s'était empoisonnée, m'envoya son *portrait*, en me disant *qu'il ne connaissait que ce faible moyen de rendre justice à mon intégrité, et de me venger des noirceurs d'un scélérat, qu'il connaissait bien.* En un mot, je ne finirais pas, si je voulais souiller ce volume des honteux détails des bassesses d'une grande partie des soi-disant auteurs d'aujourd'hui. Il y a des hommes à talens, qui ont été saisis d'une telle animosité contre moi, à l'occasion du succès de mes pièces de Théâtre, qu'ils ont payé mon amitié et mes services de la plus noire ingratitude. Un auteur du Vaudeville m'a poursuivi avec un tel acharnement, qu'il allait par-tout, et dans les cafés, et dans les spectacles, s'efforcer de me mettre mal dans l'esprit des auditeurs. Un jour, entr'autres, à la fin de 1794, il dit dans un café : *le Cousin Jacques a porté toutes ses pièces à notre Théâtre ; et on les a toutes refusées....* Le fait est que je n'ai jamais rien proposé au Vaudeville, que les Directeurs, hommes pleins d'esprit et d'honnêteté, m'ont souvent engagé à leur donner des pièces, et que jamais je ne mets le pied à ce spectacle. Par-tout où je vois la jalousie et la méchanceté m'opposer une barrière, je ne cherche pas à la franchir ; et j'aime mieux une tranquille médiocrité, qu'une opulence, qui me harcelerait sans cesse par des tracasseries odieuses, et des tableaux humilians, qui me feraient haïr les hommes.

mes pauvres Débiteurs, qui s'abonnaient à mes ouvrages régulièrement tous les ans & ne comptaient avec moi qu'au bout de deux ou trois ans, ont disparu par la fuite ou sur l'échafaud. J'en dois aussi beaucoup, que je paierai; & c'est pour qu'on en ait la garantie que je profite de mon *Testament* pour le déclarer.

D'honnêtes négocians m'ont ouvert leur bourse, & j'en ai profité. Si je les payais à présent, je ne leur rendrais pas, à coup sûr, la vingtième partie de ce qu'ils m'ont prêté, vu la perte énorme qu'éprouve le papier. Je ne conçois pas comment la probité s'accorde avec cette tactique financière qui acquitte aujourd'hui des dettes contractées depuis un an! mais il y a des consciences larges! .... & , Dieu merci, la mienne ne l'est pas encore.

Voici donc ce que *je lègue* à mes concitoyens, suivant la faiblesse de mes moyens physiques & de mes facultés morales.

Je lègue d'abord à mes deux petites filles (Rose & Justine) l'exemple de leur *maman*, car c'est une grande ressource, même en Révolution, que d'être riche en courage & en vertu, quand on ne peut pas l'être en argent.

Mais, comme il faut tirer parti des ressources que la fortune ou le hasard met à notre disposition, *je leur lègue* encore ce qui leur appartient *de droit*; je veux dire le bénéfice de la vente de mes ouvrages déjà publiés & joués ou à publier & à jouer; & celui des *manuscrits* qu'elles trouveront chez moi, en ayant soin de restituer aux propriétaires ou à leurs héritiers, les manuscrits qu'on m'a confiés & qui ne sont pas de moi, ni à moi.

Entre autres, *des Lettres sur la Religion*, écrites d'un style de feu, dans la forme des *Lettres Persannes*, par le malheureux *Adrien Lamourette*, Evêque Constitutionnel de Lyon. Cet excellent homme, que je pleure encore, a expié sur l'échafaud le *crime* d'avoir fait son devoir en bon Ecclésiastique; & ce crime avait, à mes yeux, réparé toutes ses erreurs révolutionnaires. Il fut mon ami pendant dix ans; on n'a pas le cœur plus aimant, l'âme plus simple, l'esprit plus délicat, le caractère plus doux & plus gai.... Il avait une nièce non moins méritante que lui. (1)

---

(1) Je dînais chez *Lamourette*, au grand hôtel de Charost, rue S. Honoré, en face des Capucins, en 1792, lorsqu'il était membre de l'Assemblée Législative; il se trouva là plusieurs de ses collègues : entr'autres *Hérault de Séchelles* et *Anacharsis Clootz*; ces messieurs étaint fort gaîs, et j'étais fort triste. *Anacharsis* me dit : » Allons donc, cher Cousin; vous perdez votre » gaîté; les *Aristocrates* sont toujours taciturnes et inquiets; et vous l'êtes » un peu; là, convenez-en. Au lieu que nous autres *Patriotes*, nous sommes » toujours des *loger bon temps* ». --- A ces paroles, je me mis à pleurer...... *Qu'avez-vous donc*, me dirent-ils tous? --- « Hélas! leur répondis-je, je pleure

Le *manuscrit* lui appartient ; j'ignore où elle est ; si ce *Testament* peut me la faire retrouver, & que je puisse mêler mes larmes aux siennes, je serai tout consolé des disgraces que va m'attirer mon ouvrage.

Je lègue sur tout à ces jeunes & jolies orphelines (orphelines futures, *qui s'entend*) le bénéfice *très-légitime & bien mérité*, qui doit resulter des représentations ultérieures du *Club des bonnes gens* ; & je déclare plus affirmativement que jamais, que cette pièce m'honorera toujours à mes yeux, qu'elle est parfaitement républicaine, qu'il ne s'y trouve pas un mot, qui ait trait au *Royalisme*, à l'*Aristocratie*, ni à rien de ce qui concerne la Convention Nationale : qu'il n'y a que des factieux ou des sots qui puissent empêcher un ouvrage qui ne prêche que la morale, la justice & la paix, qui n'attaque le crime qu'avec douceur, & excuse toujours l'erreur, qui cherche enfin à réunir les esprits & les cœurs, dans un moment où cette réunion devient plus nécessaire que jamais pour la prospérité de l'Etat ; que, si l'on craint les allusions imprévues, il n'y a qu'à fermer tous les spectacles ; car il est plus facile d'arrêter le soleil dans sa course, que d'empêcher le public de faire des allusions sur les passages les plus ordinaires ; que ce qui donne tant d'humeur aux *prêtres apostats*, qui sont en place aujourd'hui, n'est autre chose que ce passage que dit *Lesage* avec tant de naturel & de grace :

« Oh ! c'n'est pas t'un cagot ; c'n'est pas d'ces charlatans
» Qui v'nont dire aux Français : J'vous ai trompe vingt ans ;
» Et tout c'que j'vous ai dit, messieurs, c'etait pour rire ;
» J'n'en croyais rien »...., Coquins ! n'fallait donc pas nous l'dire !

Mais ils n'ont pas voulu faire attention à cette réponse du Curé, qui, j'espère, n'est pas celle d'un Chouan :

« Mes amis ! mes amis ! ah ! je vous en supplie !
» Point de comparaison et point de flatterie.. .
» Si j'ai fait mon devoir, si j'ai fait que que bien,
» C'est que j'ai toujours cru que soulager son frère
» Etait le premier point du sacré ministère,

» de ce que de braves gens comme vous seront victimes de leurs erreurs ; » l'enthousiasme vous égare ; vous serez tous guillotinés » ! --- Un morne silence suivit cette prédiction qui m'échappa sans y penser, dans l'amertume de mon ame. --- Eh bien ; j'ai eu la douleur de voir ma prediction réalisée de point en point. Tous les convives ont été guillotinés, excepté moi !....

et

» Et qu'avant d'être Prêtre, on était Citoyen.....
» Sans doute il est coupable, et plus qu'il ne le pense;
» Ce ministre égaré qu'un zèle aveugle perd
» Et qui nuit le premier à la cause qu'il sert;
» Mais plus encor celui qui, bravant la décence,
» Déserte lâchement l'Autel qui l'a nourri,
» Et condamne son vœu, parce qu'il l'a trahi.....
» Mais la faiblesse a droit sans doute à l'indulgence,
» Quand la mort si longt-temps paralysa la France;
» Ma bouche avec vous tous ne s'ouvrira jamais
» Que pour solliciter le pardon et la paix....
» Je puis être blâmable aux yeux d'un politique;
» Mais moi, Prêtre, la paix est toute ma logique ».

Ma foi, si ce langage est celui d'un *Conspirateur*, il est honorable de *Conspirer*; & tout Gouvernement qui s'oppose à la publicité de pareilles maximes, est bien près de sa ruine.... Je déclare qu'il faut être essentiellement factieux ou n'avoir pas le sens commun pour redouter une pièce de ce genre, ou bien que c'est la preuve la plus claire de la perfidie des vrais ennemis du Peuple; c'est ici qu'ils ont la sottise de se démasquer complettement.

Stulte nudabit animi conscientiam (1).

Je déclare enfin, que l'interruption de cette *Pièce*, qui était ma seule ressource momentanée, a consommé ma ruine & celle de tout ce qui tient à moi; mais que ma prédiction s'accomplira, quoiqu'il arrive. J'ai dit dans la préface de la nouvelle édition, *qu'elle aurait cette fois-ci quinze ou seize représentations, après quoi elle serait interrompue (signe certain du retour de la Terreur) & qu'enfin on la rejouerait deux cents fois de suite.*

Je lègue encore aux mêmes, *Sylvius Nerva* ou *la Malédiction paternelle*, pièce en trois actes, *reçue* avec enthousiasme au Grand Opéra, au commencement de l'année 179 . Cette *pièce* fut répétée *vingt-trois fois*, à différentes reprises. L'*Opéra* me la fit imprimer, comme c'est l'usage; & j'en suis pour mes *frais*, après avoir fait à ce Spectacle la distribution des exemplaires accoutumés. Le Comité de l'Opéra fut si enchanté de la lecture de cet ouvrage, qu'il prit sur-le-champ un *Arrêté*, (dont j'ai l'expédition) par lequel il *s'engageait à jouer la piece, aussitôt que la musique*

(1) Phedre, dans ses fables.

en serait terminée. Rien n'est si flatteur que cet *Arrêté*, que je n'avais pas demandé & qui me fut offert spontanément & à l'unanimité. Il y a bientôt quinze mois que la musique est faite ; on a fait plusieurs répétitions générales ; & toujours sous les prétextes les plus absurdes, on a éludé de jouer la pièce. Tantôt *c'était l'argent qui manquait.* Avait-on de l'argent ? *c'étaient les ballets qui n'étaient pas prêts.* S'occupait-on des ballets ? *c'était Castor & Pollux qu'il fallait remettre* ; & on trouvait de *l'argent* pour le faire ! Castor & Pollux était-il joué ? *c'était le froid qui glaçait les ouvriers* ; & il ne les avait pas *glacés* pour *Castor* ! les ouvriers avaient-ils chauds ? *c'était le Comité des Finances dont cela dépendait.* Le Comité des Finances ordonnait-il de jouer la pièce ? *c'était Lays qu'on ne voulait plus voir.* (En effet, il y avait un superbe rôle, & il le jouait admirablement.) Un autre s'offrait-il de remplacer Lays ? *c'était le sujet qui, trop républicain, disait-on, n'était pas à l'ordre du jour.* (chose inconcevable parmi *les Grands Patriotes* de ce Spectacle !) Le républicanisme revenait-il en vogue ? *c'était Lays qu'il fallait attendre.* Lays reparaissait-il ? *c'étaient les enfans qui n'y étaient plus......* Enfin, j'admire moi-même la patience & les égards avec lesquels je me suis comporté depuis un an & demi, au sujet de cette malheureuse pièce ; &, si je veux faire quelque démarche pour obtenir justice, je ne sais encore à qui m'adresser. Jamais sujet ne fut plus analogue aux besoins du peuple & aux sentimens qu'il est urgent de lui inspirer. Les Militaires sur-tout y trouveraient des tableaux dignes, j'ose le dire, de les ramener sans cesse aux vrais principes... L'Opéra me doit cette pièce ; il s'est engagé ; il a signé ; Lays est là ; il ne demande pas mieux que de jouer. Je veux du moins qu'on me dédommage de mes peines, de mes veilles & de mes déboursés, si l'on ne veut pas me jouer.... & je ne puis obtenir ni l'un ni l'autre ! Où est donc le Gouvernement ? s'il existe, doit-il souffrir qu'on se joue ainsi du sort des artistes, de leur attente & de leurs droits les plus sacrés ? Trouverai - je enfin quelque Gouvernant assez bienfaisant & assez équitable pour me faire recouvrer ma propriété ? La musique de *Sylvius* est ce que le célèbre *Le Moyne* a fait de mieux dans sa vie, de son propre aveu ; &, quant au poëme, dont je n'ai garde de priser autre chose que les tableaux qu'il présente & les sentimens qu'il inspire, voici une *anecdote* qui peut en donner une idée ainsi que de l'insigne mauvaise foi de ce Comité.

A la première répétition, où l'on put débrouiller quelque chose, *Lainez* s'arrête tout court au second acte, au milieu d'un Récitatif. *Ray*, qui conduisait l'orchestre, lui demande p...

il ne continue pas : *Je ne puis jamais jouer ce rôle sans pleurer*, répond *Lainez* en sanglottant. *Ray* veut chanter pour lui sur la partition ; & voilà *Ray* qui s'arrête aussi, qui pleure aussi ! tous les Chœurs pleuraient également... Voilà un fait que tout l'Opéra sait & ne démentira pas. Je n'arguë point de là pour préjuger le succès ; mais je demande qu'on me joue enfin, s'il est vrai que l'ouvrage flatte la sensibilité des acteurs ; ce que je raconte, est-il vrai ou non ?

Je lègue encore à mes deux petites, *Nicodème aux Enfers*, en 5 actes, dont j'ai fait les paroles & la musique, & que je ne donne pas, parce que j'attends que tous ceux que je damne, soient damnés en effet ; mon *Enfer* n'étant pas complet. *Je leur lègue* enfin toutes les *Pièces de Théâtre*, que j'ai sur le métier ou dans mon porte-feuille, ainsi que mes *Contes*, pour qu'elles les fassent valoir à leur profit, & qu'elles se rappellent, à la lecture de ces *Contes*, tous ceux que je leur ai faits le soir pour les endormir, en flattant leur imagination & en formant leur cœur à la vertu.

Je leur legue de plus, ces paroles que je ne veux pas qu'elles oublient :

« Mes enfans ! gardez-vous de vous laisser fasciner les yeux
» par le prestige des sophismes à la mode. Abhorrez la Tyrannie,
» sous quelque forme qu'elle se présente. Ne vous mêlez guères
» de politique ; les femmes doivent se borner aux soins de leur
» ménage. Préférez un homme qui aime sa Patrie, aux Egoïstes
» & aux Freluquets. Mais songez que la *Moderation* est le seul
» caractère du vrai Patriote. Ne perdez pas de vue le Dieu de vos
» pères ; il vous a protégées au milieu des orages & des chagrins qui
» ont agité votre enfance ; il vous protégera toujours ; il n'y a
» point de consolateur comme celui-là. Il est lui seul l'ami fi-
» dèle, l'ami du cœur ; sa religion est le baume par excellence,
» qui guérit le malheur ; & toute la rage des méchans ne vous
» enlevera pas ce trésor. Aimez toujours bien le travail & la
» lecture ! mais défiez-vous des *beaux volumes philosophiques*
» qui promettent tout & ne tiennent rien. Ils ont perdu la France ;
» & ils perdront tour-à-tour tous les Empires, qui sacrifieront
» à leur faux brillant la vérité, la nature & la raison. Ne haïssez
» point les gens qui ne penseront pas comme vous ; c'est le vice
» seul qu'il faut haïr ; défiez-vous des calomnies, des préventions
» & de l'enthousiasme ; jugez les gens par eux-mêmes ; & quel-
» que soit leur opinion, s'ils ont des mœurs, de la probité & un
» bon cœur, aimez-les ! Jacobin ou non, c'est égal.

Je lègue à Garnier de la Muse & à trois autres Législateurs de ma connaissance, tout le regret que j'ai de ne les pas voir renommés. (1)

Je légue à mes onze collegues du Comité Civil de la Section du Mail, *Deux Exemplaires complets* de chacun des ouvrages qui sortiront de ma plume, tant que j'existerai, & de ceux qui en seront sortis, à dater de celui-ci inclusivement, même après notre dissolution, & quelque part qu'ils soient; afin de me rappeler à leur souvenir & d'être sans cesse payé de retour, pour la tendre amitié que je leur porterai toute ma vie. Mes facultés ne me permettant pas de disposer d'un plus grand nombre d'exemplaires, ils tireront au sort pour savoir à qui appartiendra le *Leg*; mais en fait d'estime & d'attachement, ils auront tous le même lot.

Je legue à tous les *véritables Terroristes* qui m'ont persécuté, moi & mes amis, & une foule d'honnêtes gens, & qui se promènent tranquillement dans Paris, même avec un air *rodomont*, qui annonce beaucoup de satisfaction d'eux-mêmes, *je leur legue*, dis je, pour toute ma vengeance, *quatre billets d'Auteur* à chaque représentation du *Club des Bonnes Gens*, quand il sera redonné, afin que les maximes de vertu, de concorde & d'humanité, dont il fourmille, touchent l'ame de ces pauvres pécheurs, & les fassent revenir à récipiscence; & je prie celui qui fait les *miracles*, je veux dire le Tout Puissant, d'éclairer leur esprit, d'adoucir leur cœur, de fondre leur dureté révolutionnaire, comme le soleil fond la glace, ou comme la pierre infernale brûle un *calus* ou une *verrue*. Puisse le Dieu des Miséricordes leur accorder alors une véritable componction, & les rendre à l'espèce humaine, en les rendant à l'esprit de la Société!

Je legue à tous les Journalistes qui m'ont calomnié & me calomnieront encore, le silence le plus profond sur tout ce qu'ils auront dit de moi, & le pardon le plus sincère des injures dont ils m'auront gratifié. S'ils ont la bonté de dédaigner ma production, ce qui peut très-bien arriver, il est juste encore que je ne leur sache pas mauvais gré de m'avoir mis dans l'oubli. Et, si quelques-uns d'entre eux, par esprit de contradiction, s'avisaient de faire quelque éloge de mon travail, il est encore plus juste que je leur tienne compte de leur courage à braver les dangers & l'opinion du Parti dominant; mais, en vérité, ce n'est pas la peine de se compromettre pour une brochure de si peu de valeur.

---

(1) Ce Garnier est un excellent homme; et j'en connais quelques autres, qui seraient si bien au Senat! car je veux qu'on soit humain av ant tout.

Je lègue à tous les braves gens de ma connaissance, qui m'estiment & que j'estime, Terroristes, Royalistes, Fédéralistes, Clubistes, Prairialistes, *Vendémiairistes*, ou autres, la plus parfaite tolérance sur leurs opinions politiques, & la liberté la plus indéfinie sur la façon de voir & de penser.

Je lègue aux acteurs de la Comédie Française un tribut d'admiration proportionné à la somme de leurs talens, & *une Pièce en trois actes*, qui vaudra entre leurs mains le centuple de ce qu'elle vaudrait ailleurs.

Je lègue à mes *Cousins D'Azincourt & Fleury* le soin de faire valoir, au profit de ma famille, ce qu'ils croiront, parmi les productions qu'ils auront de moi, le plus capable de répondre à l'attente du public, ou du moins de mériter quelqu'indulgence de sa part.

Je lègue à Marie-Françoise *Thévenin* (autrement dite Sophie *De Vienne*), actrice du même Théâtre, une part dans mon attachement & mon estime, égale à celle que lui donnent tous ceux qui la connaissent; & je la fais dépositaire de plusieurs papiers confidentiels (qui n'ont aucun trait aux affaires du temps), papiers qui intéressent ma conscience & mon repos, & qu'elle n'ouvrira qu'à une époque déterminée, pour s'en servir d'une manière analogue à sa délicatesse, à sa discrétion & à son bon cœur.

Je lègue à *Mlle. Mézerai*, du même Théâtre, un cahier de mes chansons nouvelles, avec accompagnement, pour qu'elle les chante en s'accompagnant, & qu'elle donne par-là beaucoup de prix à ce qui n'en a guères. C'est là le *Libera* qu'il lui sied le mieux de chanter pour moi.

Je lègue à MM. *Picardeaux & Bithmer* un rôle important dans une petite pièce en un acte, qu'ils joueront *au profit perpétuel* de *de deux infortunés*, auxquels je transmets, à cet égard mes droits d'auteur; sans parler de ma pièce en 3 actes.

Je lègue à la famille *Le Sage*, du Théâtre de la Rue Feydeau, *un petit miroir de dix pouces de hauteur sur huit de largeur*, pour qu'en s'y regardant, ils ayent toujours devant les yeux le plus parfait modèle de l'amitié pure, délicate & constante, d'un talent vrai, d'un sens droit, d'un bon esprit, d'un cœur d'or & de toutes les vertus sociales.

Je lègue à mon vénérable ami *Préville*, l'aigle de la bonne comédie, un exemplaire de mes *Contes*, dont son gendre lui fera une lecture tous les jours pour charmer ses vieux ans, le consoler de la perte de ses yeux & entretenir sa douce & riante philosophie; c'est l'homme le plus étonnant que ce Préville! ....

Je lègue à Mlle. *Raucourt*, à M. *Larive* & à leurs camarades de la Tragédie, le succès présumé d'un ouvrage qu'ils auront la modeste complaisance de jouer tout aussi bien que si c'était un bon ouvrage.

Je lègue au Député P ...., renommé, dit-on, avec une Députation *de commande*, ci-devant capucin, ci-devant gendarme, ci-devant commis, ci-devant espion de police, ci-devant journaliste, ci-devant Bénédictin, aujourd'hui Sénateur Français, un tant soit peu calomniateur, & pourtant pas méchant, *l'Exemplaire du nouveau Testament Grec*, que j'ai dans ma bibliothèque, pour qu'il s'en fasse expliquer tous les jours un Chapitre par des gens qui sont un peu plus *Grecs* que lui.

Je lègue au Représentant *Ysabeau* un petit ouvrage, *en un volume in-12*, sur le *choix des amis dont s'entourent les hommes en place*, souvent doués du meilleur cœur & des qualités les plus aimables, mais souvent aussi trop faibles pour résister à l'intrigue qui les obsède.

Je lègue à mon cher *Carnot*, les *mille & un* papiers que j'ai encore, concernant une foule de malheureux qui m'ont chargé de leur confiance & de leurs intérêts, afin que, si, comme on le dit, il est porté au Directoire Exécutif qu'on va nommer, ou au Ministère de la Guerre, il puisse combler la mesure des bénédictions qu'il s'est attirées, en rendant justice à l'innocence & à l'infortune qui la réclament.

Je lègue pareillement à mon ancien *cousin* Merlin de Douay, dont j'ai suivi les premiers essais au Barreau, & dont le zèle officieux a sauvé plusieurs familles à ma connaissance, *tous les papiers* qui concernent la partie judiciaire dont il doit être chargé, & dont on m'a fait dépositaire fort mal-à-propos; & je lui recommande mon ami *La Busse*, son ancien maître.

Je lègue à Robert Lindet, excellent Administrateur, en dépit de tout ce qu'on lui a reproché, une *analyse* faite par moi de la conversation que nous eumes ensemble dans la rue *Thibautodet*, afin qu'il sache que la différence des opinions & des Partis n'est pas une raison pour m'empêcher de rendre justice aux grands talens & aux vues sages d'un homme en place.

Je lègue au Représentant B....t, une copie collationnée de tous les *Procès verbaux des Assemblées Primaires* de ma Section, afin qu'il puisse se convaincre qu'avec des intentions pures & un cœur droit comme le sien, on est sujet à s'égarer parce qu'on est homme; que nous n'avons jamais été des *brigands* ni des *conspirateurs*; & qu'on peut prendre avec chaleur la défense de ses concitoyens, sur-tout quand elle s'accorde avec la vérité, sans être pour cela *un Homme Suspect*, un *Chouan*, un *Royaliste* & un *Mauvais Electeur*,

Je lègue à quelques hommes exaltés de ma Section, qui, par un zele mal-entendu, ont failli nous précipiter dans un abîme dont il était impossible de calculer la profondeur, les *verges* dont je me sers pour corriger ma petite chienne, *quand elle est pas sage*.

Je lègue à quelques *jeunes gens* qui, après nous avoir mis en avant, se sont cachés derrière le rideau, le mépris le plus marqué; &, si mon ombre les apperçoit dans l'autre monde, elle détournera la tête pour ne les pas voir.

Je voue à l'exécration les *Chefs de Parti*, qui, cachant avec une profonde dissimulation des projets directement opposés à leurs discours, ont induit en erreur les quatre-vingt-dix-neuf centièmes & les sept huitièmes & demi de l'autre centième des Parisiens. Mais je soutiens & soutiendrai jusqu'à la mort qu'on ne peut rendre les Sections responsables de ce qui se trame dans les profonds replis du cœur de quelques individus isolés; & que, si un Général d'Armée conduisait ses soldats à Montrouge, avec l'intention de les conduire à Pantin, on ne pourrait pas faire un crime aux soldats, des projets du Général, encore moins les accuser d'avoir voulu aller à Pantin.

Je lègue, au nom de Dieu, de la Patrie & de la Postérité, à tous ceux qui ont inventé, organisé & activé le *Régime révolutionnaire!* que j'exécrerai jusqu'au tombeau & par delà; eh bien, *je leur lègue* l'Enfer avec tous les Diables qui l'habitent, & tous les supplices qu'on y endure.

Je lègue, pour adoucir mon imagination par des idées plus fraîches & plus calmes, à *Henriette C.....* un *écu de six francs* coupé en deux, dans lequel on voit une glace, qui peut couvrir un portrait: c'est un cadeau qu'on m'a fait.

Je lègue à Marie-Magdeleine Louise-Sophie d'A....., pour prix du zèle désintéressé qu'elle m'a témoigné dans mes derniers malheurs, toutes les lettres d'*un certain genre*, qui ont animé mon cœur, réchauffé mon génie, & fécondé mon imagination dans le temps heureux *des péchés de ma jeunesse*; à l'exception de celles qui sont signées. Cette lecture pourra l'intéresser en l'amusant, & la convaincre que les femmes ont plus d'esprit & aiment mieux que les hommes: *je lui lègue* aussi *mon portrait en miniature* (honni soit qui mal y pense) & une *lorgnette* de nacre de perle, garnie en argent, qui lui fera plaisir; c'est un cadeau qu'on m'a fait.

Je lègue à plusieurs auteurs de ma connaissance, *une girouette* qui était autrefois sur la maison de mon pere & qui tournait à tout vent ; emblême fidèle de beaucoup d'hommes de lettres depuis la Révolution ; et de beaucoup d'hommes en place.

Je legue à Victorine de Ch. . . . . . , philosophe de 22 ans, tous *mes essais sur la manière de simplifier la composition en musique* avec les *cahiers d'exemples notés*, que j'y ai joints, quoiqu'elle n'en ait pas besoin; & j'y ajoute *la musique* de mes *opéras*, que j'ai commencée, afin qu'elle la finisse, si je n'en ai pas le temps, & qu'on puisse dire que *la fin couronne l'œuvre.*

Je legue à Louise d'A . . . . ., un *jeune homme* de mes amis, dont elle pourra faire un mari complaisant, doux, honnête & *point jaloux*; c'est un Chef-d'œuvre! il est Commis & point insolent!

Je legue à Virginie F... T...., un *Traité sur les bonnes compagnies.*

Je legue à Magdeleine Duch . , qui, pour me soustraire au glaive des tyrans sous le règne de la Terreur, a constamment exposé sa vie, sacrifié sa jeunesse & son aisance, & bravé la fatigue & les dangers, tout ce qu'un cœur loyal & pénétré de la plus vive reconnaissance peut *léguer* à une amie tendre, solide, vertueuse & désintéressée.

Je legue à *Eugénie-Adèle* de *V*. . . . . , tous les cheveux qui sont sur ma tête, pour lui faire *une perruque blonde.*

Je legue à mademoiselle de P . . . n, à Argentan, l'abandon de la *rente viagere* qu'elle m'a faite, lorsqu'elle était abonnée à mes *Lunes*, sans que j'aie jamais eu le plaisir de la voir ni de la connaître. Je n'ai rien touché de cette rente ; & j'abandonne mes droits à ses héritiers légitimes, si elle n'existe plus.

Je legue à la ci-devant comtesse d'H . . . , l'abandon du *petit portrait* de moi, que je lui envoyai en 1785, & qu'elle devait me rendre ; si toute fois elle est restée en France.

Je legue à *Joseph Rousseau*, Electeur & Négociant, excellent homme, homme de bon cœur, de bon esprit & de bon sens, ainsi qu'à son ami *Desmousseaux*, Electeur d'Eure & Loir, un souvenir que commande, même au-delà du tombeau, la vertu la plus pure, dont j'ai eu sous les yeux mille traits intéressans.

Je legue à Cath. . . St. George & à sa femme, dont l'amitié zélée ne s'est pas démentie pour moi depuis dix ans, *deux petits porte-montres, avec mon chiffre brodé en or*, présent qui m'est donné par des mains bien chères ; afin qu'en regardant à leur montre l'*heure qu'il est*, ils disent en pensant à moi : *Il est toujours l'heure de l'amitié.*

Je legue à Bou. . . n & à sa femme, pour témoignage du zèle dû à leur bon cœur, tout ce que je me suis amusé à *dessiner à la plume*, pour qu'ils ornent de cette tapisserie nouvelle & originale, en mémoire de moi, un des cabinets de l'hôtel de Massiac.

Je legue à un acteur très-connu, que je ne nomme pas, ainsi qu'à plusieurs personnes qui jouent un rôle aujourd'hui, un *Traité sur la Reconnaissance.*

Je legue à *Félicité* S^e^. F....., un *porte-feuille* de maroquin rouge, avec un médaillon garni en or, & je la prie de ne pas pleurer en le recevant; c'est un cadeau qu'on m'a fait.

Je legue à l'incomparable famille des S.....*n*, habitans du faubourg Saint Antoine, qui m'ont fourni du pain gratuitement tout l'hiver, pour un seul service que je leur avais rendu, *une promesse solemnelle*, au nom des miens, de ne jamais les abandonner dans les momens critiques où ils pourraient se trouver.

Je legue à *Romain Joseph* V.... *z*, qui m'a reçu chez lui en bon frère, pendant ma proscription de 1792, *une place à la table de mes enfans*, toutes les fois qu'il en aura besoin.

Je legue à Catherine Anne F....., qui m'a rendu de grands services dans les premières années que j'étais à Paris, un *Crucifix de bronze doré sur une croix doublée d'écaille.*

Je legue à Madame de C...., ma sœur & ma marraine, un tiers de mes estampes & de mes livres, à son choix.

Je legue à Joséphine de B....., des larmes inutiles & un souvenir plus inutile encore; c'est un cadeau qu'on m'a fait.

Je legue à tous ceux de mes lecteurs, anciens & nouveaux, qui m'ont marqué de l'intérêt, la disposition ferme où je suis, de soigner mes *Contes* de manière à répondre à leur attente.

Je legue à Thomas *Lainé*, négociant, rue Saint Martin, & à sa femme, un *souvenir d'écaille*, qui est sur ma cheminée.

Je legue à plusieurs *Fournisseurs* & *Distributeurs* de ma Section, au nom du Comité Civil, un *Traité sur la probité*, & un *sur la misère du Peuple.*

Je legue enfin à mon frère des 500, le sort de mes enfans & de leur mère.

Il est une infinité de gens, à qui je ne *légue* rien, parce qu'il me faudrait les mines du Perou, pour remplir les engagemens que mon cœur a contractés envers tous ceux qui m'ont obligé.

Il en est encore plus, que je ne nomme pas, parce que je ne veux point qu'on les inquiète, si l'on allait jusqu'à persécuter, comme on l'a fait, les amis de ceux à qui l'on en veut.

Je legue à Sébastien *Rovere*, membre de la Convention, qui vient d'être dénoncé comme un *conspirateur*, le souvenir que je conserverai toujours des marques d'amitié qu'il a données &

des services qu'il a rendus, en ma considération, à plusieurs infortunés qui ne l'ont pas plus oublié que moi. Je lui offre mes services, s'il en a besoin, ainsi qu'à son aimable & sensible épouse; & je déclare à la face du ciel et de la terre, que jamais je n'ai apperçu dans la conduite, les discours & l'exposé des principes de ce Législateur, autre chose qu'un grand amour de la chose publique, un zèle tendre pour les malheureux & une forte haine (peut être même un peu trop indiscrettement prononcée) contre le régime de la Terreur. S'il m'a trompé, il a bien caché son jeu.

Je legue au Député *Chiappe* tout plein de félicitations pour le bon cœur dont il a donné tant de témoignages à ma connaissance.

Je legue aux Députés *Aubry* et *Gau*, tout le regret que j'ai de n'avoir jamais eu le talent d'obtenir d'eux les choses les plus justes, pas même *une réponse* en dédommagement des peines, des courses & des fatigues que j'ai long tems essuyées pour servir ceux que je leur recommandais; quoique chaque jour on obtînt d'eux des choses infiniment moins légales que celles que je sollicitais.

Je legue à Pierre Paul Le M. . . . . r & à sa charmante femme, rue Richer, un exemplaire de ce Testament, pour qu'ils sachent que j'existe encoré, & que je ne change pas, moi!

Je legue aux Communes de Joigny et de Villeneuve sur Yonne, deux de mes plus nouveaux Bustes en Plâtre, faits par un des plus estimables artistes de l'Académie; pour gage de ma reconnaissance.

Je legue la même chose au négociant Gillion, rue des Bourdonnais, à l'enseigne du *Cousin-Jacques*. — La méme chose à mon digne ami Dup. . , . officier du Génie. — La même chose au Général Marescot. — La même chose aux bons amis de Lille, de Valenciennes et de Douai, envers qui j'ai contracté jadis de grandes obligations.

Je legue tout mon papier rayé, destiné à noter de la musique, à mon cher Le Moyne (1), ainsi qu'à Bruni & Wideerkehr, pour les remercier d'avoir bien voulu se casser la tête à m'apprendre la composition, & de m'avoir mis à même d'observer que les accords de septième, tout dissonans qu'ils sont, le sont moins

---

(1) J. B. le Moyne, Auteur des opéras de *Phèdre*, *Nephté*, *Louis Neuf*, *Electre*, *les Prétendus*, *Miltiade à Marathon*, *toute la Grèce*, *Silvins*, *etc.*, artiste supérieur, philosophe profond, ami chaud, bien calomnié et bien persécuté comme c'est l'usage. L'Opéra tient avec lui la conduite la plus lâchement perfide.

que la Société Humaine, & que d'ici à long-temps on ne connaîtra en France d'*Accord Parfait* qu'en musique.

Je lègue au Conseil des Anciens, au Directoire Exécutif, qui va être nommé, & aux *six* nouveaux Ministres, toute la provision de courage & de patience que j'ai eu le temps de faire depuis quelques années; parce qu'ils en auront besoin pour endurer les calomnies, les dénonciations & les bavardages de toute espèce, dont ils vont être gratifiés par tous les libellistes & tous les folliculaires à prétention, qui se sont imaginé bonnement qu'il n'y peut avoir de bons gouvernans qu'eux-mêmes, & que tout est perdu, parce qu'on ne songe pas à eux. O1 s lats !..

Si, comme cela se peut, quelqu'un de mes amis arrive à une grande place, qu'il se rassure sur mes importunités; je ne me brouillerai pas; mais je le verrai très-rarement, parce que l'appareil de la grandeur m'est à charge. Je ne demanderai que des choses justes, & plutôt par écrit que de vive voix. Mais, ayant été à même d'observer les abus immenses qui empoisonnent toutes les branches du grand arbre de l'Administration, je puis quelquefois lui indiquer des mesures bien utiles, que beaucoup d'autres n'auront peut-être pas le courage & la franchise de lui montrer. Je lui recommande sur-tout les *sangsues* du peuple en tout genre; il faut déployer enfin la plus inflexible sévérité contre ceux qui pillent & volent notre substance... Je doute même que le mal, qui est fait, soit réparable.

Conclusion.

Voilà que j'ai fini l'ouvrage le plus singulier peut être, le plus bisare, le plus ridicule, le plus incohérent, le plus grotesque & le plus décousu qui ait jamais paru ... Hélas! je conviens que de toutes les productions sorties de ma plume, il n'en est aucune qui porte plus que celle-ci, l'empreinte d'une imagination malade & d'un cœur déso e. Mais enfin! est-ce ma faute, à moi, si tout ce qui a frappé mes sens & les frappe encore, m'a paru de nature à m'épouvanter, à m'aigrir, à me désespérer? Si je me suis trompé, si je me trompe, ramenez-moi donc de mon égarement, vous qui m'improuvez! & ne prétendez pas me calmer par des *stimulans*. Ne me dites pas des injures, pour me prouver mes torts; sachez distinguer les fautes de l'esprit d'avec les vices du cœur; & souvenez-vous qu'on n'emploie pas les insultes & les vexations avec succès, contre celui qui n'a pour armes qu'une opinion, qu'il énonce parce qu'il la croit raisonnable! ....

Oh ! je sais bien que l'on ne pardonne pas des tableaux offensans pour ceux qui pensent autrement que le peintre qui les a faits. Je sais bien qu'on est inexorable pour la plus légère contradiction, quand l'Esprit de Parti, ce fatal, ce terrible Esprit de Parti s'est emparé des facultés de notre ame.

Dite donc de ce *Testament* tout ce que vous en penserez ; & pensez-en tout le mal imaginable ; pensez que c'est une rapsodie dégoutante, un mélange informe de toute sorte de bigarrures, un amas confus d'idées choquantes de toutes les couleurs. Pensez qu'il n'y a là ni logique, ni bon sens, ni esprit, ni délicatesse, ni sentiment ; pensez que tout cela n'est dicté que par un amour propre insupportable ; que toute cette modestie apparente, n'est qu'un rafinement d'orgueil, une *vanité d'Auteur* ; que mes principes sont ceux d'un *infâme Royaliste*, d'un *Chouan*, d'un *Assassin*, d'un *Brigand*, d'un *Aristocrate outré*, d'un *Conspirateur affreux*, d'un *Contre-révolutionnaire fieffé*; pensez que mes *legs* sont des *bêtises* & des *platitudes*, que j'ai voulu occuper le public, de *mauvaises farces & de misérables petitesses qui n'en valoient pas la peine*. Mais ne pensez pas qu'il faille traiter l'homme qui l'a fait, précisément comme un *Ennemi de la Patrie* ; car, en conscience, je vous déclare que j'aime ma Patrie de tout mon cœur, & que je conçois même assez difficilement, comment il se trouve des hommes qui ne l'aiment pas.

Je passerai, messieurs les *plats*, par-tout où vous voudrez, pourvu que je ne vous lise, ni ne vous voie pas. Laissez-moi mes idées, ma société, mes amis, mes bizareries, mes foyers & mon cabinet ; & je passe condamnation sur tout le reste. Je vous abandonne les places, la fortune, les honneurs, & tout ce qui peut flatter votre ambition ou vos intérêts personnels ; & je vous jure que vous me laisserez bien tranquille, si vous ne songez pas plus à troubler mon repos, que je ne songe à vous inquiéter dans vos jouissances & dans vos projets, ni à me mêler de vos affaires.

Je viens de faire un *Hermaphrodite* ; je ne sais pas au juste à quel genre tient cet ouvrage, parce qu'il tient peut-être à tous les genres ; peut-être aussi qu'il ne tient à aucun. Mais cela m'est, en vérité, d'une égalité parfaite ; j'ai toujours écrit avec fort peu de prétention ; &, de bonne foi, ce *Testament* est de toutes mes *folies*, celle que j'ai le moins soignée, sur laquelle j'ai le moins appuyé, où je me suis le moins soucié de mettre de l'esprit (car on ne met nulle part de l'esprit, quand on n'en a pas ; & je n'en ai plus depuis un mois), & au sort de laquelle, enfin, je me suis le moins intéressé.

Pourvu que les bons esprits, abstraction faite de mes lubies, sachent discerner la vérité, rendre justice à ceux de mes concitoyens que j'ai défendus, & profiter, pour l'histoire de évènemens politiques, de quelques traits de lumière qu'ils trouveront peut-être disséminés par-ci par-là dans ce déluge de phrases & d'idées singulières, j'aurai recueilli le fruit de mon travail ; & j'en suis content. *Satis est.*

Ce volume est l'enfant du *cahos* ; depuis près d'un mois que j'y travaille (si l'on peut appeler *travail* la simple action d'écrire au hasard tout ce qui m'a passé par la tête), j'erre d'asyle en asyle ; je ne couche chez moi que depuis deux jours, j'ai le cœur navré, la tête perdue ; je ne vois plus que des batailles & du sang.... c'est une *fievre chaude*, qui me consume & me mine je ne sais trop pourquoi, ni comment..... Hélas ! je vous dirai ce que disait Job :

« *Miseremini mei ! miseremini mei, saltem vos, amici mei !*

J'ai le malheur (& c'en est un grand) de voir tout en noir. Les impressions, dont mon ame est frappée, ne s'effaceront qu'avec le temps. J'entrevois encore des orages ; les passions s'agitent encore.... ô mon Dieu ! quand permettras-tu que nos plaies se cicatrisent ? ô mon Dieu ! quand te plaira-t-il de mettre un terme à nos douleurs ? si tu pardonnes, eh bien, voilà de quoi exercer ta clémence ! pardonne à tous les Français égarés ! & ils apprendront à se pardonner les uns aux autres !..... *utinam !* ....,

Maintenant que me voilà mort tout de bon, puisque mon *Testament* est fait, je serais bien fâché de ressusciter ; je parle *politiquement* ; oh ! messieurs de la politique ! n'allez pas vous aviser de me faire *Départemental*, encore moins *Municipal*. Je vous déclare que je ne veux rien, que je ne souhaite rien, que je ne demande rien ; qu'on m'a déjà offert des places, même au Corps Législatif ; mais que je n'accepterai rien ; que la confiance & le choix de mes concitoyens me flattent infiniment ; mais faites comme si vous m'aviez nommé à quelque place ; prenez que j'ai eu la majorité absolue ; je vous remercie & je refuse ; l'honneur est toujours pour moi ; cela revient au même. Ainsi, n'en parlons plus. Je retourne à ma cabanne ; ô ma chere petite cheminée ! je m'asseois près du feu qui brûle dans ton âtre ! je passe ma robe de chambre ; je mets mes pantoufles ; je prends ma plume ; je continue mes *Contes* ; mon imagination s'exalte ; je ne vois plus que des plaines fertiles, des vallons agréables, des jardins fleuris, des montagnes eſcarpées, des grottes ſolitaires, des ruiſſeaux limpides, & la belle aſpérité de la nature... Toutes les affaires publiques ne me perſécutent plus... — Qui va-là? — Ah! c'eſt encore vous! vous venez me ſolliciter; & pourquoi? pour que j'aille me glacer & me morfondre dans des Comités, pour que j'aille me paralyſer l'imagination & le cœur dans l'antichambre des bureaux?... Ah! laiſſez moi; laiſſez moi, je ſuis mort, vous dis-je; & les morts ne ſont bons à rien. J'accepterai toutes les charges publiques, ſi vous me prouvez qu'on ne peut pas les confier à des hommes plus actifs, plus intelligens, & auſſi probes, auſſi laborieux que moi!... Faut-il encore marcher dans la route épineuſe de la magiſtrature? Alors, donnez nous une Religion, des Mœurs, un Gouvernement ſtable, parce qu'il ſera juſte & humain; & j'y marcherai!

O vous! Beautés intéreſſantes, qui joignez au charme que votre ſexe a pour le nôtre, tous les agrémens & toutes les reſſources d'un eſprit cultivé, d'un cœur ſenſible & délicat! Vous, qui fîtes les délices de ma vie, & qui fûtes à la fois l'ame de mon génie & la *pierre angulaire* de ma Réputation! Femmes charmantes! régulatrices de nos penſées! *rapprenez*-moi l'Amour & ſes tendres myſtères... Vous me rendrez le bonheur; & toutes les ſottiſes révolutionnaires s'évanouiront devant moi, comme la fumée du crepuſcule que diſſipe l'éclat de l'Aurore.

Directoire Exécutif, qui n'êtes pas encore nommé à l'inſtant où j'écris ceci! Qui que vous ſoyez! Quelque ſoient les Membres dont on va vous compoſer! fuſſent ils mes plus grands ennemis, euſſent ils l'improbation de tous les Partis; vous pouvez faire taire les détracteurs & les étonner par votre conduite ferme & ſage! Vous pouvez protéger les bons, punir les méchans, ramener les égarés, excuſer l'erreur, intimider le vice & raſſurer la tremblante innocence! Quant à moi, je ne crains pas les inimitiés perſonnelles, ni les vengeances des hommes en place; & j'honore trop mes concitoyens pour m'imaginer qu'ils nomment au pouvoir ſuprême, des hommes qui ne ſoient pas ſupérieurs aux petiteſſes de l'intérêt privé. D'ailleurs je m'attends à tout.

Et toi, Corps Légiſlatif! tu peux réparer de grands maux, cicatriſer des plaies invétérées, ſécher bien des larmes, & te couvrir de gloire & de bénédictions. Que ta miſſion eſt glorieuſe! Quelle eſt impoſante! Oui, je te l'avoue; mes eſpoirs éteints ſe rallument au flambeau de l'eſpérance! J'attend de toi tout ce que mon cœur, un cœur bon, un cœur loyal doit en attendre!...

N'oubliez jamais ce à quoi vous paroiſſez ſonger en effet depuis quelques jours, que, ſi le *Régime Revolutionnaire* renaît, tout eſt perdu pour vous & pour nous : ſi les *mots* ſont encore à la place des choſes ; perdu ! Si les places ſont occupées par des hommes ſans probité ; perdu ! ſans capacité ; perdu ! ſans humanité ; perdu ! ſans religion ; perdu ; Si les abus innombrables qui ſouillent tous les genres d'adminiſtration, ne ceſſent pas au plutôt ; perdu ! Si l'on a toujours deux poids & deux meſures ; perdu ! Si les échafauds ſe redreſſent, perdu ! Si les priſons ſe rouvrent ; perdu ! Si les Commiſſions s'établiſſent ; perdu ! Si les cabales recommencent ; perdu ! Si les intrigues prévalent ; perdu ! Si l'on punit encore les états & non les hommes ; perdu ! Si l'on ne prend pas des meſures répreſſives, mais des meſures de la dernière rigueur contre les agioteurs & les égoïſtes, qui nous ruinent & nous affament ; perdu, & perdu ſans reſſource ! ... O ! Gouvernement, qui veilles à la deſtinée de cet Empire affaiſſé ſous le poids des cataſtrophes ! Conçois la hauteur & la dignité de tes fonctions ! Frappe ! Frappe ſans pitié ! Mais ne frappe que le crime ! & mon pays eſt ſauvé ! .....

POST SCRIPTUM.

Ombres vénérables des Saints Instituteurs qui ont guidé mon enfance, et dont les Bourreaux du 2 Septembre ont déchiré par lambeaux les membres palpitans ! Je vous vois, du haut du trône de la gloire où vous êtes assises, la palme de l'innocence à la main, sourire à mes essais, applaudir à mon courage, enhardir mes pas chancelans dans la route effrayante, qui conduit la triste humanité à la couronne du martyre !.... Je vois ces robes, dont la blancheur éclatante annonce le prix de la candeur et des vertus, se derouler en plis majestueux sur vos membres meurtris et sur vos cadavres mutilés ! Soyez mes patrons à l'avenir ! et servez moi de modèles ! *Hi sunt, qui laverunt stolas suas in sanguine agni* !....

O vous, qui faites les lois ! entendez ce dernier cri !....

» Dejà l'intrigue et la scélératesse renouent leurs trames homicides !....
» les grouppes seditieux s'agitent ! notre misère est à son comble ; nos
» estomachs desséchés par le besoin, nos visages livides et blêmes,
» l'accent de la douleur et du desespoir, tout favorise, helas ! les
» projets affreux des coupables factions qui se raniment !.... les mons-
» tres se rallient, parce que leurs ossemens epars se sont rassemblés ;
» et le souffle pestifere de l'Antre Révolutionnaire leur a redonné la
» vie ! la Terreur renaît ; croyez-en mes observations ; elle renaît et va
» régner sur des ruines !.... c'est elle qu'on indique comme le seul re-
» mède à nos maux ! et le peuple affamé n'a plus d'oreille pour la Loi ;
» il n'écoute que la faim ; il va suivre en aveugle le chemin du préci-
» pice ; des conseilliers perfides l'egarent encore ; et l'Arche Sacrée de
» cette Constitution que vous avez jurée, ne sera point respectée......
» On veut vous amener au point d'y porter vous mêmes la première at-
» teinte !.... La première infraction que vous aurez faite à l'Acte Cons-
» titutionel (et ce sera toujours, n'en doutez pas, sous le misérable
» prétexte de l'*urgence*, des *dangers de la patrie*, des *conspirations* etc.)
» Cette première infraction en entraînera mille autres, parce que, le
» premier prétexte adopté, on ne manquera plus jamais de prétextes.

» C'est un chapelet, dont le premier grain s'échappant, fera tomber » tous les autres ; c'est un édifice tellement combiné, qu'une seule » pierre derangée fera crouler tout le Bâtiment.... Alors vous êtes perdus! Alors il sera vrai de vous dire que *l'œil n'a point vû, l'oreille n'a point en- » tendu, le cœur de l'homme n'a jamais compris* la somme des malheurs épouvan- » tables qui vont fondre sur la France ! . . . . . . Garre que ce ne soient » les *Elections* qui fournissent le premier prétexte! . . . . . . Garre que de » vieilles calomnies ne reviennent donner le signal du premier choc ! . . . . » ô Dieu ! . . . . Préservez-nous de cette phrénésie qui nous ferait donner » tête baissée dans le piége ! . . . . Législateurs ! connaissez les hommes, et » tenez-vous sur vos gardes ! . . . . . Les premiers temps sont les plus durs » à passer ; ne vous endormez pas, la victoire est au bout ; gardez que » que les bons citoyens ne vous disent : *Non potuistis unâ horâ vigilare mecum !* » Ainsi soit-il ! »

Français ! si des brigands-despotes,
Masqués du nom de patriotes,
Font triompher leur Faction ! . . . .
Eh bien ! que notre affront s'efface,
Et de Brutus ayons l'audace
Ou le désespoir de Caton !

(COUSIN JACQUES, dans *le Consolateur*, en 1792.)

A Paris, le 9 Brumaire, à midi, an quatrième de la République Française, (*samedi 31 octobre* 1795, v. st.)

Avoué et signé tout au long, par moi,

LOUIS-ABEL BEFFROY DE REIGNY, dit le *COUSIN-JACQUES*, âgé de 37 ans, onze mois et vingt-deux jours, demeurant rue des Vieux-Augustins, n°. 264, Scrutateur-Adjoint de l'Assemblée Primaire (1) de la Section du Mail, Vice-Président du Comité-Civil, Électeur de la Commune de Paris (Ami zèlé de tous les *Braves gens*, quelque soit leur opinion et de quelque sobriquet qu'on les baptise ; Ennemi juré des factions, des intrigues, de l'anarchie, de l'athéisme, du brigandage, du blasphême, des larmes et du sang, et de toutes les *gentillesses* à la mode ; et décidé à tout.

---

(1) Les Assemblées Primaires n'ont pas fini leur session, les Municipalités n'étant pas nommées ; donc je suis toujours Scrutateur.

(2) Le Corps Electoral n'est pas dissout, le Département et les Tribunaux n'étant pas nommés ; donc je suis encore Électeur, aux termes de la Constitution ; mais peut-être, demain 10, ne le serai-je plus. Tout comme on voudra ; mais les principes et la vérité n'en seront pas moins respectables. Ô Terreur ! ô Vertige ! ô Crime ! si vous régnez toujours, de quoi nous servirait-il de vivre ? Appellons la mort à grands cris, et quittons avec délices cet enfer abominable, qu'on appelle La Vie !

BIBLIOTHÈQUE NATIONALE R.F.

www.ingramcontent.com/pod-product-compliance
Lightning Source LLC
Chambersburg PA
CBHW070849030726
47504CB00005B/1277
9782014494198